祭念品

THE KEEPSAKE

Tess Gerritsen

泰絲・格里森——著 宋瑛堂——譯

媒體名人盛讚

扣人心弦的故事情節，搭配上科學性的專業描述，其間的分配比重達到完美平衡、精采萬分，使《祭念品》成爲格里森的上乘作品之一。

——《芝加哥太陽報》

泰絲・格里森已然成爲犯罪文學的代表性作家，讀者在閱讀的過程中可以感受到自己是沉浸在名家大師一手創造的世界中。

——波伊德・希爾頓（英國知名雜誌評論編輯），接受英國廣播公司五號電台現場直播《賽門・梅約秀》專訪

這套系列作品相當受到歡迎，所蓄積的能量持續源源不絕地發展開來。

——《美國圖書館協會Booklist書評》

一部恐怖指數爆表的絕世佳作，出自當今驚悚小說界中最多才多藝的作者之手。

——《普羅維登斯日報》

令人坐立難安卻又魅力獨具……是一本會讓人忍不住顫抖的好書！

——《浪漫時代雜誌》

錯綜複雜的情節，吸引讀者一路往下猜。

——《出版人週刊》

將讀者包覆在難以擺脫的邪惡網絡中……一旦你拿起這部小說，就很有可能不再關心周遭的事物，直到你讀到書末那令人心滿意足的結局爲止。

——《納什維爾週刊》

《祭念品》的筆調有如脫韁野馬般的疾速快感，吸引讀者進入一個扭曲的世界、目睹一樁精心佈局的復仇計畫。

——《麥迪遜郡時報》

邪惡黑暗、令人不寒而慄、讀來暢快的一本好書。

——《菲烈德利斯堡自由投稿重點書評》

《祭念品》是部一流的推理小說，含有大量的劇情轉折……是一部架構完美、內容絕讚的懸疑故事。

——《多倫多全球郵報》

《祭念品》的情節鋪排完美、步調掌握得相當精緻……格里森最擅長探究各種細節與角落，並加以完整呈現……是讓她的作品成爲銷售榜常勝軍的要素之一。

——【新書報導】網

令人心跳加速的戲劇張力與絕妙文筆的完美搭配。

——《獨立報》

謹獻給亞當與約書亞因爲有你們，朝陽日日東昇。

每一具木乃伊皆爲一場探險，皆爲一座初次造訪的新大陸。

——埃及學家強納森・伊萊亞斯（Jonathan Elias）博士

1

他來找我了。

我的骨子裡有預感。我從空氣裡嗅得到，因爲這股氣息如熱沙、如香料、如百名壯丁被烈日熬出的苦汗，是埃及西部沙漠的味道，我一嗅即知。儘管我躺在黑暗的臥房裡，埃及遠在將近半個地球之外，這些氣息對我而言依然鮮明。走過那片沙漠是十五年前的事了，但我只要一閉眼睛，便能在瞬間回歸原地，駐足於帳篷營地的邊緣，瞭望與利比亞的國界線，欣賞日落。風降乾谷，掃出近似女人的呻吟聲。我仍能聽見丁字鎬的戳地聲與鏟子的摩擦聲，仍能想見成群的埃及挖掘工聚集在考古遺址，繁忙如蟻，搬運著滿載沙土的埃及籃筐。對於十五年前佇立沙漠中的我而言，我彷彿化身爲電影的一角，演繹的是他人的奇遇，而非自身經歷。以一個來自加州印第奧的文靜女孩來說，那種歷險記只有空想的份，絕對無福親身鑑賞。

一輛車子路過，閉目的我察覺到車燈照向眼瞼。我一睜開眼睛，埃及消失了。我踩在腳下的已經不是沙漠，也沒有在夕陽西下時仰望青紫色蒼穹的動作，而是重返半個地球之外的聖地牙哥，躺在黝暗的臥房裡。

我爬下床，赤腳走向窗口，向外望著馬路。這片住宅區的民房是一九五〇年代落成的量產屋，樣式老舊，外觀以粉飾灰泥爲主。迷你豪宅、車庫能容納三車的那種美國夢，在那個年代仍未蔚爲風潮。量產屋不起眼卻很耐住，風格眞誠，建造的用意不在令人稱羨，而是爲人遮風蔽雨，令我產生一股安然匿名的感受。畢竟我只是個平凡的單親媽媽，苦心拉拔一個正值青春期、個性倔強的女兒。

我透過窗簾窺視街頭，看見半條街之外來了一輛顏色偏黑的轎車，速度放慢下來，靠邊停車，熄滅車頭燈。我盯著看，等候駕駛下車，但遲遲不見人走出來。駕駛坐在原位，毫無下車的意思。也許他正在聽收音機，也許他剛和妻子吵了一架，害怕回家面對老婆。或許，車上是一對無處可去的情侶。即使我想盡了各種可能，就算每一種解釋都不含危機，我的皮膚照樣會被熾熱的恐懼心刺激得麻癢。

頃刻之後，轎車的尾燈再次亮起，車子繼續上路。

即使在轎車轉彎離去以後，我仍心悸不止，以冒汗的手抓著窗簾不放。我回床，躺在棉被上流汗，難以成眠。雖然正值七月，入夜後暑氣徘徊，我緊鎖著臥房的窗戶，也三申五令要女兒塔莉鎖窗，無奈她不一定聽我的話。

聽話的程度是每況愈下。

我閉上眼睛，埃及的景象又一如往常重返我的腦海。我的心思總是飛回埃及。即使在我站上埃及領土之前，我就心懷前進埃及的夢想。六歲那年，我在《國家地理》雜誌封面上看見帝王谷的相片，瞬間覺得眼熟，彷彿眼前是幾乎被我遺忘的一張熟悉、心愛至深的臉孔。那片土地對我正有這份意義——是我企盼能再見一面的心愛臉孔。

隨著歲月延展，我為回歸埃及奠定基礎。我半工半讀，申請到全額獎學金，進入史丹福大學，獲得教授的重視，由他積極推薦我爭取一份暑期工作，地點是埃及西部沙漠的考古遺址。

在大三結束的那年六月，我登機前往開羅。

即使到現在，我委身加州臥房的黑暗中，我仍記得白熱沙地反射的日光照得我眼痛。我嗅得到皮膚上的防曬油，感覺到風沙橫撒臉孔的刺痛。這些往事令我開心。小鏟在手，日光籠罩雙肩，這才是女孩美夢的最高點。

美夢變成噩夢的速度眞快。踏上前往開羅的班機時，我是個快樂的大學女生。三個月之後，我返家時已改頭換面，成爲另一個女人。

從沙漠返鄉的人不只有我一個。有惡煞尾隨我而來。

在黑暗中，我的眼瞼倏然打開。剛才是腳步聲嗎？是開門的吱呀聲嗎？我躺在汗濕的床單上，聽著心臟猛敲胸腔。我害怕下床，也害怕不下床的後果。

這棟房子不太對勁。

經過多年的躲藏，經驗告訴我，腦海飄送而來的細小警訊不容漠視。這些急促的小警訊是我至今仍活在世上的唯一功臣。我學習到留意反常的現象，注意騷動的蛛絲馬跡，大小都不能放過。陌生的車輛駛進我這條街，我會關注。如果有同事提及某人在打聽我，我會立刻豎直耳朵。早在危機出現之前，我已研擬了周詳的逃生計劃。我的下一步已經規劃好了。過兩個小時，我可以攜女越過國境，在墨西哥冒用新身分。新的姓名印在我們母女的護照上，全收在我的行李箱中。

我們早該離開此地了。不應該拖這麼久。

可是，女兒才十四歲大，難以割捨好友，我怎麼勸得動她？問題的癥結在於塔莉；她不瞭解我們置身的危機多險惡。

我打開床頭櫃的抽屜，取槍出來。這支手槍沒有依法呈報過，而且家有少女，擁槍械自保令我緊張。於是我進靶場苦練六個週末，現在懂得如何用槍。

我靜悄悄赤腳走出臥房，踏上走廊，經過女兒閉門的房間。我檢查環境，以我履行過一千遍的方式來檢查，總是摸黑檢查。我猶如獵物，有黑暗的掩護才覺得最安全。

來到廚房，我檢查門窗。進入客廳，我重複同樣的步驟。所有門窗都緊鎖。我折回走廊，在女兒臥室門外止步。塔莉主張個人隱私權，進入青春期之後保護隱私的態度近乎癲狂，但她的門上沒有鎖，我也絕不准她加鎖。我需要能隨時開門看一看，以證實她是否平安。

我開門時，門發出明顯的吱嘎聲，但她不會被吵醒。她和多數青少年一樣，熟睡之後接近不省人事。我首先留意到的是房內有一襲微風。我嘆了一口氣。塔莉再一次漠視我的要求，窗戶又沒關。這是她的老毛病。

帶槍進女兒臥室有一種褻瀆神明的感覺，但我非關那扇窗戶不可。我踏進房間，在床邊稍停，觀察她的睡相，聆聽她規律的呼吸節奏。記得我第一眼看見她的時候，產科醫師雙手捧著她，她小臉紅咚咚，哇哇哭著。我在產房奮鬥了十八個小時，體力透支，頭幾乎無法離枕。但我只需要看寶寶一眼，哪怕大軍入侵，我照樣有力氣跳下床去捍衛她。就在那一刻，我知道該為她取什麼名字。我想起雕刻在阿布辛貝神殿的一段話，是拉美西斯大帝對嬌妻愛的宣言：

妮菲塔莉（Nefertari），因為有妳，朝陽日日東昇。

我的女兒妮菲塔莉是我從埃及帶回的唯一寶藏。我好害怕失去她。

塔莉和我的長相極為相似。看著她，我彷彿看見自己在睡覺。她十歲就能讀懂埃及象形文，十二歲就能背誦托勒密王朝之前的所有朝代。聖地牙哥的人類博物館是她週末最常逛的場所。她完全就是我的複製人，而且隨著時光流轉，我從她身上再也找不出她父親的特徵，無論是她的長相和嗓音，最重要的是她的心靈，也毫無生父的痕跡。她是我的女兒，是我個人專屬的女兒，不受邪惡生父的污染。

然而，她畢竟也是一個平凡的十四歲少女。過去幾星期以來，我一直爲她傷透腦筋，因爲我總覺得一股陰影朝我們籠罩下來，我每晚躺在床上，總豎耳聆聽惡煞的腳步聲。女兒毫無危機意識，因爲我始終對她隱瞞事實。我希望她長大成爲剛毅、無懼的女人，成爲不怕陰影的女戰士。她不瞭解我爲何半夜在房裡踱步，不明白我爲何鎖窗、爲何再三檢查門是否關緊。她嫌我疑神疑鬼，這倒是眞的：母女倆的擔憂交由我一肩挑就好，由我一人來維護天下太平的假象。

天下太平是塔莉一廂情願的想法。她喜歡聖地牙哥，等不及想升中學。她在這裡交到幾個朋友。家有青少年，做父母的人哪敢攔阻小孩交朋友？她和我一樣倔強，若非她抗拒，我們幾星期前就已經遷離聖地牙哥。

一陣微風自窗外襲來，冷卻了我皮膚上的汗水。

我把槍放在床頭櫃上，走向窗口，想去關窗。我在窗前徘徊片刻，呼吸著涼爽的空氣。窗外的夜色靜謐下來了，只剩一隻蚊子嗡嗡響。我的臉頰被叮一下。我發現被蚊子咬了，原本不以爲意，伸手去關窗時，才意識到嚴重性。一陣冰冷的恐慌順著我的脊椎向上竄。

紗窗不見了。*紗窗哪裡去了？*

此時我才察覺惡勢力的存在。剛才，我在床邊欣賞女兒的睡相，它也在觀察我。它始終旁觀著，耐著性子，靜候撲擊的時機。如今，它找到我們了。

我轉身面對妖魔。

2

留下來？或是拔腿就跑？法醫莫拉・艾爾思躊躇不定。

這裡是清教徒醫院的停車場，她在陰影裡逗留，遠離照相機的強光，避開電視攝影機圍成的圈子。地方記者多數認得她，但她不希望被人看見。姿色出眾的她臉色白皙，一頭齊剪式的黑髮，因此贏得「陰間皇后」的綽號。幸好仍沒有人發現莫拉已經到了，轉向她的鏡頭一個也沒有。十餘位記者全神貫注的是一輛白色廂型車。這輛車剛剛駛抵醫院大廳門外，當紅的乘客即將下車。廂型車的後門打開，攝影器材的燈光如閃電般照亮夜空，名人病患被輕輕抬出車子，放上醫院的擔架床。這位病患是媒體的新寵，名聲遠比法醫響亮幾倍。今晚，莫拉不過是一位敬畏有加的觀衆，前來的理由和聞訊趕至的記者相同，只想在週日夏夜一睹巨星風采，和聲嘶力竭的追星族沒兩樣。

大家引頸企盼一睹的名人是X夫人。

莫拉和記者打過無數次交道，但這群飢渴如狂犬的暴民令她心驚。她知道，如果一頭新獵物走進記者的視野，他們會瞬間轉移焦點，而今晚她的心靈已經受傷而不堪一擊，不想再承受壓力。她考慮掉頭鑽回自己的車上，躲避洶湧的人潮。但她繼而一想，想到等候她回家的是一棟靜悄悄的空屋，伴隨她的可能是千杯葡萄酒，因爲今晚丹尼爾・布洛菲無法作陪。最近，獨守空閨的夜晚多到數不清，但當初愛上他時，自己已做好心理建設。心，往往在不衡量後果的情況下逕自做決定，缺乏前瞻性，即使日後夜夜孤寂也在所不惜。

擔架載著X夫人進醫院，狼群般的記者緊追不捨。隔著大廳的玻璃門，莫拉看見明亮的燈光與興奮的臉孔，自己卻單獨站在外面的停車場。

她跟隨人群進入醫院。

擔架橫越大廳，沿途的病患與家屬詫異地注視，興奮的院方人員拿著手機等著捕捉鏡頭。一行人繼續前進，步入通往影像診斷科的走廊。來到醫院內部的一道門時，院方卻只准擔架通行。一位穿西裝打領帶的醫院人員站向前來，攔阻記者。

「抱歉，各位不能再前進了，」他說。「我瞭解大家都想參觀過程，可惜裡面的空間不夠大。」他舉起雙手來平息失望的嘟噥聲。「我是費爾．羅德，是清教徒醫院的公關。本院很榮幸參與這次的研究，畢竟，錯過了像X夫人這樣的病患，只要再等兩千年就有。」預期的笑聲傳來，他微笑以對。「電腦斷層掃描不會拖太久，各位如果願意等候，掃描完畢後，會有一位考古學家出來宣佈結果。」一位年約四十的眼鏡男縮進角落，臉色蒼白，彷彿不希望被注意到。公關轉頭對他說：「羅賓森博士，在開始掃描之前，你願不願意發表幾句話？」

在這群人的面前演說，顯然是羅賓森最不願意做的事，但他恭敬不如從命，深呼吸一下，站向前來，把鷹鉤鼻上的鏡框向上推。這位考古學家一點也不像印第安納．瓊斯。他的頭髮前禿，神情是瞇眼專注，外表倒比較近似被不請自來的鎂光燈嚇到的會計。「我是尼可拉斯．羅賓森，」他說，「職銜是館長——」

「博士，麻煩你大聲一點，好不好？」一位記者高呼。

「喔，對不起。」羅賓森博士清一清嗓子。「我是波士頓克利斯賓博物館的館長。清教徒醫院慷慨為X夫人進行斷層掃描，本館感激不盡。斷層掃描能帶大家近距離剖析歷史，機會難能可貴。從在場的人潮來判斷，各位必定是和本館一樣期待。掃描結束後，我的同事喬瑟芬・蒲契洛博士會出來跟各位報告結果，以埃及學的專業回答問題。」

「X夫人什麼時候開放給民衆參觀？」一位記者大聲問。

「據我估計，一星期之內就展出，」羅賓森說。「新的展示廳已經準備好了，而且——」

「能推測她的身分嗎？」

「爲什麼拖到現在，遲遲不公開？」

「她是不是皇室成員？」

「我不知道，」羅賓森說，被連番發問逼得直眨眼。「連它是不是女性還有待證實。」

「發現它六個月了，你們還不清楚它的性別？」

「這些分析需要時間。」

「往下面看一眼，不就曉得了嗎？」一位記者說，引發哄堂大笑。

「沒有各位想的那麼簡單，」羅賓森說。他的眼鏡又滑下鼻樑。「由於她的歷史有兩千年之久，全身極爲脆弱，處理時大意不得。今晚搬運她過來這裡，用那輛廂型車載送，就已經讓我提心吊膽了。本館的優先要務是保存史蹟的完整性。我以她的監護人自居，保護她是我的職責，所以本館才花這麼多時間和醫院協調斷層掃描的機會。我們的進程緩慢，步步謹愼。」

「羅賓森博士，從今晚的斷層掃描，你希望能有什麼樣的發現？」

羅賓森的臉突然綻放躍躍欲試的神情。「發現？當然是愈多愈好！她的年齡、她的健康情形。保存的方式。幸運的話，說不定能判斷她的死因。」

「所以才請法醫過來？」

整群人不約而同轉頭，宛如一隻多眼獸，目光集中在莫拉。她一直站在大家的背後。電視攝影機的鏡頭轉向她時，一股熟悉的衝動襲上她心頭。她想撤退。

「艾爾思法醫，」記者高聲問，「妳是來診斷死因的嗎？」

「醫事檢驗所爲什麼要介入？」另一位記者問。

最後這問題需要立即回應，以免被媒體扭曲。

莫拉以堅定的語氣說：「醫事檢驗所並沒有介入，我今晚不是以法醫的公務身分前來。」

「那妳怎麼來了？」第五台的金髮潮男記者說。莫拉一向看他不順眼。

「我是應克利斯賓博物館邀請而來的。羅賓森博士認爲，有法醫在場，分析的角度多一個，應該有助於研判史實，所以他上個禮拜來電徵詢我的意願。相信我，這種機會，任何一位病理學家都不願意錯過。我和各位一樣對X夫人著迷，等不及想認識她。」她以大動作望向館長。「羅賓森博士，掃描的時間不是到了嗎？」

她等於是對羅賓森拋出救生繩，他趕緊抓住。「對，時間到了。麻煩妳跟我來，艾爾思醫師。」

她穿越人群，跟隨館長進入影像診斷科。門關上以後，把媒體隔絕在外，羅賓森長嘆一聲。

「天啊，我不是公開演說的料子，」他說。「謝謝妳替我解圍。」

「這種場合我碰過太多了，熟能生巧。」

兩人握手後，他說：「終於和妳見面了，榮幸之至，艾爾思醫師。克利斯賓先生也想認識妳，可惜他幾個月前動過髖骨手術，還不能久站。他要我代他問好。」

「你邀請我的時候，怎麼不先警告我現場會來一大票？」

「妳指的是媒體？」羅賓森露出苦瓜臉。「他們是必要之惡。」

「必要？對誰而言？」

「博物館的存亡。自從X夫人的消息見報之後，本館的門票收入一飛沖天，而我們甚至還沒正式展示她哩。」

羅賓森帶她穿越迷宮似的走廊。現在是週日晚間，影像診斷科顯得幽靜，沿途的房間陰暗無人。

「待會兒我們那間會有點擠，」羅賓森說。「即使是一小群人，也不太擠得進去。」

「另外有誰想進去參觀？」

「我的同事喬瑟芬・蒲契洛、醫事放射師布萊爾醫師、一位電腦斷層掃描的技術員。喔，對了，也有一組攝影人員。」

「你請來的？」

「不是，他們是Discovery頻道的人。」

她驚笑一聲。「哇，我現在是佩服得五體投地了。」

「對妳我的影響只是需要措辭小心。」他在標示「電腦斷層」的門外駐足，輕聲說，「我想他們可能已經在裡面錄影了。」

兩人悄悄進入電腦斷層的參觀室，攝影人員果然正在拍攝布萊爾醫師解說即將運用的科技。

「『CT』是『電腦X光斷層照相術』的縮寫。本院的機器能從幾千個不同角度朝著病患放射X光，電腦接著處理資訊，製作一份體內器官的立體圖，顯現在這面螢幕上。立體圖看起來像一連串的切面圖，很像真的有人對著人體切片。」

錄影進行中，莫拉挨近參觀室的窗前。這是她首次和X夫人打照面，X夫人就在玻璃窗的另一邊。

在博物館界的小圈子裡，埃及木乃伊是一致公認的搖滾巨星。木乃伊的展示櫃經常是學童聚集的地方，一張張小臉貼在玻璃上，參觀著罕見的死屍，神態著迷。在現代社會，人屍鮮少公開展示，唯有以木乃伊的面貌出場，才可獲得接受。民衆喜愛木乃伊，莫拉也不例外。即使眼前只有一口開著的木箱，裡面有古代亞麻布條纏成人形，隱藏著軀體，她依然出神凝望著。木乃伊戴著面具，上面畫有一張女人臉，深邃的眼眸令人難以忘懷。

此時，斷層室裡的另一女子吸引莫拉的注意。年輕的她戴著棉質手套，彎腰湊近木箱，取出緩衝木乃伊四周的幾塊珍珠棉。烏黑的捲髮撒落她的臉旁，她直起身子，攏頭髮向後，展現出一對黑眼珠，和面具上畫的眼睛同等深奧動人。她的五官具有地中海人種的特徵，被畫進埃及神殿也不足爲奇，但她的服裝是徹底的摩登：窄版藍色牛仔褲，T恤上印有「援非演唱會」（Live Aid）的圖文。

「她很美吧？」羅賓森博士喃喃問。他已來到莫拉身邊。乍聽之下，莫拉懷疑他指的究竟是X夫人，或是這位年輕女子。「外表看來，她的狀況是好得沒話說。我只希望裡面的軀體保存得和外面的布條一樣完好。」

「你估計她的年代多久遠？」

「我們切下一小片裹屍布，送去進行碳十四分析，我們的預算差點吃不消，不過喬瑟芬堅持非做不可。分析的結果是西元前二世紀。」

「是托勒密王朝，對不對？」

羅賓森欣然微笑。「妳對埃及的朝代很熟悉嘛。」

「我大學主修考古學，不過我對埃及的認識全還給老師了，只記得朝代和揚諾馬米部落❶。」

「我還是對妳刮目相看。」

她注視著被裹住的遺體，心裡讚嘆著木箱裡躺著兩千多歲的古物，而且是千里迢迢而來，漂洋過海，跨越三個千禧年，最後躺進波士頓一間醫院的斷層掃描桌上，被好奇的眼光包圍。「你打算連木箱一起掃描嗎？」莫拉問。

「我們希望儘量不要碰觸她。木箱不會妨礙掃描，我們仍然能看清布條下面的東西。」

「所以說，你連偷偷看一眼也沒有過？」

「妳想問的是，我有沒有『掀開』她的一部分？」他原本溫篤的眼睛赫然瞪大。「天啊，我才沒有。一百年前的考古學家或許會做那種事，所以才毀損那麼多古物。這具木乃伊的裹屍布可能塗了幾層樹脂，所以不能直接剝開，可能要一小塊一小塊敲掉。直接剝開不只會破壞古物，更是對亡魂不敬。我絕對不會做那種事。」他透過窗戶望著黑髮妙齡女子。「我如果動手，喬瑟芬肯定不饒我。」

「她是你的同事？」

「對。她是喬瑟芬．蒲契洛博士。」

「她看起來只有十六歲。」

「可不是嗎？不過，她的腦筋靈活過人。安排斷層掃瞄的人就是她。院方的法務室想制止，喬瑟芬想盡辦法才促成這件事。」

「法務爲什麼反對？」

「笑死人了，因爲這位病患沒辦法簽署醫院的同意書。」

莫拉不敢置信地笑了。「跟木乃伊要同意書？」

「身爲律師的人，再小的細節也不能放過，病患死了幾千年也一樣。」

所有緩衝物被喬瑟芬・蒲契洛博士移除完畢後，她也進來參觀室，關上通往斷層室的門。木乃伊現在曝露在木箱中，等候第一道X光。

「羅賓森館長？」斷層掃描技術員說，手指僵在電腦鍵盤的上空。「照規定，我們要先輸入病患的基本資料，然後才能開始掃描。出生年月日要怎麼塡？」

羅賓森皺眉。「唉，眞的需要出生年月日嗎？」

「這些空格不塡完，掃描沒辦法開始。我在『年』的空格試過『0』，電腦不肯接受。」

「不如用昨天的日期試試看？把它當成只出生一天。」

「好。接下來，電腦程式堅持要問它的性別。是男？是女？或者是其他？」

羅賓森愣了一下。「有『其他』這種性別嗎？」

技術員咧嘴笑。「我一直沒機會在這一格打勾。」

「好吧，那就暫時勾『其他』。雖然面具畫的是女人臉，實際性別不得而知，非等掃描之後才能確定。」

「好，」放射科的布萊爾醫師說，「準備掃描囉。」

❶ Yanomami，生活在巴西與委內瑞拉交界處亞馬遜河流域的原始部落。

羅賓森點點頭。「開始吧。」

大家圍聚在電腦螢幕前，等待第一批影像出現。透過窗戶，他們看得見掃描桌把X夫人送進甜甜圈形狀的開口，等著X光從四面八方照射她。電腦斷層掃描不是醫學上的新科技，但近年來才開始應用在考古學上。全室的人都沒有現場觀摩木乃伊斷層掃描的經驗，大家是人擠人觀賞，攝影人員則把鏡頭對準臉孔，準備捕捉觀眾的反應。尼可拉斯・羅賓森館長站在莫拉身旁，重心放在前腳掌，全身左搖右晃，放射出來的緊張能量足以感染在場所有人。莫拉拉長頸子，想把螢幕盡收眼底，自覺脈搏加速。第一個畫面出來了，只引發不耐煩的嘆息。

「只是木箱的外殼。」布萊爾醫師說。

莫拉瞥向羅賓森，看見他的雙唇抿成一道細線。X夫人該不會只是一團破布吧？喬瑟芬・蒲契洛博士站在他身旁，神情同樣緊繃，緊抓著布萊爾醫師的椅背，從他背後注視螢幕，等著看見任何狀似人體的影像，任何影像都行，只要能證實布條裹著人屍即可。

下一張圖改變了一切。這張顯示一面圓盤，明亮得令人心驚，一出現在螢幕上，全體觀眾陡然同步吸進一口氣。

骨。

布萊爾醫師說：「這是頭蓋骨。躺在裡面的千眞萬確是人，恭喜恭喜。」

羅賓森與喬瑟芬喜不自勝，互相拍背幾下。「我們期待的正是這一刻！」他說。

喬瑟芬露齒而笑。「展示廳總算可以完工了。」

「木乃伊！」羅賓森仰頭大笑。「大家都愛木乃伊！」

螢幕上陸續顯示新的斷層影像，他們立即把注意力轉回去，觀看進一步的顱骨掃瞄圖，發現顱腔裡面沒有腦組織，反而塞了幾條麻繩似的物體，活像裡面住著糾結成團的蠕蟲。

「裡面是亞麻布條。」喬瑟芬・蒲契洛博士以神往的態度喃喃說，彷彿這是她一生見過最美麗的景象。

「沒有腦組織。」掃描技術員說。

「對，腦漿通常會被清除掉。」

「聽說是拿著鉤子從鼻子插進去，然後把腦子勾出來，是眞的嗎？」技術員問。

「幾乎對，只不過，腦組織太軟了，沒辦法直接勾出來，所以大概是用某種器材，伸進去把腦子打散，攪拌成液態，然後讓屍體側躺，好讓腦漿從鼻子流掉。」

「哇，太噁心了。」技術員說。但他還是把喬瑟芬的話全聽進去了。

「倒完腦漿以後，顱腔可能就這樣空著，也可能被塞進亞麻布條，就像這一具。也塞乳香。」

「乳香？聖經裡面有提到。我老是搞不懂乳香是什麼。」

「是一種有香味的樹脂，只有非洲一種特別的樹木才會分泌，所以在古代非常珍貴。」

「所以東方三智者才會帶乳香去伯利恆。」

喬瑟芬・蒲契洛博士點頭。「算是寶貴的厚禮。」

「好，」布萊爾醫師說。「接著掃描到眼窩以下。這裡可以看見上顎，以及……」他停下來，顰眉看著密度異常高的影像。

羅賓森喃喃說：「我的天哪。」

「是金屬製品，」布萊爾醫師說。「在口腔裡面。」

「有可能是金葉子，」喬瑟芬說。「在希臘羅馬時代，金葉舌有時會被塞進死人嘴巴裡。」電視攝影機記錄著每一句話。羅賓森轉向鏡頭：「嘴裡好像有金屬物，年代可以佐證是希臘羅馬時期——」

「這又是什麼東西？」布萊爾醫師驚呼。

莫拉的視線霎然轉向電腦螢幕。一顆耀眼的星光從木乃伊的下顎發出，令莫拉震驚，因爲這種現象不應該出現在兩千年的古屍體內。假使這具屍體剛上驗屍檯，這現象不足爲奇，但她靠近仔細看。「我知道這是不可能的事，」莫拉輕聲說。「不過，那東西看起來像什麼，你知道嗎？」

放射科醫師布萊爾點頭。「看起來像塡補牙齒的材料。」

莫拉轉向羅賓森館長。他的神情和其他人同樣震驚。「文獻上記載過這種現象的埃及木乃伊嗎？」她問。「古代補牙術被誤認爲現代補牙塡料？」

羅賓森兩眼圓睜，搖搖頭。「文獻沒記載，並不表示古埃及人沒有這份能耐。他們的醫療水準很先進，在古代無人能出其右。」他望向同事。「喬瑟芬，這是妳的專業領域。妳能解釋嗎？」

喬瑟芬．蒲契洛絞盡腦汁思索答案。「在——在古王國時代，有記載在草紙上的醫學資料，」她說，「描述治療牙齒鬆動、造牙橋的醫術。另外，也有一位知名的治療師懂得製作人工牙齒。由此可見，古埃及人在牙醫方面有許多創見，遠遠超過當年的水準。」

「可能，他們做過這一種補牙術嗎？」莫拉指向螢幕。

喬瑟芬．蒲契洛困惑的眼神轉向斷層影像。「如果有，」她輕聲說，「我也沒聽過。」

在螢幕上，新的影像一幅接一幅，以深淺不一的灰色呈現，分析人體的畫面簡直宛如以麵包刀切開軀體。X夫人雖然被X光從各種角度照射，接受大量輻射線，卻不必擔心罹患癌症，無須爲副作用而憂愁。X光繼續侵害她的肢體，她卻比任何一位病患更能默默承受。

受到剛才影像的震撼，羅賓森現在拱身向前，猶如一把繃得緊緊的弓，爲下一個驚奇現象預做心理準備。胸廓的斷層照首度登場，胸腔裡面漆黑一片，毫無物體。

「看樣子，肺臟被切除了，」放射科醫師說。「我只看見胸腔有一點皺縮的縱膈。」

「那是心臟，」喬瑟芬・蒲契洛說，語調穩定下來了。幸好這幅影像在她預期之中。「古埃及人一定儘量把心臟留在原位。」

「只留心臟？」

她點頭。「他們認爲心臟是智能的泉源，所以絕對不能切除。埃及的《死者之書》記載了三種咒語，以確保心臟存留在原位。」

「其他器官呢？」技術員問。「聽說全被放進特別的罐子裡。」

「那是第二十一王朝以前的事。在大約西元前一千年以後，器官會被裹成四包，塞回體內。」

「照妳這麼說，我們待會兒應該看得到？」

「如果是托勒密時代的木乃伊，就看得到。」

「根據目前的資料，我應該能估計她死時的年齡，」放射科醫師說。「智齒已經完全萌發，顱縫已經癒合，但我看不出脊椎有退化的情形。」

「是年輕的成人。」莫拉說。

「可能不到三十五歲。」

「在她那個時代，三十五歲是不折不扣的中年人。」羅賓森說。掃描進行到胸廓以下，X光切穿層層裹屍布，切穿乾皮、枯骨構成的軀殼，展現腹腔內的奧秘。莫拉看見的是不太熟悉的景象，詭譎如外星人驗屍記。原以為會看見肝脾臟、胃臟、胰臟的地方，她只看見長條亞麻布如蛇一樣盤踞，原本一目瞭然的臟器分佈圖不復存在，幸虧有代表脊椎骨的白色節點，她才知道這一具確實是人體，不同的是體內被掏空，被當成碎布娃娃一樣在裡面塡塞東西。

對莫拉而言，木乃伊的人體結構近似外星人，但對羅賓森與喬瑟芬來說，這是他們熟悉的領域。新影像陸續躍上螢幕，兩人湊近觀看，指出他們能辨識的細節。

「在那裡，」羅賓森說。「那四個亞麻布包，器官被包在裡面。」

「好，接下來是骨盆。」布萊爾醫師說。他指著兩道白色的弧形，是髂骨脊的上緣。

隨著電腦統整、判讀X光束傳達的資訊，骨盆緩緩成形。一幅幅影像漸次揭露秘境，令人心癢難熬，宛如數位化的脫衣舞表演。

「骨盆入口的形狀，看到沒？」布萊爾醫師說。

「是女性。」莫拉說。

布萊爾醫師點頭。「我敢說，這是無庸置疑的定論。」他回頭對兩位考古學家咧嘴笑：「現在可以正式稱呼她是X夫人了，不是X先生。」

「看看她的恥骨聯合情形，」莫拉說，依然注視著螢幕。「沒有分離的現象。」

布萊爾點頭。「對。」

「什麼意思？」羅賓森問。

莫拉解釋：「分娩過程中，胎兒鑽出骨盆，會把恥骨聯合的部位撐開來。從這圖來判斷，她沒有生過小孩。」

技術員笑說：「你們家的木乃伊（mummy），一輩子沒當過媽咪（mommy）。」

掃描過骨盆後，目前推進到腿骨，大家看見乾癟的肌膚裹著大腿。

「尼克，快打電話給賽門，」喬瑟芬對羅賓森說。「他大概在等電話。」

「喔，天啊，我忘記了。」羅賓森掏出手機，撥給他的上司。「賽門，我正在看什麼，你猜猜看？沒錯，她美極了。另外我們有幾個意外的收穫，所以召開記者會的時候一定很——」剎那間他啞然，目光僵在螢幕上。

「搞什麼？」技術員脫口而出。

螢幕顯示的影像太出人意表了，全參觀室的觀眾愣成木頭人。假如躺在掃描檯上的是活生生的病患，莫拉一眼即可斷言卡在小腿裡的金屬小異物是什麼東西。這個金屬物體擊碎了細長的腓骨。這顆東西不應該出現在X夫人的腿裡。

一顆子彈不應該出現在X夫人的遠古時代。

「我沒有看錯吧？」技術員說。

羅賓森搖頭。「肯定是死後造成的毀損，不然怎麼可能？」

「兩千年前造成的毀損？」

「我——我待會兒再打給你，賽門。」羅賓森掛掉手機，轉向攝影師，下令：「關機。請關掉，快關機。」他深呼吸。「好，好。我們——我們從邏輯的角度來看待這現象。」理解出一種顯而易見的解釋時，他打直身體，重建自信。「木乃伊常被盜墓人擅動或毀損。顯然是有人對著這具木乃伊開槍。後來，保存古物的專家爲了修復毀損的地方，重新以裹屍布包好，所以我們在裹屍布的表面看不到彈孔。」

「事情的經過不是這樣。」法醫莫拉・艾爾思說。

羅賓森怔住了。「妳這話是什麼意思？合理的解釋只有這一種。」

「這個腿傷不是死後造成的，而是在這女人生前就發生了。」

「不可能。」

「艾爾思法醫的說法恐怕是對的，」放射科的布萊爾說。他看著莫拉。「妳根據的是碎骨周圍形成的初生骨痂，對不對？」

「什麼意思？」羅賓森問。「什麼是骨痂？」

「意思是，這女人死的時候，斷骨的部位已經進入癒合的過程。她受傷之後活了至少幾個星期。」

莫拉轉向羅賓森館長。「這具木乃伊是從哪裡來的？」

羅賓森的眼鏡又順著鼻樑向下滑，這時他從鏡片上緣凝視，彷彿受到木乃伊腿裡的小白點催眠。

回答問題的人是喬瑟芬・蒲契洛。她的音量幾近低語。「博物館的地下室。是羅賓森館長在一月發現的。」

「博物館是從哪裡取得的？」

喬瑟芬搖搖頭。「我們不清楚。」

「一定有檔案吧?查一查資料，應該可以找到她的來源。」

「沒有她的資料，」羅賓森終於講得出話。「克利斯賓博物館成立一百三十年了，失傳的檔案很多。我們不曉得她被保存在地下室多久了。」

「你是怎麼發現她的?」

儘管室內吹著空調，汗珠照樣從羅賓森館長的蒼白臉孔冒出來。「我三年前上任以後，開始清點館藏，後來發現她。她被放在一口沒有標示的木箱裡面。」

「你當時不覺得意外?埃及木乃伊這麼稀少，隨便擺在木箱裡，也不多做標示，就被你找到了?」

「可是，木乃伊並沒有那麼罕見啊。在十九世紀，去埃及花五元就買得到，所以美國遊人帶了好幾百具回國，有的擺在閣樓，有的進了古董店。尼加拉瀑布甚至有一個奇人展覽會，自稱收藏了拉美西斯一世的木乃伊。所以說，我們在自己的博物館發現木乃伊，並沒有覺得是驚天動地的事。」

「艾爾思法醫?」布萊爾醫師說。「偵測影像出來了，我建議妳參考一下。」

莫拉轉向螢幕，上面顯示著傳統的X光片。她自己的驗屍間裡備有看片燈箱，經常把這種X光片掛在上面看，因此不需放射師解釋，就知道X光片透露的內情。

「一看就知道是什麼，」布萊爾醫師說。

對。無庸置疑了。小腿裡面確實有一顆子彈。

莫拉取出手機。

「艾爾思醫師？」羅賓森館長說。「妳打給誰？」

「我想調停屍室的車子過來，」她說。「X夫人現在成了法醫的案子。」

3

「是我想像力太豐富，還是怪案子老是掉在妳和我的頭上？」貝瑞．佛洛斯特警探說。

X夫人絕對是怪案一樁，珍．瑞卓利心想。她開著車，經過幾輛新聞轉播車，轉進醫事檢驗所的停車場。大清早八點，窮凶極惡的記者就已餓得唉唉叫，急著採訪這件終極懸案的詳情。昨晚瑞卓利接到莫拉的電話，聽見這案子的直覺反應是懷疑，一笑置之。如今瑞卓利看見轉播車才領悟到，這案子可不能等閒視之。法醫莫拉的個性是出奇地沉悶，應該不可能羅織這麼大的惡作劇來捉弄她。

她駛進停車位，坐著冷眼旁觀轉播車。等她和佛洛斯特從醫事檢驗所裡面走出來，不知道攝影機將會暴增多少？她心想。

「至少這個案子不會臭烘烘。」瑞卓利說。

「可是，木乃伊會害人生病，知道吧？」

瑞卓利轉向搭檔，見到他白皙的娃娃臉露出眞心憂慮。「什麼病？」她問。

「我老婆艾莉絲不在家，我看了好多電視。昨晚我在Discovery頻道上看到一個節目，裡面介紹說，木乃伊會散發一種芽孢。」

「喔。恐怖的芽孢。」

「不是玩笑話，」他堅稱。「芽孢能害人生病。」

「天啊，希望艾莉絲趕快回家。你快被Discovery頻道撐死了。」

下車後，他們踏進濕黏的暑氣，瑞卓利原本就不乖的深褐色頭髮被烘成毛燥的泡麵。擔任兇殺案警探的四年期間，瑞卓利走進醫事檢驗所的次數多到數不清，一月時是以滑壘的方式進去，三月是以百米速度冒雨衝進去，八月則是在熱如餘燼的柏油路面上舉足維艱。這幾十步路，對她而言是家常便飯，而她對這段路的終點也很熟悉。她曾相信，這段路走久了，自然會愈走愈輕鬆，總有一天無論不鏽鋼驗屍檯上躺著什麼，她不會再怕。但自從她一年前生下女兒蕾吉娜之後，她對死亡的畏懼升高到前所未有的程度。母職才不會讓人更堅強，反而讓人感到脆弱，擔心被死神剝奪什麼東西。

然而今天，停屍室裡的死者誘發的不是恐懼，而是迷惑。瑞卓利一踏進驗屍間的等候室，直線往窗戶走去，急著看驗屍檯上的死者第一眼。

「X夫人」是《波士頓環球報》取的綽號，不但簡單好記，也勾起一幅風情萬種的遐想，令人聯想到黑眼珠的埃及豔后。瑞卓利看見的是一具破布裹住的乾癟人形物。

「她看起來像人形的墨西哥玉米肉粽，」瑞卓利說。

「那個女孩是誰？」佛洛斯特凝視著窗內的活人。

驗屍間裡有兩位瑞卓利不認識的人：男人身材高瘦，手長腳長，戴著老學究的眼鏡；褐髮妙齡女子的身材嬌小，上身穿著驗屍袍，下身是藍色牛仔褲。「那兩個一定是博物館的考古學家。聽說博物館會派兩人過來。」

「她是考古學家？嘩。」

瑞卓利以手肘頂他一下，表示討厭。「艾莉絲才走幾個禮拜，你就忘記自己是已婚男人了。」

「印象中，我沒想像過考古學家能長得這麼辣嘛。」

兩警探穿上鞋套，披好驗屍袍，推門進驗屍室。

「嘿，醫生，」瑞卓利說。「我們辦的，眞的就是這個？」

莫拉從燈箱前轉身，目光如常，同樣是嚴肅正經。在驗屍檯邊，其他病理學家多少會開開玩笑，或者嘲諷幾句，莫拉卻不然，連在死人面前笑一聲也很少見。「馬上分曉。」她把瑞卓利剛才看見的兩位陌生人介紹給她認識。「這位是館長，是尼可拉斯・羅賓森博士。這一位是他的同事喬瑟芬・蒲契洛博士。」

「兩位在克利斯賓博物館上班？」瑞卓利問。

「對，而且我打算在這裡做的事情，讓他們不太高興。」法醫莫拉・艾爾思說。

「這樣做，恐怕有毀損古物的危險，」羅賓森說。「一定想得出其他辦法來調查吧？直接解剖是下策。」

「所以我才請你過來，羅賓森館長，」莫拉說。「請你幫我把損傷減到最低程度。我最討厭的就是毀損古物。」

「昨晚的斷層掃描，不是清楚顯示裡面有一顆子彈了嗎？」瑞卓利說。

「這幾張是今天早上拍的X光片，」莫拉指向燈箱說。「妳的見解如何？」

瑞卓利走向燈箱，研究著夾在上面的X光片。右腿腹有一個白點，她看來認爲絕對是子彈。

「對，難怪妳昨晚會被嚇破膽。」

「我才沒有嚇破膽。」

珍・瑞卓利警探笑笑。「差不多夠接近了。」

「我承認，我看見子彈確實是大吃一驚，大家都一樣。」莫拉指著右小腿的腿骨。「看見沒？腓骨碎裂，應該是被這個異物撞碎的。」

「妳昨晚說，這是她生前受的傷？」

「看得出骨痂初生的情形，表示她死時，腓骨已進入癒合的階段。」

「可是，她的裹屍布是兩千年前的東西，」羅賓森館長說。「我們證實過了。」

瑞卓利緊緊瞪著X光片，極力找出合乎邏輯的說法，以解釋眼前的現象。「說不定，這顆不是子彈，也許是古代金屬做的什麼東東。矛頭之類吧？」

「珍，這才不是矛頭，」莫拉說。「子彈就是子彈。」

「那就挖出來，證明給我看。」

「挖出來以後呢？」

「我們就被考倒了。這個嘛，怎麼思考才解釋得通？」

「欸，我昨天晚上打電話給艾莉絲，你知道她怎麼說嗎？」佛洛斯特說。「她第一個想法是『時光倒流』。」

瑞卓利笑了。「艾莉絲什麼時候開始以鬼話來唬弄你了？」

「回到過去，在理論上說得通呀，」他說。「帶著槍回到古埃及去。」

莫拉不耐煩了，插嘴說：「專心討論眞正的可能性，行嗎？」

瑞卓利皺著眉頭，直盯代表金屬硬物的小白點。在X光片上的死者四肢和破碎顱骨裡，瑞卓利看過無數顆子彈，這一顆並無差別。「我實在想不出一套合理的解釋，」她說。「妳乾脆把她切開來，看看那粒金屬到底是什麼。也許這兩位考古學家的看法正確，說不定是妳自己妄下結論，醫生。」

羅賓森說：「身為館長，我的職責是保護她，避免她被人任意肢解。最低限度，能麻煩妳把傷害限制在相關部位嗎？」

莫拉點頭。「這樣做合情合理。」她走向驗屍檯。「我們把她翻身過來。如果有彈孔，應該在右小腿腹上。」

「我們最好一起動手，」羅賓森說。他走向木乃伊的頭，喬瑟芬則移向木乃伊的腳。「施力務必均勻，不能讓任何一部位承受到壓力，因此，可以麻煩四個人一起合作嗎？」

戴著手套的莫拉伸手向屍肩，說，「佛洛斯特警探，可以請你支撐她的臀腰部嗎？」

佛洛斯特遲疑著，斜眼瞪著滿是污漬的亞麻裹屍布。「不是應該戴口罩之類的東西嗎？」

「只是幫她翻個身而已，不必吧。」莫拉說。

「聽說木乃伊能傳染疾病。一吸到他們身上的芽孢就會感染肺炎。」

「唉，囉囉唆唆，」瑞卓利說。她戴好手套，走向驗屍檯，雙手伸進木乃伊的臀部下面，說，「我準備好了。」

「好，抬起來，」羅賓森說。「現在，轉過去，對，就這樣⋯⋯」

「嘩，她輕得像空氣。」珍．瑞卓利說。

「活人的身體有很大的比例是水。器官被切除掉，屍體也經過乾燥處理，最後的體重只剩原來的幾分之一。她現在大概只有五十磅（二十三公斤）左右，包括裹屍布在內。」

「有點像是牛肉乾吧？」

「說穿了，她就像人肉乾。好，現在，一起把她慢慢放下。動作要輕。」

「欸，我剛提到芽孢，可不是玩笑話喔，」佛洛斯特警探說。「有個節目介紹過。」

「你指的是不是圖坦卡門王的詛咒？」莫拉問。

「對，」佛洛斯特說。「就是他！有幾個人進他的陵寢，後來死得一個也不剩。據說是吸入什麼芽孢的，病倒了。」

「曲黴，」羅賓森說。「霍華・卡特（Howard Carter）率領一批人擅闖陵寢時，可能把沉澱幾世紀的芽孢吸進肺裡，其中幾人後來罹患肺曲黴病不治。」

「照你這麼說，佛洛斯特不是在瞎掰？」瑞卓利說。「木乃伊的詛咒是眞有其事？」

厭煩閃現在羅賓森的目光裡。「當然沒有詛咒。死了幾個人，沒錯，不過卡特那群人對可憐的圖坦卡門做了那種事情，也許被詛咒是活該。」

「他們對圖坦卡門做了什麼事？」瑞卓利問。

「他們摧殘圖坦卡門。他們切開他的木乃伊，打斷他的骨，簡直是把他分屍，只想尋找珠寶和護身符。爲了把圖坦卡門搬出棺材，他們把人剁成好幾塊，手腳全被肢解，也砍掉他的頭。那怎麼稱得上做學問呢？應該是褻瀆才對。」他低頭看X夫人，瑞卓利看得出他景仰的眼神，目光甚至帶有溫情。「同樣的事情，希望不要發生在她的身上。」

「我最不想做的事情就是肢解她，」莫拉說。「這樣吧，我們只拆掉裹屍布的一小部分，足夠解謎就好。」

「可能不是說拆就能拆掉，」羅賓森說。「依照傳統，底層的布條浸泡過樹脂，一定會像強力膠一樣緊緊黏住。」

莫拉轉向X光片，再研究一遍，然後伸手拿起小手術刀和鑷子。瑞卓利見過莫拉解剖遺體幾次，卻從未見過她遲疑這麼久，刀鋒在小腿上空逗留，狀似害怕切下第一刀。而這一刀切下去，勢必對X夫人造成無以挽回的傷害，因此羅賓森館長與喬瑟芬眼裡充滿斬釘截鐵的反對。

莫拉動刀了。她的動作並非平日充滿自信的刀法，而是使用鑷子謹慎夾起亞麻布，方便刀鋒由下向上切穿層層布料。「切起來滿容易的。」她說。

喬瑟芬．蒲契洛蹙眉頭。「這不太合乎傳統。平常而言，裹屍布應該會先浸泡在融化的樹脂裡。一八三〇年代的人打開木乃伊時，有時候還非把裹屍布撬開不可。」

「樹脂到底有什麼用途？」佛洛斯特問。

「讓裹屍布能黏在一起，凝固以後能增加硬度，形成的外殼近似混凝紙漿的人形箱，可以保護裡面的東西。」

「我已經切到最後一層了，」莫拉說。「切過這麼多層，沒有一層以樹脂黏著。」

瑞卓利拉長頸子，想看裹屍布下面的風景。「那是她的皮膚啊？看起來像舊皮革。」

「皮革本來就是乾掉的皮膚，」瑞卓利警探，」羅賓森館長說。「可以說是。」

莫拉取來剪刀，小心翼翼剪開布料，曝露出更大片的皮膚。與其說是人皮，倒不如說是包著骨的褐色羊皮紙。她再一次瞥向X光片，把放大鏡轉向小腿上方。「我在表皮找不到彈孔。」

「所以說，這槍傷不是死後造成的，」瑞卓利說。

「吻合這張X光片顯示的情形。異物可能是在她活著的時候進入體內，之後她繼續存活，足夠讓碎骨開始復原，皮肉的傷口也癒合完畢。」

「復原到這種程度要多久？」

「幾個禮拜。也許一個月吧。」

「在她復原的期間，肯定有人在照顧她吧？供她吃住。」

莫拉點頭。「因此死法更難判定。」

羅賓森問：「死法？妳是什麼意思？」

「換句話說，」瑞卓利說，「我們懷疑她可能被人謀殺。」

「我們先解決最要緊的問題。」莫拉取刀過來。製作木乃伊的過程硬化了皮肉，因此莫拉切割起來並不輕鬆。

瑞卓利望向驗屍檯對面，看見喬瑟芬的嘴唇閉得緊緊的，彷彿把抗議硬含在嘴裡。儘管喬瑟芬反對揮刀，卻也無法移開視線。所有人傾身向前看，羅患芽孢恐懼症的佛洛斯特也不例外，大家的注意力被黏在小腿裸露的部位，看著莫拉拿起鑷子，戳入切口。鑷尖在乾癟的皮肉底下左鑽右探，不消幾秒，就夾出了目標物。莫拉把這東西丟在鐵盤上，產生金屬碰撞的咚聲。

喬瑟芬陡然吸一口冷氣。這東西不是矛頭，更不是折斷的刀尖。

莫拉最後發表不言自明的一句話。「現在，大家應該能放心猜測，X夫人其實沒有兩千年的歷史。」

4

「我想不通，」喬瑟芬・蒲契洛喃喃說。「我們明明找人分析過裹屍布，用碳十四證實過年代。」

「可是，子彈就是子彈，」瑞卓利指向淺盤。「而且是一顆點二二的子彈。妳的分析錯得離譜。」

「我找的化驗所是業界知名的一間啊！他們證實了年代。」

「妳們兩位可能都對。」羅賓森靜靜說。

「怎麼個對法？」瑞卓利看著他。「我想知道。」

他深深吸一口氣，從驗屍檯邊退開，彷彿需要思考的空間。「偶爾，我會看到有人拿出來賣。至於眞實性多高，我不清楚，不過我確定，古董市場上的眞品多的是。」

「賣什麼？」

「木乃伊的裹屍布。這種古董布比木乃伊本身普及。我在eBay上看過有人拍賣。」

瑞卓利以一笑表達吃驚。「木乃伊的裹屍布，上網也買得到？」

「跨國買賣木乃伊曾經盛極一時。買家會把木乃伊磨成粉，當成藥，或者被運去英格蘭當肥料。有錢的觀光客會把木乃伊買回家，舉行拆封聯誼會，邀請好友過來參觀剝開裹屍布的過程。由於護身符和珠寶常被裹進亞麻布裡，拆封時有點像尋寶，找出小玩意兒來贈送給來賓。」

「那算哪門子的餘興節目？」佛洛斯特說。「拆裹屍布有什麼好玩？」

「拆封的場所是在維多利亞時代最上流的民宅，」羅賓森說。「足以證明當時的人對埃及的死者多麼不敬。裹屍布拆光了，木乃伊不是被丟棄，就是被燒掉。不過，裹屍布通常會被留下來當紀念品，所以才會出現在拍賣市場上。」

「所以說，這個木乃伊的裹屍布有可能是古物，」佛洛斯特說，「即使屍體不是古人？」

「這能解釋碳十四判定的年代。至於X夫人本身……」羅賓森搖頭表示困惑。

「我們仍然無法證明發生了兇殺案，」佛洛斯特說。「槍傷已經開始復原了，不能根據這樣的傷來定罪。」

「我有點懷疑，她該不會是自願當木乃伊吧，」瑞卓利說。

「其實，」羅賓森說，「的確有自願的可能。」

眾人的視線轉向羅賓森館長，見到他滿臉正經。

「她自願把腦漿倒光、把內臟抽出來？」瑞卓利說。「不會吧。」

「有些人的確遺贈自己的大體，希望被製成木乃伊。」

「對耶，另一個節目也有介紹，」佛洛斯特說，「同樣是Discovery頻道播的。有個考古學家真的把一個現代人做成木乃伊。」

瑞卓利凝視著被包裹的遺體。她想像，被層層密封在繃帶裡面的滋味怎樣？被封進亞麻外殼裡，一兩千年動彈不得，直到哪天一個好奇的考古學家決定拆封，曝露出皺縮的屍首。不是塵土歸塵土，而是肌膚成皮革。她嚥了一下口水。「怎麼有人肯自願？」

「這算是一種永生，妳不認爲嗎？」羅賓森反問。「是任憑屍體腐爛之外的一種方法。遺體可以獲得保存，愛妳的人永遠不必擔心妳腐敗、消失。」

愛妳的人。瑞卓利抬頭。「你是說，製作木乃伊有可能是愛的表現？」

「可以說是挽留住妳愛的人，讓他們免受蛆蟲的侵擾，免於腐敗的命運。」

肉身的必然下場，瑞卓利心想。她想到這裡，感覺室溫突然劇降。「說不定根本扯不上愛，也許是佔有慾在作祟。」

羅賓森與她的目光接觸，明顯對這項推論起了憂心。他輕聲說，「我倒沒有朝那方向去思考。」

瑞卓利轉向莫拉。「我們繼續驗屍吧，醫生。沒有進一步的資訊無法辦案。」

莫拉走向燈箱，取下小腿的X光片，然後把斷層掃瞄的影像放上燈箱。「來，合力把她推回躺姿。」

這一次，莫拉切除覆蓋軀體的亞麻布，再也沒有毀損古物的顧忌。現在大家知道，莫拉切開的並非古人的遺體，如今已進入偵辦命案的階段，解答不在亞麻布條上，而是在骨肉本身上。亞麻布分開來，顯露上半身，縮水的褐皮膚裹著胸腔，肋骨腔的輪廓清晰可見，如同羊皮紙和骨架拱起的地窖。莫拉移向頭部，撬開彩繪的木乃伊面具，開始剪掉臉上的布條。

瑞卓利看著掛在燈箱上的斷層影像，然後對著裸露的屍身皺眉頭。「製作木乃伊的過程裡，器官全被掏空了，對吧？」

羅賓森點頭。「移除臟腑可以減緩腐敗的過程。這是屍體不腐敗的主因之一。」

「可是，她肚子卻只有一小道傷口。」瑞卓利指向左腹的一小條刀傷，縫合的手法粗糙。

「開口這麼小，怎麼掏空所有的內臟？」

「古埃及人用的正是同樣的手法。他們在左腰劃開一小道來移除臟腑。保存這具屍體的人一定熟悉古法，顯然是循古法炮製。」

「所謂的古法是什麼？製作木乃伊到底有哪些步驟？」瑞卓利問。

羅賓森看著同事。「喬瑟芬比我懂，由她來說明吧。」

「蒲契洛博士？」瑞卓利說。

子彈曝光之後，年輕的喬瑟芬依然是一副心有餘悸的模樣。她清一清嗓子，挺直腰桿。「今人對製作過程的瞭解，多半來自希羅多德（Herodotus），」喬瑟芬說。「他可以說是希臘的旅遊作家。在兩千五百年前，他周遊各國，記錄所見所聞。問題是，他有時候會記錯細節，有時候會誤信當地的導遊。」她強擠出笑容。「有錯，反而為他增添真人的色彩，不是嗎？他和今天遊覽埃及的人沒兩樣。也許會被兜售紀念品的小販追著跑，被黑心導遊騙得團團轉，和其他天真的海外觀光客一樣。」

「他怎麼描寫製作木乃伊的方法？」

「他聽說，首先要舉行滌屍的儀式，水裡要添加泡鹼（natron）。」

「泡鹼？」

「成分基本上是幾種鹽巴。拿家用的食鹽加小蘇打，就能調製泡鹼。」

「小蘇打？」瑞卓利呵呵一笑，表示不安。「以後看到手錘牌的小蘇打，絕對會另眼相看。」

「大體洗淨以後，抬上木塊上擺平，」喬瑟芬繼續。「然後用衣索比亞石刀——大概是黑曜岩，和剃刀一樣鋒利——切開一小道，就像這具。然後拿某種帶鉤子的器具，伸進去把器官勾出來。被掏空以後，還要沖洗體內，然後往裡面塞乾的泡鹼。屍體的外面也要撒泡鹼，脫水四十天。有點像用鹽巴來醃魚。」她歇口，注視著莫拉剪除木乃伊臉上的最後一條布。

「之後呢？」瑞卓利催她。

喬瑟芬瞧一瞧。「到這個階段，屍體的重量已經減輕了大約百分之七十五。屍體的體內會被塞進亞麻布和樹脂，內臟有時候也會被塞回體內。另外……」她停下來，瞪圓眼睛，看著最後一片裹屍布從臉上脫落。

大家首度看見X夫人的面貌。

長長的黑髮仍附著在頭皮上。皮膚在顯著的顴骨上被撐平。然而，最令瑞卓利畏縮的是木乃伊的嘴唇。上下唇被粗線縫合，縫法可媲美科學怪人的裁縫師。

喬瑟芬・蒲契洛搖搖頭。「怎——搞錯了吧！」

「嘴巴通常不會被縫起來嗎？」莫拉問。

「才不會！縫起來，亡魂怎麼吃喝？怎麼講話？等於是詛咒她永世飢餓，永遠沉默。」

永遠沉默。瑞卓利看著醜陋的縫合處，納悶著：妳出言不遜，冒犯到兇手了？妳是不是頂嘴？以言語辱罵他？出庭指證他？嘴唇被縫住，永遠無法張口，是對妳的懲罰嗎？

屍體現在全面赤裸，裹屍布蕩然無存，皺縮的肌膚緊貼骨架。莫拉開始解剖上半身。

瑞卓利參觀過Y形解剖法，當手術刀朝胸腔劃下第一道時，每次她都被臭氣逼得退縮。即使是剛死不久的屍體，也會釋放出一股輕微的腐臭，近似略帶硫磺味的口臭。唯一的差別是，躺著的人並不會呼吸。瑞卓利把這種臭氣稱爲死人口臭，只要飄來一絲絲，就能熏得她暈頭轉向。

然而，刀子切入X夫人的胸腔時，令人作嘔的臭氣並沒有飄出來。莫拉有條不紊地剝開肋骨，扳開古代護胸甲似的胸壁，展現胸腔內景。這時，飄散出來的是不太難聞的氣味，讓瑞卓利聯想到線香。她非但不後退，反而湊近過去吸個夠。檀香，她心想。樟腦。另外也含有甘草和丁香之類的香料。

「這不合我的預期。」莫拉說。她從胸腔拾起一小塊乾燥香料。

「看起來像八角茴香。」瑞卓利說。

「不合傳統，對吧？」

「傳統上用的是沒藥（myrrh），」喬瑟芬說。「融化的樹脂。作用是掩蓋屍臭，增加遺體的硬度。」

「沒藥這種東西稀有，不容易大批大批買，」羅賓森說，「所以才用香料來取代吧。」

「不管有沒有用替代品，這具屍體看來保存得很不錯。」莫拉從腹腔拉出一團團的亞麻布，放進臉盆，以後再檢驗。她凝視著空虛的上半身：「裡面和皮革一樣乾燥，而且沒有腐臭味。」

「器官一個也沒有，」佛洛斯特問，「妳怎麼判定死因？」

「我沒辦法。暫時不能判定。」

他望向燈箱上的斷層掃描圖。「頭呢？腦子也不見了。」

「顱骨很完整，我看不出任何碎裂。」

瑞卓利注視著屍體的嘴，看著胡亂縫上的線，想到針刺軟肉的滋味，臉皮皺成一團。但願是死後縫的，而不是死前。但願她沒有知覺。哆嗦一陣後，她轉看斷層圖。「那個白白的東西是什麼？」她說。「好像含在她嘴巴裡。」

「她嘴裡有兩個高密度的金屬物，」莫拉說。「其中一個可能是補牙的填料。另外一個比較大，位於口腔中間，也許能解釋她的嘴唇被縫住的原因——以免嘴裡的物體掉出來。」她拿起剪刀。

縫線並非平常的線，而是乾燥的皮線，堅硬如石。即使線被割開，嘴唇依然緊閉，宛如被冰封在一起，只成緊密的一道縫，唯有強行撬開，別無他法。

莫拉把止血鉗的尖端戳進嘴唇，在牙齒上撞出摩擦聲。她輕輕撬開嘴巴。上下顎交接處冷不防啪嚓一聲，下顎應聲脫落，瑞卓利見了縮脖子。下排牙齒再也合不攏，顯露平整的牙齒，美觀無缺憾，是任何一位現代齒顎矯正醫生值得驕傲的佳作。

「我們來看看嘴巴含著什麼東西，」莫拉說。她以止血鉗進去勾，勾出一枚橢圓形的金幣，放在鐵盤上，發出輕輕的噹聲。大家驚訝得目不轉睛。

瑞卓利突然爆笑。「這個人，」她說，「幽默感很病態。」

金幣上刻有英文字：

本人到此一遊金字塔

埃及開羅

莫拉把金幣翻過來，見到背面刻著三個符號：一隻貓頭鷹、一個小手、一條向下彎的手臂。

「是一枚卡圖旭（cartouche），」羅賓森說。「是個人的印記，是埃及各地買得到的紀念品。只要對珠寶商報上名字，他就能幫你翻譯成象形文字，當場替你雕刻上去。」

「這幾個符號代表什麼？」佛洛斯特問。「我看見一隻貓頭鷹。是代表智慧之類的東西嗎？」

「不是，這些圖形不是表意文字。」羅賓森說。

「什麼是表意文字？」

「讓人能望圖生義的符號。比方說，如果畫的是正在跑步的人，指的就是『跑』這個字。如果畫的是兩個人正在打架，指的是『戰爭』這個詞。」

「這三個符號不是這種表意文字？」

「不是。這三個是標音符號，代表發音，和英文的字母是一樣的作用。」

「這三個代表什麼字母？」

「這不是我的專業領域，喬瑟芬可以解讀。」他轉向同事，突然皺眉。「妳身體不舒服嗎？」

喬瑟芬的臉色蒼白如躺在停屍間的女屍。她凝視著卡圖旭，宛如從三個符號看出做夢也想像不到的驚駭。

「蒲契洛博士？」佛洛斯特說。

她陡然抬頭，彷彿被自己的姓嚇到。「我沒事。」她喃喃道。

「這幾個象形文字是什麼意思？」瑞卓利問。「妳能解讀嗎？」

喬瑟芬．蒲契洛的目光轉回卡圖旭。「貓頭鷹——貓頭鷹相當於英文的M，下面的小手接近D音。」

「彎手臂呢？」

喬瑟芬吞嚥一下。「發音接近張大嘴巴的『啊』音，相當於A。」

「姆—迪—啊？什麼怪名字嘛。」

羅賓森說：「會不會是美狄亞（Medea）？我猜應該是。」

「美狄亞？」佛洛斯特說。「希臘悲劇裡面，不是有她的故事嗎？」

「對，描寫的是復仇，」羅賓森說。「根據神話，美狄亞愛上阿爾戈戰士的領袖傑森（Jason of the Argonauts），生下兩個兒子。後來傑森移情別戀，美狄亞憤而殘害兩個親骨肉，也殺掉情敵，全是爲了報復傑森。」

「美狄亞的下場呢？」瑞卓利問。

「這故事有幾個不同的版本，不過結局相同，她逃走了。」

「殺掉自己的兒子還逍遙法外？」瑞卓利搖搖頭。「這種結局超爛。」

「或許這段故事的用意正是：有些人爲非作歹，永遠不必面對法律制裁。」

瑞卓利低頭看卡圖旭。「所以說，美狄亞是殺人兇手。」

羅賓森點點頭。「她也是倖存者。」

5

喬瑟芬．蒲契洛步下公車，茫然走在繁忙的華盛頓街，對周遭的車流渾然不覺，也沒聽見砰砰放送不停的汽車音響。來到街角，她過馬路，幾英尺外一輛車子緊急煞車停下，連輪胎磨地的尖聲對她的震撼力也比不過今早在驗屍房裡的景象。

美狄亞。

絕對是巧合吧。是一件驚人的巧合，不然如何解釋？最有可能的是，那一枚卡圖旭上的字刻錯了。開羅的紀念品販子爲了賺錢，不惜蓋得天花亂墜。只要在他們面前拿大把鈔票晃一晃，他們便會厚起臉皮，發誓說埃及豔后佩戴過同一件垃圾首飾。也許蝕刻匠接到的指示是刻上Maddie、Melody或Mabel等名字。那上面的象形文想表達美狄亞的可能性很小，因爲美狄亞這種名字鮮少在希臘悲劇以外的地方出現。

有輛車子大按喇叭，她縮脖子，轉身看見一輛黑色小卡車緩緩前進，在她身旁亦步亦趨，車窗被搖下來，車上的年輕男子喊著：「嘿，美眉，要不要搭便車？我大腿上的空位多的是！」

她只需以中指比出不雅的手勢，就能讓男子明白她願不願意接受好意。他笑了一下，猛踩油門離去，留下大片廢氣，熏得喬瑟芬眼油直流，直到她登上階梯、走進她的公寓大樓時仍流個不停。她在大廳的郵箱區駐足，從包包挖出郵箱的鑰匙，突然嘆一聲。

她走向１Ａ室敲門。

門打開來，探頭出來的是一個眼睛像昆蟲的外星人。「妳找到鑰匙了沒？」外星人問。

「古德溫先生？是你吧？」

「什麼？喔，對不起。我的老眼不管用了，不戴這種機器戰警的眼鏡，連該死的螺絲頭都看不清楚。」公寓管理員古德溫摘下放大眼鏡，外星人頓時變回平凡無奇的六旬老漢，灰髮在他的頭上亂如幾支小角。「怎樣？鑰匙找到沒有？」

「我一定是忘在辦公室了。幸好我多打了一副車子和公寓的鑰匙，不過——」

「我知道。妳想要郵箱的新鑰匙，對不對？」

「你說過，非換新鎖不可。」

「我今早換好了。進來吧，我給妳一把新鑰匙。」

喬瑟芬不情願地跟他走進管理員公寓。一旦踏進古德溫先生的巢穴，可能半個小時也難以脫身。這棟公寓的房客替他取了「好扳手」的綽號，原因何在，喬瑟芬走進客廳便知。他的客廳不像客廳，而是修補匠的殿堂，每個水平的表面擺滿了舊吹風機、收音機、電子器材，拆卸、重組的程度不一。他曾經告訴喬瑟芬，**只是我的一項嗜好。東西壞了，再也不必丟掉，交給我，我保證幫妳修到好！**

只要你肯等十幾年，等他修好。

「希望妳快點找到妳那串鑰匙，」他說。他帶著喬瑟芬走過幾十件蒙塵的待修物品。「公寓鑰匙不曉得流落什麼地方，會讓我窮緊張。這世上有好多變態的人啊，妳知道。對了，妳有聽過魯賓先生講的話嗎？」

「沒有。」她不想聽。壞脾氣的魯賓先生住在她對面。

「他說啊，他最近看到一輛黑色的車子，在公寓外面鬼鬼祟祟的，每天下午都來，開得很慢，而且駕駛是個男人。」

「說不定他只是想找停車位。我現在很少開車出門了。原因除了油價太貴以外，我很不願意自己的停車位讓人佔走。」

「這種事情，魯賓先生的眼光很敏感喔。妳曉得嗎，他以前當過間諜。」

喬瑟芬笑一笑。「你眞的以爲是嗎？」

「怎麼不是？欸，這種事情，他不會隨便騙人。」

有些人把有些事情編得天花亂墜，只是你不曉得而已。

古德溫先生拉開抽屜，裡面的東西亂響一陣，他取出一把鑰匙。「給妳。妳要負擔四十五元的換鎖費用。」

「可以直接加在我的房租上嗎？」

「沒問題。」他齜牙笑笑。「我信得過妳。」

天下最不值得信任的人就是我。她轉身離去。

「喂，等一等。我又幫妳代收郵件了。」他走向凌亂的用餐室餐桌，收拾起一疊信件和一箱包裹，全以橡皮圈束著。「郵差塞不進妳的郵箱，所以我說我會代轉給妳。」他以下巴指向包裹。

「妳又向L.L.Bean訂購東西了？妳一定很喜歡這家公司吧？」

「是啊。謝謝你幫我保管郵件。」

「妳常向他們買衣服或露營用品嗎？」

「多半是衣服。」

「郵購買來的東西，穿得合身嗎？」

「我覺得還好。」喬瑟芬強擠笑容，轉身趕快走，以免被他追問性感睡衣的品牌。「待會兒見。」

「我嘛，衣服不先試穿，我絕對不買，」他說。「郵購的東西從來都不合我的尺寸。」

「我明天開支票付房租給你。」

「妳繼續找那串鑰匙，好嗎？最近啊，不謹愼一點不行啊，尤其是像妳這樣的美女，自個兒住一間的。鑰匙被壞人弄到手就慘了。」

她衝出管理員的公寓，開始踏上樓梯。

「等一下！」他大喊。「另外有件事。我差點忘了問妳。妳認不認識一個叫做喬瑟芬・薩莫爾的人？」

她愣在樓梯上，雙臂緊抱著郵件，脊背僵直如板條。她徐徐轉身面對管理員。「你說什麼？」

「郵差問我，薩莫爾應該是妳吧？不過我告訴郵差，不對，妳的姓是蒲契洛。」

「郵差——他爲什麼問你這個問題？」

「因爲那裡面有一封信，註明的是妳的公寓號碼，姓寫著薩莫爾，不是蒲契洛。郵差說，可能是妳嫁人之前的本姓吧。我告訴他說，就我所知，妳還沒結過婚。不過，話說回來，信封上寫的確實是妳的號碼，而且這附近叫做喬瑟芬的人不多，所以我猜那封信是妳的，所以把它放進同一堆。」

她吞嚥一下。「謝謝你。」她喃喃說。

「所以說，眞的是妳？」

她不回應，只顧著繼續爬樓梯，即使知道管理員瞪著她的背後、等著她回答，她也不管。在管理員有機會再拋出一個問號之前，她趕緊進自己的公寓，關上門。

她用力摟著郵件，緊到能感受心臟狂敲著這堆信。她扯掉橡皮圈，把郵件扔向咖啡桌上，信封與光面型錄撒了一桌。她推開L.L.Bean寄來的包裹，過濾著散落的信件，終於找到收件人是「喬瑟芬．薩莫爾」的一封。她不認得這人的筆跡，郵戳是波士頓，找不到寄件人的地址。

有個波士頓人知道這個姓。這人另外掌握了我的什麼底細？

她呆坐半晌，不敢拆信，唯恐信一打開，人生會因而變色。在展閱這封信之前的最後這一刻，她仍是喬瑟芬．蒲契洛，仍是絕口不提往事的寡言粉領族，仍然蝸居克利斯賓博物館深處而自得，仍是薪水微薄的考古學人，仍是一個和破碎的草紙與亞麻布為伍的小人物。

我一直很小心啊，她心想。我一直迴避出鋒頭的機會，專心工作，不料往事竟然又冒了出來。

她深呼吸一次，終於拆開信封，裡面的信紙只寫著一句話，字母全是印刷體的大寫，內容是她早已明瞭的道理：

警方不是妳的朋友。

6

克利斯賓博物館的這位導覽員年紀很大，老到可以自佔一個展示櫃供民衆瞻仰。頭髮花白的她個頭很矮，只比接待櫃檯的表面高一些。她高聲說，「對不起，本館十點整才開門。兩位如果七分鐘之後再回來，我會賣票給你們的。」

「我們不是來參觀博物館的，」瑞卓利說。「我們是波士頓警察。我是瑞卓利警探，這位是佛洛斯特警探，和克利斯賓先生有約。」

「他沒有通知我。」

「他在裡面嗎？」

「在。他和杜克小姐正在樓上開會，」導覽員說。她刻意把Miss這字的尾音講得清晰，以免對方誤認爲Ms.[2]，想必是希望強調一點：在這棟博物館裡，舊時代的禮教依然適用。她從櫃檯裡面走出來，穿著花格子的蘇格蘭裙，腳下是特大號的矯正鞋，棉質白上衣別著名牌：導覽員，衛勒布蘭特夫人。「我帶兩位去他的辦公室。不過，先等我把錢櫃鎖好。本館預期今天又會出現人潮，我不想讓閒人來亂碰。」

「沒關係，妳只要告訴我們怎麼走，我們可以自己去找館長辦公室，」佛洛斯特說。

「我不希望兩位迷路。」

[2] Ms.的尾音是「茲」，已婚、未婚不分，Miss只限於未婚女子，但多數現代人混用這兩種稱謂。

佛洛斯特露出最能迷倒老婦人的微笑。「夫人，我當過童子軍，保證不會迷路。」

衛勒布蘭特夫人拒絕被迷倒。戴著鋼絲框眼鏡的她斜眼瞧著佛洛斯特，面露疑色。「辦公室在三樓，」她最後說。「可以搭電梯上去，不過電梯非常慢。」她指向一個黑色的鐵柵籠，看起來不像電梯，倒比較近似古代的死亡陷阱。

「那我們走樓梯上去。」瑞卓利說。

「穿越主陳列室，直走就找得到樓梯。」

然而，在這棟樓房裡，直走說了也是白說。瑞卓利與佛洛斯特踏進一樓的陳列室，碰見一大群展示櫃。第一個櫃子展示的是眞人大小的一尊紳士蠟像。蠟像穿著十九世紀的上等羊毛西裝和背心，一手拿著羅盤，另一手拿著泛黃的地圖。雖然玻璃櫃裡的蠟像面對大家，兩眼卻凝望著遙遠的他處，看著只有他看得見的地方。

佛洛斯特彎腰向前，朗讀著紳士腳邊的註解牌。「『康流士（Cornelius）·M·克利斯賓博士，探險家與科學家，一八三〇年生，一九一二年逝，畢生周遊列國，帶回珍寶，開創克利斯賓博物館的館藏。』」佛洛斯特直起腰。「嘩，職業欄塡探險家，了不起。」

「塡財主倒比較貼切吧。」瑞卓利移向下一個展示櫃，裡面的金幣在展示燈下金光閃耀。「嘿，過來看。這上面寫說，這些金幣來自克羅伊斯的王國。」

「他才是大財主。」

「你是說，克羅伊斯是眞有其人？我還以爲他只是神話故事的人物。」

兩人繼續走到下一個展示櫃，裡面陳列著陶土人像。「酷，」佛洛斯特說。「這些是蘇美人的作品。哇塞，這些東西是眞的古物耶。艾莉絲一回家，我準備帶她來這裡參觀。她會愛死這間博物館的。奇怪，我以前怎麼沒聽過這間。」

「鬧出木乃伊的大烏龍以後，大家都知道了。只要一發生兇殺案，再小的地方也會出現在地圖上。」

兩人再深入迷宮似的展示區，經過希臘羅馬的大理石人像，經過生鏽的寶劍和晶瑩的珠寶，把木質的陳舊地板踏得吱嘎作響。許許多多展示櫃被擺進這個陳列室，擠得櫃子之間的通道狹隘，讓人每一轉身就有全新的驚喜，又見值得關注的寶藏。

穿越展示區後，他們來到一處開放的空間，樓梯間就在附近。佛洛斯特正朝通往二樓的樓梯跨上一腳，瑞卓利卻不跟進，反而被某種事物吸引，走向一道以仿岩石裝飾的窄門。

「瑞卓利？」佛洛斯特回頭望。

「等一下，」她抬頭說。她看著門楣上的字，經不起誘惑。門上寫著：進來吧。踏進法老王之邦。

她忍不住走進去。

走進門口後，她發現裡面的燈光昏暗，不得不先歇腳，等瞳孔適應黑暗再走。漸漸地，房裡的奇景開始展現在眼前。

「嘩！」跟進的佛洛斯特低聲說。

這裡是古埃及的墓室，牆壁佈滿象形文字和殯葬圖畫，展示的是古墓的文物，以隱密的聚光燈微微照亮。她看見一口石棺，棺蓋開著，彷彿恭候著永遠走不出去的主人。一個禮葬石甕上面擺著一顆豺狼頭的雕像，監視著來人。牆上掛著幾副殯葬面具，彩繪的臉上是一對對深色的眼珠，令人毛骨悚然。一卷草紙被撐開來，陳列在玻璃櫃中，上面寫著《死者之書》的一段內容。

另外有一個空的玻璃櫃子，靠在最遠的一道牆邊，尺寸如棺材。

瑞卓利定睛看，發現櫃裡有一口木箱，箱底放著一張木乃伊的相片，有人以手寫的方式在卡片上宣佈：X夫人將長眠於此地，敬請期待！

X夫人絕無可能在此地露臉了，但她已經完成了她的使命，天天為博物館帶來人潮，吸引了好奇的民眾，吸引了亟欲追求恐怖刺激的人群前來一窺死屍。然而，追求刺激的人當中，有一個比大家更過分，變態到實地製作木乃伊，動手掏空女屍的內臟，以鹽巴醃製，然後在體內塞滿香料，進而以亞麻布纏身，為她的裸體纏上一圈又一圈的布，如同蜘蛛吐絲包纏無助的獵物。瑞卓利注視著空箱，想像著永生被鎖進玻璃棺的滋味。霎然間，展示廳變得侷促而缺氧，她的胸口緊縮，彷彿從頭到腳被亞麻布纏得窒息而死的人是她。她摸索著上衣的鈕釦，解開最上一排，鬆開領子。

「哈囉，警探？」

瑞卓利嚇了一跳，轉身看見窄門裡出現一個女人的身影。這人穿著貼身的褲裝，能烘托她窈窕的身段，金色短髮在背光形成的光環中閃耀。

「衛勒布蘭特夫人通知說你們來了。我們正在樓上等兩位。我在想，你們該不會是迷路了吧。」

「這間博物館眞的很有意思，」佛洛斯特說。「我們忍不住參觀起來了。」

瑞卓利與佛洛斯特踏出古墓展覽廳，這位女子主動和他們握手，態度是爽快而條理分明。來到主陳列室，燈光較亮，瑞卓利看出她年約四十幾，五官突出而亮麗，比櫃檯那位導覽員年輕了大約一世紀。「我是黛比·杜克，是本館的志工之一。」

「我是瑞卓利警探，」珍說。「這位是佛洛斯特警探。」

「賽門正在他的辦公室等著，請兩位跟我來。」黛比．杜克轉身，帶他們上樓，時髦高跟鞋在被踩凹的木階上叩叩響。來到二樓的歇腳處，瑞卓利的注意力再次被一座吸睛的展覽品帶走。這次是一隻大灰熊的標本，對人露出利爪，好像不肯饒過任何一個想上樓的來賓。

「這東西是克利斯賓先生的祖先射殺的嗎？」瑞卓利問。

「喔。」黛比回頭看一眼，面露憎惡。「那隻名叫大班。詳細的來歷，我要查一下資料才知道，不過牠應該是賽門的父親從阿拉斯加帶回來的東西。館藏太豐富了，我還在開始認識的階段。」

「妳是新人？」

「四月才開始。我們正在招募志工，妳可以幫我們多引介幾位。我們特別希望募集年輕一點的志工，好幫助兒童認識文物。」

瑞卓利仍盯著凶險的熊爪看，移不開視線。「咦，這一間不是考古博物館嗎？」她說。「怎麼會展示熊的標本？」

「其實啊，本館是無所不包的博物館，所以行銷起來並不容易。多數的館藏是克利斯賓家五代相傳下來的寶物，另外也有不少外人捐贈的東西。二樓展示很多獠牙利爪的動物標本。說也奇怪，小朋友最後好像總會聚集在那裡。他們喜歡看肉食性的猛獸。小白兔會讓他們覺得無聊。」

「小白兔不會要人命。」瑞卓利說。

「大概正是這個原因吧。我們都喜歡被驚嚇的滋味，對吧？」黛比轉身，繼續上樓。

「三樓是什麼？」佛洛斯特問。

「也是展示區。我會帶兩位去參觀的。本館把三樓當成輪流展示區。」

「所以說，你們會借東西過來展覽？」

「本館才不需要借展呢。我們地下室裡的東西多的是，每個月換一批上三樓展覽，大概二十年都展覽不完。」

「現在三樓展覽什麼？」

「骨頭。」

「妳指的是人骨？」

黛比以心照不宣的表情看他。「當然。民衆吃慣了重口味，無可救藥了，不出動人骨，怎麼抓得住他們的注意？就算本館推出精美絕倫的明代古瓷，或是展示來自波斯的雕刻象牙屏風，民衆照樣不屑一看，直接上樓去欣賞人骨。」

「人骨是哪裡來的？」

「相信我，這一些的來歷全有詳細的記載，是一世紀前的克利斯賓家人從土耳其帶回國的。是哪一個克利斯賓，我記不太清楚了，大概是康流士吧。羅賓森館長認爲，現在該把這些骨頭搬出地下室了，開放給民衆參觀。三樓的展覽以古代殯葬習俗爲主題。」

「聽妳的措辭，妳應該是考古專家吧。」

「我？」黛比笑笑。「我只是太閒了，而且喜歡好看的東西，所以我想，博物館是值得支援的對象。樓下的展覽品，兩位參觀過了嗎？除了肉食性動物的標本之外，本館另外有些寶物值得一看。博物館應該重視的是寶物，而不是熊的標本，不過啊，總要迎合民衆的需求吧。所以本館才對X夫人寄予厚望，希望她帶來的收入至少能保障暖氣不中斷。」

三人來到三樓，走進古代殯葬展示區。瑞卓利看到玻璃櫃裡有人骨陳列在沙子上，被佈置成考古學家剛用小鏟子挖出來的古物。黛比快步走過這裡時，瑞卓利卻不知不覺落後，凝視著幾具屈膝蜷縮的骨骸，其中一具是母親的枯骨，以母愛懷抱著殘缺的幼兒骨架。這嬰兒的年齡應該不比她自己的女兒蕾吉娜大多少。全村的死者躺在這裡，瑞卓利心想。什麼樣的人會野蠻到這種地步，竟然把屍骨從長眠的地方挖掘出土，運至異國，供人瀏覽讚嘆？賽門・克利斯賓的祖先掘墳取骨，難道不會感受到一絲絲的愧疚？古幣也好，大理石雕像也好，人骨也好，克利斯賓家族對這些古物是一視同仁，全是值得收藏的物品，全可當成戰利品來展覽。

「警探？」黛比說。

留下無言的亡魂，瑞卓利和佛洛斯特跟著黛比進入賽門・克利斯賓的辦公室。

賽門坐著等人，身形比瑞卓利的預想更加羸弱，稀疏的頭髮只剩白白的幾簇，褐色的老人斑遍佈雙手與頭皮，但他的藍眼珠炯炯有神，與來賓握手時顯現出熱情。

「感謝你接見，克利斯賓先生。」瑞卓利說。

「我本來希望親自觀摩驗屍的過程，」他說，「可惜我的髖骨剛動過手術，走路還得拄著拐杖。請坐吧。」

瑞卓利環視辦公室一周，見到一張遼闊的橡木桌，幾張扶手椅的綠絨椅面已有脫線的現象。辦公室的牆壁以深色的木板裝潢，有兩側平直、中間凸頂的威尼斯式窗，整體看來比較像上一世紀的上流俱樂部，近似士紳淺酌雪利酒的場所。然而，如同整棟樓房的其他部分，這間也難掩老態。波斯地毯已經快被磨平了，古董書櫃裡的泛黃圖書看似至少有百年的歷史。

瑞卓利找一張絨毛椅坐下。這張椅子大如寶座，她一坐下去，自覺矮了幾顆頭，活像在玩家家酒時扮演皇后。佛洛斯特也坐進另一張大椅，沒有顯露出帝王相，在絨毛寶座上的他反而微微顯得便秘相。

「我們會盡全力配合本案的調查，」賽門說。「本館的日常運作由羅賓森博士負責。可惜我跌斷髖骨以後成了廢物。」

「怎麼出事的？」瑞卓利問。

「我在土耳其跌進一個考古坑。」他看見瑞卓利挑眉，對她微笑說，「沒錯，八十二歲的高齡老翁照樣勤跑遺址。有些人喜歡坐在家裡考古，我向來不是那種人。我相信，考古人非親手去挖土不可，否則不配以考古人自居，只稱得上是業餘人士。」最後這詞語帶輕蔑，把他對這種淺嘗涉獵者的觀點表露無遺。

黛比說：「不用等多久，你就可以去現地考古了，賽門。以你的年齡，復原的時間是長了一點，沒錯。」

「問題是，我的時日不多。我離開土耳其已經七個月了，擔心遺址會被踐踏得亂七八糟。」他感嘆一聲。「可是，再亂也不比眼前的局面。」

「我猜，羅賓森館長向你報告過昨天驗屍的結果了？」瑞卓利說。

「對。若說我們感到震驚，還算是輕描淡寫。任何一所博物館都不希望引來這種注目。」

「我猜X夫人也不希望引來這種眼光。」

「在館長清點館藏發現她之前，我甚至不知道自家博物館竟然有一具木乃伊。」

「他說他在今年一月發現的。」

「對。在我接受髖骨手術之後不久。」

「像木乃伊這種寶物，博物館怎麼會收藏了那麼久卻不自知？」

他擺出心虛的微笑。「隨便去逛哪一家博物館，只要館藏夠多，妳會發現他們的地下室和本館一樣漫無章法。本館成立了一百三十年，館長換了幾十任，實習生、導覽員，以及其他志工也有幾百人，難免會有現地報告遺漏、檔案失蹤、找不到物件的情形，所以漏掉某項館藏並不意外。」他嘆息。「最該怪罪的人恐怕就是我。」

「怎麼說？」

「長久以來，我把營運的細節全託付給威廉・史考柯爾。他是前一任的館長。由於我往年經常出國，所以疏於管理館內的事務。不過，衛勒布蘭特夫人看出他的腦力正在走下坡，發現他開始忘記文件擺在哪裡，他也常把解說的標籤貼錯展覽品。後來，他變得太健忘了，連常見的器具都認錯。悲哀的是，史考柯爾原本是個睿智的人才，實地做過不少考古的工作，足跡遍及全球。衛勒布蘭特夫人寫信向我表達她的憂慮。我回國後，看得出事態嚴重，可惜我一時狠不下心開除他。沒想到，他也用不著我開除。有天他死於車禍，就在這棟樓的外面。才七十四歲啊。不過，這倒也算是上蒼的恩典，畢竟醫生對他的預後並不樂觀。」

「是阿茲海默症嗎？」瑞卓利問。

賽門・克利斯賓點頭。「症狀大概已經存在十年了，不過他掩飾得周到。在他的管理之下，館藏亂得沒有一絲頭緒。有多亂，我們本來不清楚，三年前招聘到羅賓森博士時才知道。他發現館藏登記簿不見了，地下室有幾箱東西的文件也找不到。今年一月，他打開X夫人的那口木箱，還不知道裡面是什麼。打開之後，相信我，大家全被嚇呆了。館藏裡居然有一具木乃伊，我們是渾然不知。」

「杜克小姐告訴我們，多數的館藏是世代相傳下來的。」佛洛斯特說。

「五代的克利斯賓家族，親手拿著鋤鏟去挖掘出來的。收藏是本家族的嗜好，可惜沉迷這種嗜好的結果是耗盡我繼承到的遺產。」他再次嘆息。「所以才有今天——資金短缺，仰賴志工。也仰賴捐獻。」

「X夫人會不會是捐贈品？」佛洛斯特問。

「本館願接受民眾捐贈的文物，」賽門說。「有些人覺得家中的古董太珍貴，擔心自己無法妥善保管，所以想為古董找個安全的歸宿，或者是想讓大名登上展示品的小名牌上，供後人景仰。本館幾乎是每捐必收。」

「沒有資料註明有人捐獻過木乃伊嗎？」

「羅賓森找不到。相信我，他確實是找遍了。他把這事當成他的使命。今年三月，我們延攬喬瑟芬入本館，協助分析X夫人，連她也無法追查出木乃伊的來歷。」

「X夫人進入館藏的時間，可能是史考柯爾博士擔任館長的任內。」黛比說。

「罹患阿茲海默症的那一個。」瑞卓利說。

「對。文件可能是被他遺失了。這種解釋說得通。」

「這樣推論應該算是合理，」瑞卓利說。「不過，我們也應該證明其他幾種假設。能進出地下室的人有哪些？」

「鑰匙由接待櫃檯保管，所以幾乎所有工作人員都拿得到。」

「照這樣說，每一個工作人員都有可能把X夫人搬進地下室？」

全辦公室鴉雀無聲。黛比與賽門面面相覷，他的臉色陰沉下來。「警探，妳在暗示什麼，我不喜歡。」

「我提出的假設合情合理啊。」

「本館是正派經營的機構，工作人員個個出色，多數人是志工，」賽門說。「本館的導覽員，本館的實習生，他們投效本館，志在保存古物。」

「我不是在質疑任何人的志向。我只想問清楚進出的人等。」

「妳眞正想問的是，誰有能力把死屍藏進地下室？」

「我們不能放過這點可能性。」

「相信我，本館不僱用殺人犯。」

「克利斯賓先生，你敢拍胸脯擔保嗎？」瑞卓利沉聲問，眼神卻緊扣住他，不讓他輕易顧左右而言他。瑞卓利看得出，這話擾動了他的心湖。她逼賽門正視一個恐怖的事實：他過去或現在認識的某人，有可能把死屍引進這座高尙的知識殿堂。

「對不起，克利斯賓先生，」她最後說。「不過，這裡的事務有好一陣子可能是有點凌亂。」

「妳想說的是什麼？」

「一具女屍出現在貴博物館。也許是十年前的捐贈品，也許是最近才被搬進地下室。問題在於，你拿不出文件來證明，甚至不清楚館藏究竟另外有什麼東西。我們有必要進地下室看一看。」

賽門搖頭表示困惑。「你們認爲能找到什麼？」

她不回答，也沒有回答的必要。

7

「非這樣做不可嗎？」尼可拉斯・羅賓森館長問。「你們一定要這樣嗎？」

「抱歉，是的。」瑞卓利說著遞交搜索令。在羅賓森閱讀之際，瑞卓利站著等，陪同的是三名男警探。今天她和佛洛斯特帶了崔普、柯羅兩位警探前來搜索，四人全等著羅賓森讀完搜索令。他的態度拖拖拉拉，讓戴倫・柯羅等得不耐煩，以大哼一聲來表達怨氣，被瑞卓利狠狠白一眼，意思是別亂來，想強調的重點是，帶隊的人是她，他只有乖乖聽話的份。

羅賓森對著搜索令皺眉。「你們要搜索人類的遺體？」他抬頭看瑞卓利。「本館多的是。這裡是博物館啊。我敢向妳保證，三樓的骨頭確實是古物。我可以提出相關的齒列證據來——」

「我們有興趣的是地下室的館藏。麻煩館長開鎖，好讓我們開始動作。」

羅賓森瞥向站在附近的三位警探，瞧見崔普警探雙手握著撬棍。「地下室箱箱是無價之寶，你們不能隨便亂撬！」

「歡迎館長從旁觀察、指點，不過請館長不要移動或觸碰任何物品。」

「你們何必把博物館變成刑案現場？」

「我們擔心，X夫人可能不是館藏裡唯一的驚奇。好了，麻煩館長帶我們進地下室。」

羅賓森猛嚥一下口水，望著資深導覽員衛勒布蘭特夫人。警民對峙的這一幕看在她的眼裡。羅賓森說：「衛勒布蘭特夫人，麻煩妳打電話給喬瑟芬，請她儘快過來，可以嗎？我需要她。」

「羅賓森館長，離十點只剩五分鐘，參觀民眾就快來了。」

「今天只好謝絕參觀了，」瑞卓利說。「我們不希望騷動媒體。所以，請鎖好正門。」

瑞卓利的命令被衛勒布蘭特夫人斷然當成耳邊風。衛勒布蘭特夫人繼續把眼光固定在館長。「羅賓森館長？」

他釋懷一嘆。「看樣子，這事情由不得我們了。請照警方的指示去做吧。」他在櫃檯裡面打開抽屜，取出一串鑰匙，然後帶隊通過康流士・克利斯賓博士的蠟像，走過希臘羅馬大理石像，來到樓梯。往下走十幾階，木板吱嘎響，一行人走到地下室。

羅賓森停住了。他轉向瑞卓利說：「我需要找律師來嗎？我是嫌犯嗎？」

「不是。」

「不然嫌犯是誰？至少回答我這個問題吧。」

「可能要回溯到你任職之前。」

「多久以前？」

「前一任館長。」

羅賓森驚然一笑。「可憐的史考柯爾得了阿茲海默症。妳該不會以爲，他把地下室當成藏屍間了吧？」

「開門，羅賓森館長。」

他搖著頭，打開門鎖，乾涼的空氣頓時流出。大家走進館藏間，瑞卓利聽見其他警探喃喃驚呼聲，因爲他們看到廣大的儲藏區有著一列又一列的木箱，幾乎堆疊到天花板。

「請把門關起來，謝謝，」羅賓森說。「這裡是溫濕度控制區。」

「哇塞，」柯羅警探說。「想搜查這地方，一輩子也搜不完吧。這些箱子裡裝的到底是什麼？」

「我們已經清點完一半了，」羅賓森說。「如果再給我們幾個月，等全部清點完畢，我們就能夠報告每一箱內的文物。」

「幾個月，太久了。」

「我花了一年，才檢查完那邊的幾列，從最前面檢查到最後面的架子。我能以人格擔保那些箱子裡的東西。但是，我還沒有打開這一邊的箱子。開箱的過程很慢，因爲非小心記錄所有細節不可。有些文物的歷史長達幾世紀，可能已經開始崩解。」

「即使在溫濕度控制室裡？」崔普問。

「空調是在一九六〇年代才裝好的。」

佛洛斯特指向一疊最底下的箱子。「看看那一箱上面的戳印。『一八七三年，暹羅。』」

「看吧？」羅賓森望向瑞卓利。「這裡可能有些寶藏擱置一百年，沒有開封。我的計劃是按部就班檢查箱中物，記錄大小細節。」他停下來。「但後來我發現X夫人，清點的工作便暫停，否則現在清點的範圍應該更廣。」

「你是在哪裡發現X夫人的箱子？」瑞卓利問。「在哪一區？」

「在這一列的那邊，靠近那面牆壁的地方。」他指向儲藏區較遠的一端。「她被壓在最下面。」

「她上面的幾箱子，你全打開來清點過了？」

「對，裡面全是一九一〇年代取得的文物。幾件來自奧圖曼帝國，另外有幾件是中國的卷軸和陶器。」

「一九一〇年代？」瑞卓利想起X夫人的齒列完美，補牙材料具有汞齊❸的成分。「X夫人的年代應該沒有那麼久遠。」

「那麼，她的那箱怎麼會被壓在最下面？」柯羅警探問。

「顯然有人更動了箱子的疊序，」瑞卓利說。「令她的那箱更難讓人接觸到。」

瑞卓利環視空曠的地下室，想起祖母下葬的陵墓。祖母的陵墓有如大理石皇宮，每面牆壁蝕刻著長眠於此的祖先姓名。難道這裡也是？說不定這裡是遍地無名受害者的陵墓。她走向地下室較遠的一端，走向X夫人被發現的地方。在這一區，天花板的兩顆燈泡燒壞了，因此這角落的光線昏暗。

「我們從這裡開始搜查。」她說。

她與佛洛斯特、柯羅合力搬下最上層的箱子，放在地上，箱蓋上的字跡寫著：其他。剛果。佛洛斯特以撬棍撬開箱蓋，只瞄裡面一眼，立刻退縮，撞到了瑞卓利。

「什麼東西？」她問。

戴倫．柯羅突然笑了起來。他伸手進箱子，取出一個木製的面具，罩上自己的臉。「阿飄！」

「請小心一點！」羅賓森說。「那東西很寶貴。」

「也古怪得不得了。」佛洛斯特嘟噥，凝視著面具上雕刻的醜陋五官。

柯羅放下面具。箱內有幾團報紙，用來緩衝裡面的物體，柯羅取出其中一團。「倫敦《泰晤士報》，一九三〇年。我敢說，這一箱的年代超出我們想抓的歹徒。」

「我真的不抗議不行了，」羅賓森館長說。「你們亂碰文物——污染文物。你們應該全部戴手套才對。」

「羅賓森館長，你乾脆到外面等吧。」瑞卓利說。

「不。館藏的安全是我的職責。」

她轉身面對羅賓森。儘管羅賓森表面上溫順，見她走來時頑強堅守立場，隔著鏡片的眼睛狂眨。假如在博物館外面被警方質問，尼可拉斯・羅賓森極可能會畢恭畢敬地回應，但在這裡，在他的地盤上，他爲了捍衛珍貴的館藏，不惜擺出肉搏戰的架勢。

「你們像一群野馬，衝進來這裡撒野，」他說。「憑什麼一口咬定地下室還有屍體？你們以爲，什麼樣的牛鬼蛇神會在博物館上班？」

「我不知道，羅賓森館長。所以我才想過來瞭解一下。」

「想知道就問我，直接跟我溝通，而不是胡亂拆箱子。我懂得這間博物館，認識在這裡工作過的人。」

「你只擔任三年的館長。」瑞卓利說。

「我在大學期間也來這裡暑期實習過。我認識史考柯爾博士，他絕對不是壞人。」他怒視柯羅，看著他剛從打開的箱子撈出一只花瓶。「喂！那花瓶至少有四百歲！尊重一點！」

「這樣吧，我和你不如到外面，」瑞卓利說。「我們溝通一下。」

他往三位男警探的方向瞪一眼，面帶憂愁，看見他們已著手拆另一箱。他不甘願地跟隨瑞卓利走出地下室，踏上樓梯，來到一樓的陳列室，兩人站在古埃及展的旁邊，假墓穴入口籠罩在身

❸ Amalgam，即汞合金，爲水銀與其他金屬的合金。

上。

「羅賓森館長，你是哪一年來這裡實習的？」瑞卓利問。

「二十年前，在我大三升大四那年。史考柯爾擔任館長的期間，他每年暑假會儘量找一兩個大學生過來幫忙。」

「現在怎麼沒有實習生？」

「預算吃緊，再也沒有能力支付實習薪水了，所以幾乎不可能吸引學生進來實習。何況，年輕人去考古遺址工作的意願比較高，不但可以和同年齡的同好相處，也不會被關在這種到處是灰塵的老樓房。」

「你對史考柯爾博士的印象如何？」

「我滿欣賞他的，」他回憶著，一抹微笑浮現唇角。「即使在那時，他也有點心不在焉，不過他做人一向和和氣氣，總是不吝嗇抽空帶學生。一開始，他就交代給我很多責任，給了我夢寐以求的學習良機。只可惜，後來的失望也愈大。」

「怎麼說？」

「那次實習的機會提高了我的期望。我以爲，等我拿到博士學位，就能找到像這樣的工作。」

「結果沒有？」

他搖搖頭。「畢業以後，我只能當一個鏟子乞丐。」

「什麼意思？」

「特約考古人。這年代啊，考古系的新科學士只找得到這一類的工作，美其名爲文化資源管理。畢業後，我的工作是扛著鏟子去工地和軍事基地，挖掘測試坑，尋找歷史文物的跡象，確定沒有之後，推土機才開進來。那種工作只適合年輕小伙子，沒有福利，居無定所，對膝蓋和背部的傷害尤其大。所以，三年前賽門打電話詢問我有無接任的意願，我是求之不得，把鏟子收起來，即使收入減少也在所不惜。就因爲待遇微薄，史考柯爾博士去世後，這職位才空缺那麼久。」

「沒有館長，博物館怎麼運作？」

「靠衛勒布蘭特夫人那樣的人撐撐場面囉，信不信由妳。同樣的展示品，年復一年，放在同樣的展示櫃挨灰塵。」他瞥向接待櫃檯，壓低嗓門。「妳知道嗎？她的模樣和我實習的那年完全相同。那女人是天生古老。」

瑞卓利聽見樓梯間傳來腳步聲，轉頭看見佛洛斯特從地下室上來。「瑞卓利，妳最好下來看一看。」

「發現什麼了？」

「我們不確定。」

她和羅賓森跟隨佛洛斯特回地下室的儲藏間，見到木屑散落一地，三位警探又繼續搜尋了幾箱。

「剛才，我們想把上面那箱搬下來，所以我背靠在這面牆壁上，」崔普警探說。「結果，牆壁突然變軟，然後我注意到那個。」他指向牆上的幾塊磚頭。「柯羅，手電筒照過來讓她看。」

柯羅將光束照在牆上，瑞卓利望過去，顰眉。牆壁有凹陷的現象，其中一塊磚頭掉了，露出一個開口，瑞卓利只看得見裡面漆黑一片。

「裡面有個空間，」柯羅說。「我拿手電筒照進去，連一面牆壁都看不到。」

瑞卓利轉向羅賓森。「磚牆裡面有什麼？」

「我沒有概念，」他喃喃說，以疑惑的眼光凝視著凹牆。「我一直以爲這幾面牆壁很牢靠。話說回來，這一棟畢竟是老房子。」

「多老？」

「至少一百五十年了。上次我請水電工過來更新洗手間，這是他估計的歲數。這裡以前是他們家的公館，妳知道吧。」

「克利斯賓家？」

「他們在十九世紀中葉定居在這裡，然後舉家遷移到布魯克萊恩的新房子，把這一棟改成博物館。」

「這一面牆壁對著什麼方向？」佛洛斯特問。

羅賓森思考著。「外面應該是馬路吧，我想。」

「所以說，這面牆壁的另一邊沒有建築物。」

「對，外面就只有馬路。」

「我們先拆幾塊磚頭，」瑞卓利說，「看看裡面有什麼東西。」

羅賓森露出警覺的神色。「磚頭多移動幾塊的話，整個天花板可能會垮下來。」

「可是，這一面顯然不是承重牆，」崔普說。「假如是的話，天花板早就塌下來了。」

「你們所有人，馬上給我住手，」羅賓森說。「在你們繼續之前，我需要請示賽門。」

「好啊，你去打電話通知他吧。」瑞卓利說。

館長離開時，四位警探佇立原地，靜靜等著他出門。門一關上，瑞卓利的注意力迅速轉回空牆。「下面這幾塊磚頭根本沒有黏合，只是一塊接一塊堆起來，不用水泥。」

「牆壁上面怎麼固定？」佛洛斯特問。

瑞卓利戰戰兢兢，緩緩取出一塊鬆動的磚頭，以爲整面牆垮下來也不意外。然而，牆壁紋風不動。她瞥向崔普。「你認爲呢？」

「這面牆的上面一定有支架，固定住最上面的三分之一。」

「照你這樣說，搬走下面幾塊，應該不會有危險，對吧？」

「應該不會。我猜。」

她緊張笑一聲。「崔普，你這話讓我充滿信心。」三男在一旁觀看，瑞卓利輕輕拆下另一塊磚，接著是另一塊。她不禁留意到，三位警探已經全退開來，牆腳只剩下她。儘管牆壁被她拆出一個大洞，整個結構依然不見崩塌的跡象。她向內窺視，只看得到黑壓壓一片。

「你的手電筒給我，柯羅。」

他遞過去。

瑞卓利跪下，手電筒照進洞口。對面的牆壁有幾碼遠，她依稀辨別得出粗糙的表面。她徐徐移動光束，照見岩壁雕刻出的一個凹穴，她陡然停手。手電筒照到的是一張臉孔，正從暗處盯著她看。

她向後跌開，急急喘息。

「什麼東西？」佛洛斯特說。「妳看見什麼？」

一時之間，瑞卓利講不出話，心跳如鼓，瞪著磚牆的洞口，宛如看著一道黑暗的窗口，裡面是她不願進去探險的密室。不願意的主因，是她剛在光影之中瞥見的物體。

「瑞卓利？」

她強嚥一下口水。「找法醫過來吧。」

8

莫拉參觀過克利斯賓博物館，這不是第一次。

幾年前，她搬來波士頓不久，在介紹地方名勝的遊覽書籍裡發現這間博物館，所以在元月的一個寒冷的週日，她踏進博物館的正門，本以爲會和週末觀光客的人潮爭擠，以爲會見到慌忙的家長拖著悶得發慌的兒女。沒想到，她進門後，發現博物館鴉雀無聲，櫃檯只有一位導覽員。這位老媼收下莫拉的入場費，然後不理人。莫拉單獨逛過一間間幽暗的陳列室，走過蒙塵的玻璃櫃，參觀櫃裡的世界奇珍，發黃的標籤顯示展覽品可能已有一世紀不見更換。暖氣機吃力地吐氣，卻趕不走博物館裡的寒意，莫拉參觀過程始終穿著外套、裹著圍巾。

兩個小時後，莫拉走出博物館，只覺得情緒低落。低潮的另一原因是，獨自逛博物館的舉動，似乎象徵著她當時的日子。當年的她甫離婚不久，在波士頓還沒有交到新朋友，踽踽獨行在陰冷的環境，沒有人向她打招呼，甚至沒有人意識到她的存在。

她不想再參觀克利斯賓博物館。直到今天。

當她踏進博物館，吸入古舊的氣息，同樣的低潮再次在她心中蠢動。上次參觀雖然是多年前的事了，她一進門，那年元月的陰霾立時籠罩下來，提醒著她，她的生活終究沒有太大的變化。雖然現在的她芳心有主，每逢週日卻依舊踽踽獨行——特別是在星期天更加孤寂。

但今天，她公務在身，所以打起精神，跟隨瑞卓利走下樓梯，來到地下室的館藏區。此時，幾位警探已經在牆上拆出大洞，足以讓法醫鑽進去。莫拉在洞口稍停，皺眉看著拆卸後堆疊在地上的磚塊。

「進那裡面，安全嗎？確定不會垮下來？」莫拉問。

「上面有交叉的支架固定住，」瑞卓利說。「把整面砌成像是實心牆，不過我認爲，這裡原本可能有一道通往密室的門。」

「密室？什麼用途？」

「藏貴重物品吧？在禁酒的時代藏私酒？誰曉得呢？連賽門·克利斯賓都不知道這間的用途。」

「他知道這密室的存在嗎？」

「他說，他小時候聽過這棟樓房底下有一條地道，能直通馬路對面的建築物。不過，這個密室哪裡也到不了。」瑞卓利遞給她手電筒。「妳先請，」她說。「我跟在妳背後進去。」

莫拉彎腰進洞口。她感覺到，背後幾位警探默默看著她，等著觀察她的反應。無論密室裡暗藏什麼東西，他們當初見到時必定是驚慌失措，如今沉默不語的神態更讓莫拉裹足不前。洞內漆黑，她看不見東西，但她知道暗室裡有某種發臭的物體等著她，一個被禁閉多年的東西，裡面的空氣顯得腥臭而冷冽。她跪下去，爬進洞口。

密室裡，她照到的空間只比她的身高高一些。她伸直雙手向前探，沒有摸到東西。她打開手電筒。

一張沒有身體的臉，瞇眼看著她。

她赫然吸進一口冷氣，抽身後退，撞上剛剛鑽進來的瑞卓利。

「妳八成是看見他們了。」瑞卓利說。

「他們？」

瑞卓利打開手電筒。「有一個就在這裡。」手電筒照在剛才嚇到莫拉的那張臉。「第二個在這裡。」光束轉移到第二個凹穴，上面擺著另一張臉，皺縮得令人膽寒。「最後還有一個，放在這裡。」瑞卓利把手電筒對準莫拉頭上的一處岩架。這張乾癟的人臉周圍是瀑布似的烏黑秀髮，嘴唇被人狠心縫合，彷彿詛咒亡魂永世不得開口。

「快告訴我，這三顆不是真的人頭，」瑞卓利輕聲說。「拜託。」

莫拉從口袋取出手套，雙手冰冷而笨拙，在黑暗中摸索著，以乳膠手套裹住濕冷的手指。瑞卓利的手電筒照向岩架時，莫拉輕輕取下放在上面的頭。這東西是出奇輕盈，小得能以單掌托住。布幕般的頭髮攤開著，擦過她的手臂皮膚時令她縮頸。不是尼龍絲，她心想，而是真正的毛髮。人類的頭髮。

莫拉吞嚥一下。「這應該是乾製首級（tsantsa）。」

「什麼級？」

「縮水的人頭。」莫拉看著瑞卓利。「好像是真人。」

「也有可能是古物吧？是博物館從非洲收集來的古董。」

「南美洲。」

「管它的。這東西也有可能是古早的館藏吧？」

「不排除是。」莫拉在暗室裡望著她。「也有可能是最近的收藏品。」

三顆乾製首級擺在博物館的化驗桌上，工作人員盯著看。人頭在檢驗燈的強力照射下，從羽狀的睫毛、眉毛，到縫合嘴唇用的棉線花瓣，再小的細節也無所遁形。其中兩顆頭上有烏黑的長髮，第三顆的頭髮被齊剪成鮑伯頭，看似女用假髮戴在一個太小號的洋娃娃頭上。三顆頭顯得迷你無比，若非眉毛和睫毛具有明顯的人類特徵，極可能讓人誤認是橡皮製的紀念品。

「牆裡怎麼藏了這些東西，我不清楚，」賽門喃喃道。「也不曉得這些東西是怎麼藏進去的。」

「這棟房子充滿玄奇啊，艾爾思醫生，」黛比・杜克對莫拉說。「每次整修電線或水管，包商一定會有新奇的發現，有的是磚頭封起來的密室，有的是毫無用途的通道。」她望向檢驗桌另一邊的羅賓森館長。「上個月，博物館停電，你記得嗎？電工打掉三樓牆壁一半，才理解出電線的走向。館長？館長？」

羅賓森望著乾製首級出神，被喊到第二次才聽見。他抬頭說：「對，這棟房子確實有點像謎題，」他說。接著，他輕聲說：「我不禁懷疑，這些牆壁裡面另外藏著什麼東西？」

「這麼說來，這些東西是真人囉？」瑞卓利問。「真的是縮小的人頭？」

「絕對是真的，」羅賓森說。「問題在於……」

「什麼？」

「喬瑟芬和我盡可能過濾了所有館藏資料。根據館藏登記簿，本館的館藏確實有乾製首級，是在一八九八年納入本館，是由史丹利・克利斯賓博士從亞馬遜上游盆地帶回來的文物。」他望向賽門。「想必是你祖父吧。」

賽門點頭。「館藏裡面有這種東西，我是聽過，只是不知道後來怎麼了。」

「一八九〇年代的館長描述如下。」羅賓森翻閱登記簿。「『希瓦羅族之祭祀用戰利品人頭，兩者保存狀況俱佳。』」

莫拉聽出這話的重要性，抬頭看他。「『兩者？』你沒唸錯吧？」

羅賓森點頭。「根據這些資料，館藏只有兩顆。」

「該不會後來再加一顆，忘了登錄？」

「確實有可能。本館極力改善的一點正是檔案的完整性，所以我才開始清點館藏，希望能全方位掌握館裡現有的文物。」

莫拉皺眉看著三顆縮小的人頭。「所以，現在的問題是，哪一顆是後來加入的？多接近現在的年代？」

「我敢打賭，新的一顆是她。」瑞卓利指向鮑伯頭的乾製首級。「我發誓，今天早上在咖啡店看見的咖啡調製師，她的髮型就是這一種。」

「首先，」羅賓森說，「單從外表，幾乎不可能辨別乾製首級是男是女。人頭縮小之後，五官也被扭曲，所以性別難以分辨。其次，有些傳統的乾製首級的頭髮會被剪成那樣。這種現象並不常見，但是，從髮型並不能判定什麼事實。」

「那你怎麼分辨傳統的乾頭和現代的版本？」莫拉問。

「能准許我碰這些物品嗎？」羅賓森問。

「當然可以。」

他走向櫃子，取出手套戴上，動作之審慎，猶如即將進行精密手術的醫生。這人無論從事哪一行，必定是凡事吹毛求疵，莫拉心想。醫學院的同學裡，有誰的動作比羅賓森更精確？莫拉想不出來。

「首先，」他說，「我應該解釋希瓦羅族乾製首級眞跡的特點。我對這方面特別有興趣，所以我對它們略有涉獵。希瓦羅族居住在厄瓜多和秘魯的邊境，經常偷襲對方的部落，奪取人頭，無論男女老少都可以。」

「爲什麼要人頭？」瑞卓利問。

「跟希瓦羅族對靈魂的概念有關。他們相信，一個人最多能有三種不同的靈魂。第一種是普通的靈魂，平常人一出生就有。第二種是能透視遠古的靈魂，必須經過祭祀才可贏得，能賦予神眼。如果獲得透視遠古能力的人被殺死，他的靈魂會變成第三種，也就是復仇靈魂，會反過來追殺兇手。想避免靈魂報復，方法只有一個，就是砍掉他的頭，製成乾製首級。」

「乾製首級是怎麼製作的？」瑞卓利低頭看洋娃娃尺寸的三顆頭。「人頭怎麼可能被縮小到這種程度，我搞不懂。」

「製作程序是衆說紛紜，有些互相矛盾，不過多數報告中，有幾項關鍵步驟相同。由於當地屬於熱帶氣候，製作過程必須在死後第一時間動手，先把頭砍下來，直線切開頭皮，從頭頂一路劃到脖子的底部，然後剝開顱骨上的皮。剝皮的過程其實很容易。」

莫拉看著瑞卓利。「我驗屍時，做法也差不多是這樣，妳應該見過。我也會剝離頭皮。不過，我切的方式是從耳朵切到頭頂，劃向另一邊耳朵。」

「對，每次我看到那一部分，總覺得噁心，」瑞卓利說。「特別是在妳剝掉臉皮的時候。」

「喔，對，臉皮。」羅賓森說。「希瓦羅族也剝臉皮。這步驟需要技巧，臉皮和頭皮一同被剝除，連成完整的一片，可以說是一面人皮面具。接著，他們把整張皮翻過來，刮掉表皮下面的血肉，把眼皮縫起來。」他拿起一顆，指著幾乎看不見的縫線。「手工多精巧，看到沒有？睫毛看起來是不是栩栩如生？技巧多麼純熟啊。」

他的語氣是不是多了一分欽佩？莫拉懷疑。她和瑞卓利互使不安的眼色，羅賓森似乎沒有留意到，全神欣賞人皮製成考古珍稀。

他把乾頭翻轉過來，查看脖子。小頭的脖子只是皮管一條。粗糙的縫線從頸背延伸到頭皮，幾乎被濃密的黑髮隱藏。「皮膚脫離頭骨之後，」他繼續，「浸泡在攙加植物汁液的水中，以文火慢煮，融掉最後一絲脂肪。等到皮肉和脂肪全被刮除乾淨，再把整張皮翻成正面向外，把後腦勺縫好，像這一顆這樣。嘴唇用三支削尖的木籤串緊，鼻孔和耳朵用棉花塞住。到這個階段，人皮軟趴趴的，所以他們在裡面塞熱砂石，把皮膚燙乾。然後，他們以木炭搓揉，以煙燻的方式讓皮膚縮水到接近皮革的程度。整套過程並不長，大概不超過一個禮拜。」

「然後拿去做什麼？」瑞卓利問。

「他們帶著保存妥當的戰利品，回到部落，以盛宴和祭祀舞蹈來慶祝，把乾製首級串在繩子上，當成項鍊佩戴在勇士的脖子上。一年以後，他們會再大餐一頓，把亡魂的力量轉移過來。最後，再過一個月，會有第三場慶祝儀式。製作程序的最後一步在這時進行。他們把串住嘴唇的三支木籤抽出來，在木籤形成的小洞穿進棉線，然後編成辮子，另外也添加耳飾。從此以後，人頭就成了吹噓用的道具。勇士想展示男子氣概時，隨時可把他的乾製首級佩戴在身上。」

瑞卓利以一笑表達不敢置信的心意。「現代男生愛戴金項鍊，是同樣的心態。大男人和項鍊，什麼跟什麼嘛？」

莫拉審視桌上的三顆人頭。每顆的大小相仿，嘴唇全串著辮子，眼瞼縫合得細密。「我恐怕看不出這三顆有什麼差別。三顆的製作手法看起來同等精巧。」

「的確，」羅賓森說。「不過，其中一顆有一個重大的差異點。而我指的不是髮型。」他轉頭望向喬瑟芬。她默默站在桌尾。「妳看得出我指的是哪一點嗎？」

年輕的喬瑟芬猶豫著，不願再湊近一步。隨後，她戴上手套，走向檢驗桌，一顆接一顆拿起來，在燈光下研究。最後，她拿起長髮的一顆，耳朵佩戴著甲蟲翅膀製成的飾品。「這一顆不是希瓦羅族製作的。」她說。

羅賓森點頭。「我有同感。」

「因爲有耳環？」莫拉問。

「不對。這種耳環是傳統。」羅賓森說。

「不然，蒲契洛博士，妳爲什麼認定是這一顆？」莫拉說。「看起來和其他兩顆差不多嘛。」

喬瑟芬低頭凝視著甲蟲耳環的那顆，散落在她肩膀上的秀髮烏黑亮麗如乾製首級的頭髮，兩人的色澤不謀而合，混合在一起也不足爲奇。剎那間，莫拉產生一種可怕的印象：眼前是同一個人的頭，一顆是生前，另一顆是死後。一個是活著的喬瑟芬，一個是往生的喬瑟芬。她剛才遲疑不肯碰人頭，會不會正是這個原因？她是否從乾縮的五官看出酷似自己的特徵？

「差別在嘴唇。」喬瑟芬說。

莫拉搖頭。「我看不出差別在哪裡。三人的嘴唇全用棉線縫住。」

「這和希瓦羅的儀式有關。館長剛才描述過。」

「哪一部分？」

「木籤最後從嘴唇抽出來，以棉線穿進小洞。」

「三顆全部有棉線啊。」

「對，不過，穿線的步驟要等到第三場盛宴才進行，和殺人的時間必須間隔一年。」

「她的解釋完全正確，」羅賓森說，喜形於色，因爲這位後進完全領會他希望她注意到的重點。「嘴唇上的木籤啊，法醫！木籤串住嘴唇一整年，抽出來以後會留下明顯的小洞。」

莫拉端詳著桌上的三小頭。其中兩顆的唇孔比較大，第三顆較小。

「這一顆沒有插過木籤，」羅賓森說。「斷頭之後，嘴唇直接縫合。這一顆不是希瓦羅族的文物。製作這東西的人省略了幾個步驟。也許他不太知道詳細的製作過程，或者這顆只是做來賣給觀光客，或用來以物易物，但絕對不是祭祀用品。」

「這麼說，這東西的出處是哪裡？」莫拉說。

羅賓森想一想。「我說不上來，只能告訴妳，這不是希瓦羅族的眞跡。」

莫拉戴著手套，從桌上抬起乾製首級。她以前捧過被切斷的人頭，而這一顆少了顱骨，感覺是出奇輕盈，只有乾皮和頭髮的外殼。

「我們甚至連性別都無法確定，」羅賓森說。「只不過，儘管五官扭曲變形，我愈看愈像女性。五官太纖柔了，不太像男人。」

「我同意。」莫拉說。

「膚色呢？」瑞卓利問。「看得出人種嗎？」

「看不出來，」羅賓森說。「縮水的過程會加深膚色。這人甚至有可能是白種人。而且，在沒有顱骨、沒有牙齒可以照X光的情況下，我沒辦法判斷它的年代。」

莫拉把小頭倒過來，從脖子的開口向內看。她沒有看到軟骨、肌肉、氣管、食道，只見空空的一個洞。頸子已有坍塌的現象，因此她看不見深處。X夫人的驗屍景象霎然閃過她的腦海。她記得見到X夫人乾燥的口腔，見到喉嚨裡有金屬的亮光。首度看見卡圖旭紀念幣時，她是心頭一震，當時的感受如今也重回腦海。兇手該不會也在這位受害人的遺體裡留下線索吧？

「可以給我一盞燈嗎？」她說。

喬瑟芬把放大鏡燈轉給她，莫拉把光束對準頸部的空穴。從狹窄的開口，莫拉只隱約看出裡面有一團白白的東西。「裡面好像有紙。」她說。

「不足爲奇，」羅賓森說。「有時候會在裡面發現幾團報紙，是故意塞進去的，以免頭形在運送過程被壓扁。如果是南美洲的報紙，至少我們能判斷這東西的來歷。」

「有鑷子嗎？」

喬瑟芬從工作間的抽屜找來一把，遞給她。莫拉把鑷子伸進頸部的開口，夾住裡面的物體，輕輕向外拉，出現在眼前的是一團報紙。她抹平報紙，發現上面印刷的文字既非西班牙文，也非葡萄牙語，而是英文。

「《印第奧日報》？」瑞卓利驚笑一聲。「這東西是加州來的。」

「看上面印的日期。」莫拉指向報紙的最上端。「只過了二十六年。」

「儘管如此，這顆頭的年代可能更久，」羅賓森說。「報紙可能是後人塞進去的，防止運送時變形。」

「不過，這倒能證實一件事。」莫拉抬頭。「這顆頭不是博物館當年的收藏品。她可能是另一個受害人，最近才被藏進來，時間可能近在……」她忽然停下來，視線固定在喬瑟芬。

喬瑟芬已經面無血色。這種病容莫拉看多了，經常出現在初次觀察驗屍的年輕員警臉上。她也知道，出現這種臉色的人通常不是摀嘴衝向洗手台，就是朝著最靠近的一張椅子蹣跚而去。喬瑟芬則是以上皆非；她只是轉身走出檢驗室。

「我最好去查看她的狀況。」羅賓森脫掉手套。「她好像身體不舒服。」

「我去吧，」佛洛斯特自願跳出來，跟隨喬瑟芬離開。即使門已關上，羅賓森館長仍站著凝視他的背影，彷彿躊躇著該不該跟去。

「你有二十六年前的檔案嗎？」莫拉問。「羅賓森博士？」

他突然察覺到莫拉在喊，於是轉身面對她。「什麼？」

「二十六年前。這張報紙的日期。你有那段期間的檔案嗎？」

「喔。有。我們有一九七〇和八〇年代的登記簿，不過我不記得看過乾製首級的記載。如果這一顆在當時納入館藏，並沒有人把它登記起來。」他望向賽門。「你記得嗎？」

賽門倦怠地搖頭。他似乎體力透支，彷彿在半小時之內老了十歲。「我不知道那顆頭是哪裡來的，」他說。「我不知道是誰藏進牆壁裡，也不知道原因。」

莫拉注視著縮水的頭，看到它的眼皮和嘴唇被永遠封死。她輕聲說：「看情況，有人一直在收藏自己的寶物。」

9

喬瑟芬迫切想脫離人群獨處，可惜她想不出四兩撥千斤的方法來趕走佛洛斯特警探。佛洛斯特跟著她上樓，來到她的辦公室，此時站在門口，以關懷的表情望著她。他有一雙溫柔的眼睛，一張親和的臉，蓬鬆的金髮令她聯想到她家附近的一對雙胞胎男孩。那對金髮小雙胞胎經常在遊樂場玩溜滑梯。雖說佛洛斯特像小男生，他終究是警察，而警察令她害怕。剛才不應該走得那麼突然，不應該引人注目。但是，看到那份報紙一眼，她感覺像挨了一拳，頓時呼吸暫停，雙腿發軟。

加州印第奧。二十六年前。

我誕生的地點。我出生的那一年。

和她的過去意外相連的事情又發生了，而她想不透的是，怎麼可能？她進一間名不見經傳的博物館上班，地下室裡與她相關的陳年秘密卻如此之多，怎麼會有這種事？她需要時間去推敲。好像我的生活，我個人的往事，全被保存在館藏裡。雖然她絞盡腦汁尋求解答，卻逼不得已強顏歡笑，繼續和佛洛斯特警探周旋。佛洛斯特拒絕離開她的門口。

「妳舒服一點了嗎？」他問。

「我剛只是有點頭暈，是血糖過低吧。」她坐進椅子。「今天早上應該吃早餐才對。」

「要不要來一杯咖啡或什麼的？我可以幫妳去端過來。」

「不用了，謝謝你。」她擠出微笑，希望佛洛斯特識相離開。不料，他反而走進辦公室。

「那張報紙對妳是不是有什麼特殊意義？」佛洛斯特問。

「什麼意思？」

「剛才，法醫攤開那張紙，大家看見是加州的報紙，我注意到妳好像大吃一驚。」

他剛剛在觀察我。他仍然在觀察我。

不應該在這時讓他看出自己瀕臨恐慌境界。只要她不聲張，只要她待在外圍，繼續扮演寡言的博物館員工，警方沒有理由會望過來。

「不只是那張報紙，」她說，「是整個情況讓人毛骨悚然。在這棟大樓裡，怎麼會有屍體——怎麼會有殘缺不全的屍首。在我印象裡，博物館是神聖的殿堂，是學習、沉思的地方。現在我覺得自己在遊樂場的鬼屋裡面上班，擔心下一個肢體什麼時候會冒出來。」

他同情一笑，大男孩的神態讓他怎麼看也不像警察。喬瑟芬估計他大概三十五、六歲，但不知道爲什麼，他看起來比實際年齡年輕許多，甚至有小毛頭的感覺。她看見結婚戒指，心想：跟這男人保持距離的理由再加一條。

「老實說，我覺得這地方本來就讓人毛骨悚然，」佛洛斯特說。「三樓展示那麼多骨頭。」

「那些骨頭有兩千年的歷史了。」

「所以比較不嚇人？」

「因爲多了一份史蹟的份量。我知道，這樣講好像沒什麼差別，不過，我總覺得，時間一久，可以爲死增加一點距離感，不是嗎？X夫人就不一樣，因爲她生前可能是我們實際遇得到的人。」她感覺到一陣寒意，停頓下來。然後，她輕聲說，「古屍比較容易讓人接受。」

「大概是因爲古屍比較像陶器和雕像吧。」

「可以說是。」她微笑。「灰塵愈厚的東西愈棒。」

「妳喜歡這樣的東西？」

「聽你的口氣，你好像無法理解。」

「我只是在想，像妳這樣的人，怎麼會選擇一輩子研究枯骨和古陶器？」

「像妳這樣的女生，怎麼會從事這種行業？你是不是想問這句？」

他笑了。「整棟博物館上下，妳是年紀最小的一個。」

現在連她也笑了，因爲這是事實。「我喜歡的是和過去連上線的感覺。我喜歡拿著陶器的碎片，想像工匠用轉盤製作陶器的情景，想像女人捧著陶甕裝水，想像陶甕哪天被小孩摔破了。對我來說，歷史絕非死氣沉沉的東西。我從小就覺得，歷史是活生生的、有脈搏的東西，活在博物館展示櫃裡。歷史活在我的血液裡，是我與生俱來的東西，因爲……」她講不下去了，因爲她發現自己把話題牽扯進危險地帶。不許談到媽媽。

讓她鬆一口氣的是，佛洛斯特警探沒有察覺到她突然警覺起來的神色。佛洛斯特的下一個問題與她完全不相干。「我知道，妳剛進博物館上班不久，」他說，「不過，妳有沒有覺得，這地方好像不太對勁？」

「什麼意思？」

「妳剛說過，妳覺得自己好像在鬼屋裡上班。」

「只是比喻而已。你發現X夫人不是古物，也剛在地下室牆壁裡面發現東西，現在應該能體會吧？」空調辦公室的氣溫似乎在直線下降中。喬瑟芬伸手向後，把掛在椅背的毛衣披上。「至少我的工作沒有你的工作那麼恐怖。你納悶我選擇和陶器、舊骨頭爲伍的原因，我也納悶，像你這樣的人，怎麼會選擇和——和剛發生的慘案爲伍。」她視線向上移，看見佛洛斯特的目光閃現一絲窘迫，因爲這次問題針對的人是他。以一個習於偵訊他人的人而言，佛洛斯特似乎不會積極以私事回報對方。

「對不起，」她說。「我猜，我是不准發問吧？只准回答問題。」

「不對，我只是在思考妳的意思。」

「意思？」

「妳說『像你這樣的人』……」

「喔。」她露出心虛的微笑。「我只是覺得，你像是個好人，一個心地善良的人。」

「多數警察不是？」

她臉紅了。「我愈解釋愈說不清，是不是？眞的，我只是在誇獎你。因爲，我承認好了，多數警察都有點讓我害怕。」她低頭看桌面。「有這種感覺的人，應該不只有我一個。」

他嘆氣。「恐怕是這樣，沒錯。連我也覺得自己是全世界最不嚇人的人。」

不過，我照樣害怕你，她心想。因爲我知道，假如你掌握到我的秘密，你會對我不利。

「佛洛斯特警探？」尼可拉斯．羅賓森來到門口。「你的同事請你回樓下。」

「喔。好。」佛洛斯特對喬瑟芬匆匆微笑。「蒲契洛博士，待會兒再聊。對了，去吃點東西吧，好不好？」

尼可拉斯．羅賓森等著佛洛斯特離開辦公室，然後對喬瑟芬說，「他來這裡幹嘛？」

「我們只是閒聊而已，尼克。」

「他是警探。我不覺得警探只是來閒聊而已。」

「他又不是在偵訊我。」

「小喬，妳是不是有什麼心事？方便告訴我嗎？」

儘管這問題令她警覺起來，她儘量說得平心靜氣：「你爲什麼這樣問？」

「妳魂不守舍的。不只是因爲昨天發生的事。昨天我在走廊裡，從妳背後跟上，妳差點被我嚇得心臟病發。」

她雙手擺在大腿上坐著，慶幸羅賓森看不見她兩手緊握成拳。在兩人共事的這段不算長的時間裡，羅賓森愈來愈懂得揣度她的情緒，心思異常敏銳，明白她何時需要開懷大笑，何時不願旁人干擾。他明明知道，這是她需要獨處的時候，他卻不肯打退堂鼓。這不像她所認識的尼克。她認識的尼克總是尊重她的隱私。

「小喬？」他說。「妳想不想聊聊心事？」

她以一笑表達悔意。「X夫人的事被我搞砸了，我猜我的愧疚太深，無法自拔了吧。我竟然分辨不出她是贗品。」

「我倆都被碳十四定年法誤導了。我和妳同樣有錯。」

「可是，你的背景又不是埃及學。你聘用我，就是想借重我的專業，我卻搞出一個大烏龍。」她傾身向前，揉著太陽穴。「假如你當初找來一個經驗比較豐富的人，就不會鬧這種笑話。」

「哪來的大烏龍？堅持做電腦斷層掃描的人是妳，記得吧？因爲妳對X夫人並不是完全信任。帶我們走向眞相的人是妳。所以，妳不應該爲這事太自責。」

「我害博物館丟臉。你聘用我，我害你丟臉。」

他不語片刻。他摘下眼鏡，以手帕擦拭鏡片。羅賓森有幾種不合時宜的小習慣，令她覺得窩心，隨身攜帶亞麻手帕是其中一項。有時候，尼克讓她聯想起從前的單身紳士，活在較純眞年代的紳士。在那種時代，女人一進來，男人會趕緊起身致意。

「也許，我們應該往好的一方面看，」他說。「想想看，我們的知名度衝得多高。現在，全世界都曉得克利斯賓博物館的存在。」

「成名的原因卻見不得人。大家全知道本館地下室藏了一堆被謀殺的屍體。」空調通風口吹了一股冷風，吹得穿毛衣的她又打寒顫。「我忍不住懷疑，我們還會在這棟房子裡面找到什麼。天花板上面該不會又藏了一顆小頭吧？這面磚牆裡面，該不會又藏了一具X夫人吧？藏了這麼多屍體，館長怎麼可能不知情？」她望向羅賓森。「鐵定是他，對不對？是史考柯爾館長，對吧？他擔任館長那麼多年，一定和他脫不了關係。」

「我瞭解他的爲人。我很難相信這事和他扯得上關聯。」

「可是，你是眞的瞭解他嗎？」

他反芻著這句話。「我現在不得不懷疑，大家對史考柯爾的瞭解究竟有幾分。我們對任何人的瞭解究竟多少。他給人的印象是沉默內向，一個徹頭徹尾的平凡人，不是特別令人注意的一個人。」

「在自家地下室藏了二十幾具屍體的喪心病狂，不也常被人這樣描述？他既沉默又平凡。」

「最普遍的描述似乎正是如此。但是話說回來，這樣的描述也能適用在幾乎所有人身上，對不對？」羅賓森搖搖頭苦笑。「包括我在內。」

搭公車回家途中，喬瑟芬凝望窗外。大家不是常說，人生充滿巧合？有人去巴黎度假，卻在街頭瞧見隔壁鄰居，這種巧事不也時有所聞嗎？奇遇的事情天天都有，博物館的怪現象可能就這麼單純。

然而，這件事並非是頭一樁巧合。最初是卡圖旭上的名字美狄亞，後來又冒出《印第奧日報》。

公車到站了，她下車，走進濃得化不開的濕熱。烏雲顯露猙獰面貌，她往公寓走，聽見雷聲隆隆，感覺手臂上的汗毛聳立，彷彿雷公在空氣裡灌滿靜電，汗毛因而豎立。雨滴打在她的頭上，她行抵公寓時，雨勢已經加劇到熱帶才有的豪雨。她衝上階梯，奔進前廳，打開郵箱，雨水從她身上滴滴答答落地。

她才取出一疊郵件，1A室的門開啟，古德溫先生說：「我就說嘛，剛剛好像看見妳跑進來。外面是不是在下大雨？」

「下得亂七八糟的。」她關上郵箱。「幸好我今天晚上不必出門。」

「他今天又送來了。妳應該關照一下吧？」

「送來什麼？」

「又送來一封寄給喬瑟芬．薩莫爾的信。郵差問我，妳對上次那一封有什麼反應，我說那封被妳收下了。」

她翻找剛從郵箱取出的郵件，看見古德溫先生說的那封，發現筆跡又是同一人。這一封的郵戳同樣是波士頓。

「再這樣下去，對郵局有點困擾，妳不覺得嗎？」古德溫先生說。「妳最好通知一下寄件人，請對方把姓改過來。」

「好。謝謝。」她開始上樓。

「妳的那串鑰匙，找到沒？」他大喊。

喬瑟芬不回答，倉促進公寓，關上門，把其他郵件扔向沙發，趕緊撕開收件人是喬瑟芬・薩莫爾的一封，從裡面抽出摺起來的信紙，凝視著幾個大字：藍嶺保留區（Blue Hills Reservation）。奇怪，有誰會影印一份附近的健行步道圖寄給她？她把地圖翻過來，看見有人在背面以印刷體大字寫著：

來找我。

下面有兩組阿拉伯數字：

42.130639

71.040648

她癱在沙發上，三個大字從她的大腿上瞪著她。屋外的雨勢已惡化成滂沱大雨，雷聲已由遠轉近，一道閃電斜劈而下，照亮窗戶。

來找我。

這份訊息不含威脅的意味，不會令她聯想到寄件人具有惡意。

她想起幾天前接到的那封信：警察不是妳的朋友。那一封也沒有邪意，只是以耳語知心勸告。警察絕非她的朋友，這一點她早已瞭然於心，是她從十四歲就明白的道理。

她專心在這兩組數字上。只思考幾秒，她便理解出含義。

雷雨胞愈來愈近，這時不宜打開電腦，但她不顧危險，上網來到Google地球，將這兩組數字當成經緯度輸入。如同變魔術似地，麻州的畫面開始轉動，固定在波士頓近郊的一處森林地，鏡頭拉近。

是藍嶺保留區。

她猜對了，這兩組數字確實是經緯度，指的是公園裡面的一個確切位置。來信人顯然是叫她去那裡，只不過，原因是什麼？信上沒有註明相見的時間或地點。哪有人的耐心那麼大，怎可能在野地裡等她出現，一等就是幾小時，甚至幾天？不可能。那裡一定有什麼東西，等著她過去尋找。等著她的不是人，而是事物。

她趕緊上網搜尋藍嶺保留區的資料，得知該公園位於密爾敦以南，佔地七千英畝，步道總長一百二十五英里，穿越森林、濕地、草地、泥炭沼澤，多元化的野生動植物以此地為家，其中一種是木紋響尾蛇。風景名勝是這樣介紹的嗎？有機會踩到響尾蛇喔。她從書架拿來一份大波士頓區的地圖，攤開在咖啡桌上。地圖以遼闊的一大片綠色代表公園，她擔心自己該不會要披荊披棘，穿過樹林和濕地去尋找……尋找什麼？尋找一個比糕點保鮮箱更大或更小的東西？

走到目的地時，那東西在我眼前，我又怎麼曉得它是不是我要找的東西？

該去請教電子宅男了。

她下樓去敲1A室的門。古德溫先生開門出來，放大眼鏡戴在額頭上，活像第二對眼睛。

「不好意思，想請你幫一個忙，可以嗎？」她說。

「我有事情正在忙。不必幫太久吧？」

喬瑟芬朝他背後瞄，看見公寓裡散放著待修的小家電和電子產品。「我考慮買個開車用的GPS。你不是有一個嗎？使用起來簡單嗎？」

他的臉色頓時明亮起來。只要向他請教電子產品，任何一款都行，都能讓他心情大好。「有啊，我當然有！沒有GPS，我大概哪兒也去不了。我有三個。去年我去法蘭克福找我女兒，帶了一個GPS去，對那裡的馬路熟得很，和當地人一樣厲害。問啥路？省省吧。地址一輸入，我就能上路。大家羨慕得不得了啊。有幾個人在路上叫住我，只想看看我的GPS。」

「功能很複雜吧？」

「要不要我玩給妳看？進來，進來！」他帶喬瑟芬走進客廳，把剛才忙的事情拋向腦後。他從抽屜拿出一個流線型的小儀器，大小如一副撲克牌。「來，我打開後借妳玩玩看。妳根本不需要我幫忙。這東西的用法一看就懂，只要照選單一個個按下去就行。一輸入地址，就能把妳帶到目的地的門口。連餐廳、旅館都找得到。妳甚至能叫它講法文喲。」

「我喜歡健行。假如說，我在樹林裡摔斷腿了，怎麼知道方位？」

「妳是說，妳想求救？很簡單。只要拿妳自己的手機報警，報告自己的經緯度。」他從喬瑟芬手上拿走GPS，在螢幕按幾下。「看到沒？這就是我們現在的座標。經度和緯度。我要是喜歡健行的話，沒帶這東西，絕對不隨便去野外。這東西和急救箱一樣少不了。」

「嘩。」她對他露出微笑，適度表達欽佩之意。「這種東西很貴吧？我暫時還狠不下心來買一個。」

「妳借一天去玩玩看，如何？玩一下就知道多簡單。」

「真的願意借我嗎？太好了。」

「借妳一個，我自己還有兩個。妳用用看，把使用心得告訴我。」

「我會小心保管的，保證。」

「要不要我陪妳去？我可以教妳幾個使用秘訣。」

「不用了，我動動腦筋就好。」喬瑟芬對他揮一揮手，走出公寓。「我明天去健行一下，試用看看。」

10

喬瑟芬把車子駛進步道口的停車區，熄火，坐在原地片刻，研究著步道的起點，看著密林的一個窄口，林深處黝暗。根據Google地球，想去地圖上註明的方位，開車最遠只能到這裡。下車的時候到了。該去登山了。

雖然雨勢最劇烈的階段已在昨晚結束，今早灰色的雲仍低垂空中，空氣裡仍有徘徊不去的濕氣，隨時有凝成雨滴落下之勢。她站在樹林的邊緣，注視著一條狹窄的步道，深處只見重重的陰影。她感覺到一陣涼意，如一縷薄霜覆蓋頸子。突然間，她好想爬回車上，鎖緊車門，開車回家，忘掉自己接到過這張地圖一事。儘管她在走進樹林前已經是提心吊膽，她更加擔心的是忽視匿名信的後果。寄件人不管是誰，也有可能是她最知心的好友。

或是最惡毒的敵人。

雨水從頭上的樹枝滴下來，冷冷吻她一口，她抬頭望，把夾克的頭套拉上來，開始走進步道。

泥土步道沿途點綴著色澤鮮明的毒蕈，雨珠在蕈頭上閃爍。這種蕈一定有毒；漂亮的菇多半有毒。常言道：這世上有大膽的採菇人，有年老的採菇人，卻沒有又老又大膽的採菇人。手持式GPS顯示的座標開始變化，經緯度隨著她深入樹林的腳步而更動。GPS只能提供約略的方位。最低限度，她只希望GPS能帶她到終點的方圓幾十碼以內。如果對方要她找的東西很小，這片樹林的枝葉如此茂密，她怎麼可能尋覓得到？

打雷聲從遠方傳來：另一場豪雨將至。她心想，還不是擔心的時候。如果閃電靠近過來，她會避開最高的一棵樹，躲進山溝裡。理論上是這樣做，沒錯。從樹葉滴下來的水珠變得滴答有致，一顆顆打在她的夾克上。尼龍頭套能聚集聲響，放大了自己呼吸、心跳的聲音。隨著她步步接近目的地，GPS的經緯度微微變換著。

雖然上午已過半，這片樹林卻有迅速天黑的跡象。有可能只是雨雲變濃，緩和的雨勢隨時可能翻臉成傾盆大雨。她加快步伐，進入競走的速度，靴子在泥巴與濕葉之中跋涉。忽然間，她停下來，蹙眉看著GPS。

她走過頭了。非往回走不可。

她重拾來時路，來到剛才經過的彎道，駐足凝視樹林深處。GPS叫她脫離步道。交錯的枝葉裡面好像豁然開朗，一片空地似乎對著她招手。

她蹣跚踏出步道，走向樹林之間的空地，靴子踏斷地上的小樹枝，行進的步伐笨拙，聲音巨大，宛如大象。濕答答的枝葉打在她的臉上。她攀上傾倒的樹幹，正要跳下去，這時看見泥土上的東西頓時愣住。泥土上印有一枚大鞋印，輪廓被雨水打花了，鞋紋也糊掉了。一定有人爬過這根樹幹。一定有人穿越過這片林下灌木區。不過，那人前進的方向和她相反，是往步道的方向過去，而不是向脫離步道的她。這枚鞋印看來不像最近留下來的。儘管如此，她停下來，掃瞄周遭動靜。她只看見被雨滴壓得抬不起頭的枝葉，只見地衣嶙峋的樹幹。腦筋正常的人，有誰肯在這片樹林裡守候整天整夜，埋伏一個可能不會上鉤的女人？而這女人見到地圖上的經緯度，甚至可能看不懂，怎麼可能過來？

在內心邏輯推演一番，她的情緒篤定不少，因此躍下樹幹，繼續邁進，低頭看著GPS，看著數字緩緩變動。愈來愈近了，她心想。快到了。

林木轉眼稀疏起來，她從森林跌撞到一處草地，周圍是大片高高的青草與野花，沾水的花朵直不起腰，她一時愣得眨眼。這裡是哪裡？根據GPS，對方要她來的正是這個方位，但她看不到任何記號，不見任何顯著的標示。她只看見這片遼闊的草地，在草地正中央長著一株蘋果樹，年老的枝幹佝僂扭曲。

她走進草地，牛仔褲的褲管被青草打濕，雨水滲透到她的皮膚。除了滴答不停的小雨之外，環境是出奇地靜謐，只聽見遠遠飄來的狗吠聲。她走進草地中間，慢慢轉身，觀察周圍的樹木，卻看不見動靜，甚至連鼓翅而起的小鳥也不見一隻。

你要我找的東西是什麼？

一陣雷聲撕裂空氣，她仰望漸漸漆黑的天。是該離開這片草地的時候了。天空雷電交加，四周只有一棵樹，她偏偏站過來，太魯莽了。

在這一剎那間，她的視線固定在蘋果樹上，聚焦在被敲進樹幹上的一根釘子，高度和她的視線相當，被一根樹枝遮住一半，剛才第一眼沒看見，這時才發現。她看著掛在釘子下面的物品。

我搞丟的鑰匙。

她從釘子上拿走鑰匙，急忙轉身，倉皇搜尋著草地，看看掛鑰匙的人是否仍在附近。雷聲再起，這次像賽跑用的裁判槍聲，震得她拔腿開跑。令她一頭飛奔進森林的並非雷雨。她從林下灌木叢衝刺而過、重回步道，不顧枝葉反覆鞭笞她的臉。令她心驚的是樹幹上那串自己的鑰匙。現在，鑰匙在她的手裡握得緊緊的，感覺好陌生。有一種受到污染的感覺。

從步道口衝出來時，她氣喘如牛，見到停車區裡不只停著她的車子；還多了一輛富豪車，停在附近。她伸手想開車門，雙手麻冷。慌張坐上駕駛座之後，她鎖住所有車門。

平安了。

她坐著猛喘氣，片刻之後，呼出來的熱氣模糊了擋風玻璃。她低頭注視著剛從蘋果樹上摘下來的那串鑰匙。這五把鑰匙的長相沒變，依然掛在同樣的鑰匙圈上。安可十字架形的鑰匙圈，這種形狀在古埃及象徵生命。其中兩支是公寓的鑰匙，兩支是車子的鑰匙，最後一支用來開郵箱。這串鑰匙落入別人手裡超過一星期。她心想，在我呼呼大睡的時候，有人可能偷偷進我公寓。或偷走我的信。或翻找……

我的車內物品。

她驚呼一聲，猛然回頭，看見後座有一頭等著撲過來的怪獸也不足爲奇。但她只看到凌亂的博物館檔案和一只空水壺。沒有怪獸，沒有持斧砍人的狂魔。她癱回駕駛座，不禁笑起來，喉音帶有微弱的歇斯底里。

有人想整得我發瘋。就像把我的母親逼瘋一樣。

她扭動車子的鑰匙，正要發動引擎，這時視線定格在後車廂的鑰匙上。那支鑰匙正和其他鑰匙叮叮敲擊著。她心想，這輛車停在公寓大樓附近的路邊，停了一整個晚上，曝露在外，完全不設防。

她望向停車區。在起霧的車窗外，她看見那輛富豪車的主人走過去。這一家人是一對年輕夫妻，帶著大約十歲的一男一女，男孩牽著一隻黑色的拉布拉多犬，更貼切的說法是，男孩似乎是被狗牽著跑，拚命拉扯著狗繩不放。

喬瑟芬看見附近有人，心情平復不少。她拔出鑰匙，下車，雨滴直接打在頭髮上，順著頸子滑落，滲入衣領，但她幾乎毫無知覺。她繞向自己的車子後面，注視著後車廂，儘量回想上次開車廂是哪天的事。她每星期去超商採購一次，記得那天有幾個鼓鼓的塑膠袋，放在後車廂裡，她一口氣提光，一趟全帶上樓去。現在，後車廂裡應該什麼也不剩。

黑狗開始亂叫，牽著狗繩的男童罵著，「山姆，吵什麼吵！你秀斗了嗎？」

喬瑟芬轉身，看見男孩急著把黑狗拖向自家的富豪車，狗卻持續對著喬瑟芬猛吠。

「對不起，」男孩的母親呼喊。「我不曉得他斷了哪根筋。」她牽起狗繩，猛扯一把，黑狗被勒得唉唉叫。

喬瑟芬解除後車廂的鎖。車廂門向上掀開。

當她看見裡面的物品時，她向後踉蹌跌開，猛喘著氣。雨滴持續打在她的臉頰，淋濕的秀髮如冰冷的手指一般順著臉龐摸下去。黑狗掙脫開來，朝她直衝，瘋狂亂吠著。喬瑟芬聽見小孩開始驚叫。

小孩的母親哭喊著，「我的天啊。我的天啊！」

父親急著報警時，喬瑟芬蹣跚走向樹下，震驚得一屁股癱坐在飽含雨水的青苔上。

11

無論早晚，無論晴雨，莫拉．艾爾思抵達時總是一副丰姿綽約的儀態。穿著濕褲子的瑞卓利站著發抖，被淋濕的頭髮滴著水，見到法醫艾爾思踏出黑色凌志車時，不由得心生嫉妒。莫拉的頭髮如頭盔，服貼而完美，披著雨衣照樣能hold住整個場面。但話說回來，莫拉畢竟沒有淋到雨。瑞卓利在停車區站了一整個小時，才會被淋成落湯雞。

莫拉鑽進警戒線，幾位警察畢恭畢敬地站開來，彷彿皇室成員駕到。而莫拉果眞像皇族，動作起來一副高不可攀的架勢，心無旁騖，直接走向本田車停放的位置。瑞卓利正在車子旁邊等候。

「密爾敦離妳的轄區不是遠了一點？」莫拉問。

「等妳看見這東西，妳就知道他們爲什麼找我們支援。」

「車子是這輛？」

瑞卓利點頭。「這輛的車主是喬瑟芬．蒲契洛。她說她一個禮拜前搞丟鑰匙，以爲是忘了擺在哪裡。看樣子，鑰匙可能是被偷走了，小偷因此能進出她的車子，所以這東西才會出現在裡面。」瑞卓利轉向本田車。「希望妳有心理準備。因爲這東西絕對會讓我做噩夢。」

「妳以前講過同樣的話。」

「有是有，不過這次我是講眞的。」瑞卓利戴著手套，掀開後車廂蓋，撲鼻而來的是皮革腐爛的臭氣。腐屍的臭味，瑞卓利聞多了，但這一種氣味不同，沒有腐敗的氣息，甚至沒有人屍的味道。蜷縮在後車廂的東西一點也不像人，是她一輩子絕對沒有見過的屍體。

莫拉一時似乎無法出聲。她靜靜盯著一團黑髮，看著黑如焦油的人臉。這具裸屍的每一片表皮、每一道細紋，全被保存得完整無缺，宛如固定成銅像。女人臨死前的表情也被保存下來，臉皮糾結，嘴巴大開，永世驚叫著。

「第一眼，我以爲不可能是眞人，」瑞卓利說。「我以爲是橡膠娃娃，是萬聖節掛起來嚇嚇討糖小孩的玩意。我以爲不是眞人，而是什麼假殭屍。不然怎麼可能把活生生的女人變成那樣？」瑞卓利停頓下來，喘一口氣。「接著，我看見她的牙齒。」

莫拉望進女屍的嘴，輕聲說：「她有補牙的現象。」

瑞卓利轉身，改看一輛新聞轉播車開過來，停在警戒線外面。「不然妳說啊，醫生，眞人怎麼會變成那樣？」她問。「人是怎麼變成萬聖節怪獸的？」

「我不知道。」

這種回答令瑞卓利意外。認識莫拉這麼久，她以爲莫拉是死亡的權威，再罕見的死因也瞭若指掌。「這東西不是一個禮拜就能做好的，對吧？」瑞卓利問。「甚至一整個月也做不好。一定很費時間吧，把一個女人做成那樣。」做成木乃伊也是。

莫拉看著她。「蒲契洛博士呢？她怎麼解釋？」

瑞卓利指向馬路。停在路上的車輛數目穩定成長中。「她在那邊，和佛洛斯特坐在同一輛車子上。她說，她不知道屍體是怎麼進後車廂的。她說她已經有幾天沒有用車了，上次是去買日用品。如果這具屍體在後車廂擺了超過一兩天，味道應該會更臭，她在車子裡一定也聞得到。」

「她的鑰匙在一個禮拜以前失蹤了？」

「她不知道自己怎麼搞丟的，只記得有一天下班回家，發現鑰匙不在包包裡。」

「她來這裡做什麼？」

「她來這裡爬山。」

「在這種天氣？」

變大的雨滴開始打在兩人的雨衣上，莫拉合上車廂蓋，躲在裡面的怪物是眼不見爲淨。「不太對勁吧。」

瑞卓利笑了。「廢話嘛。」

「我指的是天氣。」

「碰到這種天氣，我也不爽。只不過，天氣不好又能奈何？」

「喬瑟芬・蒲契洛單獨一個人，在這種天氣過來健行？」

瑞卓利點頭。「我也想不通。我問過她了。」

「她怎麼解釋？」

「只說她想出來透透氣。還說她喜歡單獨踏青。」

「顯然更喜歡挑雷雨天出來走。」莫拉轉身望向喬瑟芬坐著的車子。「她的長相很標緻，妳不認爲嗎？」

「標緻？美若天仙才對吧。看佛洛斯特被她煞成那副餓狼樣，我非把他看緊一點不可。」

莫拉依然望向喬瑟芬的方向，眉頭皺得更深。「X夫人出過不少鋒頭。《波士頓地球報》不是在三月報導過？最近這幾個禮拜也上了新聞，相片也登上版面。」

「妳指的是喬瑟芬的相片。」

莫拉點頭。「也許有人看上她了。」

某一個特定的仰慕者看上她了，瑞卓利心想。這人早知博物館地下室藏有死屍。X夫人的報導勢必招來他的注意。他肯定是詳讀每一則報導，細看每一張相片，必定會看見喬瑟芬的長相。

她低頭看後車廂，慶幸蓋子已經關好，不必再看到劇痛而扭曲的可憐死者。「我猜，收藏死屍的這個人剛對我們捎來訊息，告訴我們，他還活著，而且正在物色新的標本。」

「他也想告訴我們，他就在波士頓。」莫拉的視線再次轉往喬瑟芬的方向。「妳說她的鑰匙搞丟了。哪裡的鑰匙？」

「車子的鑰匙。還有公寓。」

莫拉抬起下巴，露出失望的神色。「那就不妙了。」

「公寓的管理人正在換鎖。我們通知過管理員，會把她護送回家。」

莫拉的手機響起，她瞄了一下來電者的號碼。「抱歉，我接一下。」她說著轉身。瑞卓利注意到，莫拉的頭低下去，顯得偷偷摸摸，而且肩膀向前拱，彷彿不願旁人看見她通話的神色。

「禮拜六晚上呢？你有空嗎？已經好久了……」

洩露莫拉機密的是壓低嗓門的動作。電話的另一端是丹尼爾·布洛菲，但瑞卓利從默默的對話聽不出歡樂，只聽見失望。愛上一個得不到的男人，除了失望，還能指望什麼？

莫拉輕輕說：「待會兒再聯絡。」結束通話。她轉過來面對瑞卓利，卻不敢正視瑞卓利的眼睛，而是把目光對準本田車。以交談的話題而言，死屍是比較安全的題材。和男友不同的是，死屍不會傷她的心，不會讓她失望，不會讓她夜半孤寂。

「我猜刑事鑑定組（CSU）會對後車廂蒐證吧？」莫拉說，現在是全副辦公的姿態，再次扮演實事求是的法醫角色。

「我們會扣押這輛車。妳幾時驗屍？」

「我想先做幾項初步研究，照幾張X光片，採集一些組織樣本。在瞭解確切的保存步驟之前，我不想直接解剖。」

「所以說，妳今天不準備驗屍？」

「過了這週末再說吧。照這具屍體的狀況來看，她已經死了很久，再拖幾天也不會影響檢驗結果。」莫拉瞄向喬瑟芬。「蒲契洛博士怎麼辦？」

「我們還在瞭解她。等我們送她回家，等她換好衣服，說不定她能回憶起更多細節。」

喬瑟芬．蒲契洛是怪咖一隻，瑞卓利心想。她和佛洛斯特站在喬瑟芬的公寓裡，等著她從浴室出來。客廳的裝潢走的是窮學生的路線。睡坐兩用沙發的表面脫線嚴重，猶如被哪來的幽靈貓扒過，咖啡桌面則是一圈圈的污痕，書架上有教科書和專業期刊，但瑞卓利看不到相片，沒有私人紀念品，不見任何能透露屋主個性的線索。電腦的螢幕保護程式是一張張的埃及神殿照。

喬瑟芬終於走出浴室時，濕頭髮已結成一條馬尾。雖然她換上乾爽的牛仔褲，套上棉質套頭衫，依然有受凍的模樣，臉色僵硬如石雕。像某個埃及皇后的雕像吧，或者像神話裡的妖姬；佛洛斯特毫不遮掩，兩眼一直瞪，彷彿沐浴在女神的光彩中。假如老婆艾莉絲在場，八成會對欠扁的他急踹一腳。**也許我應該代替艾莉絲教訓他。**

「妳舒服多了嗎，蒲契洛博士？」佛洛斯特問。「需不需要多休息一點再談？」

「我準備好了。」

「在開始之前，要不要來一杯咖啡？」

「我去幫兩位泡。」喬瑟芬轉向廚房。

「不用了，我關心的是妳。妳需要什麼，儘管說。」

「佛洛斯特，」瑞卓利發飆，「人家明明說她準備好了，我們大家坐下吧，開始談正事如何？」

「我只想確定她好不好，沒什麼。」

佛洛斯特和瑞卓利在外形破舊的沙發上坐下。她坐到尖尖的異物，覺得應該是彈簧從軟墊下刺出來，於是她挪開位置，在她和佛洛斯特之間空出一大鴻溝。兩人坐在沙發的兩端，像一對失和的夫妻在接受輔導。

喬瑟芬坐在椅子上，臉孔和縞瑪瑙❹一樣深奧難測。儘管她只有二十六歲，態度卻矜持得出奇，所有情緒全緊鎖在心底。瑞卓利心想，這裡有點不太對勁。感覺到不對勁的人只有她一個嗎？佛洛斯特似乎完全喪失了就事論事的能力。

「蒲契洛博士，我們再談談那串鑰匙，」瑞卓利開始說。「妳說過，鑰匙是一個多禮拜前弄丟的？」

「上個禮拜三，我下班回家，在包包裡找不到鑰匙，以爲是忘在博物館了，可是我回博物館一樣找不到。不信，妳可以問古德溫先生。我跟他要另一把郵箱鑰匙，被他索費四十五元。」

「那串鑰匙遺失以後，一直沒有找到？」

喬瑟芬的視線落在自己的大腿上。接下來只是短短幾秒的緘默，但瑞卓利留意到了。問題如此直接了當，她爲何考慮這麼久？

「對，」喬瑟芬說，「我一直沒找到那些鑰匙。」

佛洛斯特問：「妳上班時，都把包包放在哪裡？」

「我辦公桌的抽屜裡。」喬瑟芬的神態明顯鬆懈下來，彷彿這問題回答起來毫無困難。

「妳的辦公室有鎖嗎？」他彎腰向前，似乎擔心遺漏她說的任何一個字。

「沒有。我整天在辦公室進進出出的，所以懶得上鎖。」

「博物館應該有監視錄影帶吧？調出來看的話，或許能查出哪些閒人進過妳的辦公室？」

「理論上可以。」

「什麼意思？」

「博物館的監視錄影系統三個禮拜前故障了，還沒修復。」她聳聳肩。「是預算的問題。博物館的資金向來吃緊，我們認為，只要小偷看得到監視錄影機，就不會輕舉妄動。」

「所以說，民眾進入博物館參觀時，任何一個都可能溜上樓，進妳的辦公室，拿走鑰匙。」

「而且在X夫人的消息上報之後，本館的人潮更是絡繹不絕。民眾終於發現了克利斯賓博物館。」

瑞卓利說：「小偷為什麼留下包包，只偷走鑰匙？妳的辦公室有沒有遺失其他東西？」

「沒有。即使有，我也沒注意到。所以我才沒有放在心上。我只是認為，是我忘了鑰匙擺在哪裡。沒想到，居然被人拿去打開我的車子，把那個……東西放進後車廂。」

「妳的公寓大樓沒有停車場？」佛洛斯特說。

❹具有非常細的平行紋路的瑪瑙，價值不菲。

喬瑟芬搖搖頭。「住戶想停車，得自己去找停車位。我和其他住戶一樣，把車子停在路邊，所以我才不把貴重物品留在車上，因爲路邊的車子經常遭小偷。不過，小偷通常是偷走東西，」她哆嗦一陣，「而不是把東西放進去。」

「這棟大樓的保全好不好？」佛洛斯特問。

「這問題待會兒再研究。」瑞卓利說。

「有人偷走她的鑰匙，能進出她的車子和公寓，我認爲這才是當務之急。小偷針對的人似乎是她。」佛洛斯特轉向喬瑟芬。「妳爲什麼被鎖定？妳知道原因嗎？」

喬瑟芬轉開視線。「我不知道。」

「會不會是熟人？會不會是妳最近認識的人？」

「我才在波士頓住了五個月。」

「之前住哪裡？」瑞卓利問。

「在加州找工作。博物館錄用我，我才搬來波士頓。」

「妳有和誰結冤仇嗎，蒲契洛博士？有沒有不歡而散的男友？」

「沒有。」

「有沒有哪個考古學界的朋友懂得木乃伊的做法？懂得乾製首級的做法？」

「製作方法很多人都懂，不一定是考古學界的人才會。」

「可是，妳的朋友確實是考古學界的人。」

喬瑟芬聳聳肩。「我的朋友沒有那麼多。」

「怎麼沒有？」

「我不是說過了，我剛搬來波士頓不久。今年三月才到。」

「所以說，妳想不出有誰會跟蹤妳，偷走妳的鑰匙？誰會把屍體搬進後車廂嚇妳？」

鎮定的喬瑟芬首次動容，顯露出面具下面驚魂未定的心靈。她低語：「我不知道！我不曉得誰會做這種事情。也不知道爲何會被盯上。」

瑞卓利細看著她，滿心不情願地羨慕她毫無瑕疵的肌膚、烏黑如炭的明眸。生得這麼漂亮，不知道滋味如何？一走進來，每個男人的眼光盯著妳看，是什麼樣的滋味？連妳嫌棄的人也瞪著妳看。

「希望妳能瞭解，從現在開始，妳非更加小心不可了。」佛洛斯特說。

喬瑟芬吞嚥一下。「我知道。」

「妳有地方可以借住幾天嗎？要不要我們帶妳去什麼地方？」他問。

「我想……我想我大概會離開波士頓一段時間。」喬瑟芬挺直腰桿，宛如心中已有譜，心情大受激勵。「我有個姑媽住在佛蒙特州，我想去投靠她。」

「佛蒙特州的哪裡？我們需要能隨時查看妳的安危。」

「伯靈頓（Burlington）。她的姓名是康妮·蒲契洛。想找我的話，可以直接撥我的手機。」

「好，」佛洛斯特說。「出了這事以後，妳應該不會一個人隨便去健行了吧？」

喬瑟芬擠出微弱的微笑。「最近不敢了。」

「對了，我正想問妳這件事，」瑞卓利說。「妳爲什麼挑今天去爬山？」

喬瑟芬的笑容淡去，彷彿她明白瑞卓利不容易受擺布。「是我太傻了，我知道。」她承認。

「下雨天。步道泥濘。妳幹嘛要去？」

「公園裡又不只有我一個人。那一家人不是也去了？」

「他們是外地人，狗在車上悶慌了，想散散步。」

「我也想散散步。」

「妳的靴子沾滿泥巴，不可能只是隨便散散步吧。」

「瑞卓利，」佛洛斯特說，「妳想問什麼？」

瑞卓利不理他，繼續定睛注視喬瑟芬。「蒲契洛博士，妳有其他事情想告訴我們嗎？談談妳去藍嶺保留區的眞正原因，好嗎？星期四早上，應該是上班時間吧？」

「我下午一點才上班。」

「天下著雨，澆不熄妳的興致？」

喬瑟芬的表情轉變爲近似遭人獵捕的動物。瑞卓利心想，她怕我。我看不透的玄機究竟在哪裡？

「我這禮拜累慘了，」喬瑟芬說，「非去外面走一走，想想事情不可。我聽說那座公園很美，所以就去了。」她打直身體，語氣變得比較堅強，較有自信。「就這麼簡單，警探。散個步而已。散步犯了哪條法律？」

兩個女人互瞪幾秒。在這幾秒中，瑞卓利覺得疑惑，因爲她摸不清疑點在哪裡。

「散步不犯法，」佛洛斯特說。「好了，我覺得今天已經問夠了。」

瑞卓利看見喬瑟芬陡然移開視線，心想：不，還沒問夠。

12

「是誰叫你扮白臉的？」瑞卓利問。她和佛洛斯特坐進她的速霸陸。

「什麼意思？」

「你忙著對喬瑟芬拋媚眼，逼得我不得不扮黑臉。」

「我不懂妳在胡扯什麼。」

「妳要不要來一杯咖啡？哼。」瑞卓利說。「你究竟是警探，還是管家？」

「妳秀斗了嗎？那女孩子多可憐，被嚇破膽了。她的鑰匙被偷，車上出現一具屍體，車子現在還被警方扣押。這樣的人，不值得稍微同情嗎？妳卻把人家當成嫌犯對待。」

「同情？你剛才給她的，就只是同情？我剛剛還等著看你約她出去哩。」

兩人合夥這麼久，瑞卓利從未見過佛洛斯特眞正對她發過脾氣，因此見到他的眼睛怒火暴燃，她的心頭不只是一震；他的神態近乎嚇人。「去你的，瑞卓利。」

「唉。」

「妳的心理有毛病，妳知道嗎？妳是看她哪一點不順眼？因為她長得漂亮嗎？」

「我覺得她怪怪的，不曉得哪裡不太對勁。」

「她被嚇壞了。整個生活秩序大亂。不被嚇壞才怪。」

「而你想飛撲過去，英雄救美。」

「我只是盡一點平常人的義務。」

「假如她長得像癩皮狗，你還會講這種話嗎？」

「她的長相跟這事沒有關係。妳幹嘛一直扯我別有居心？」

瑞卓利嘆息。「我只不過想替你擋掉桃花劫，不行嗎？我是媽媽熊，盡盡母職，保護你的安全。」她把鑰匙插下去，發動引擎。「艾莉絲呢？她什麼時候回家？她回娘家去一趟，未免待太久了吧？」

他以狐疑的眼光回應。「幹嘛問到艾莉絲？」

「她走了好幾個禮拜，不是該回家了嗎？」

這話引來一聲冷哼。「珍・瑞卓利，婚姻諮詢師。告訴妳好了，我很痛恨這一點。」

「什麼？」

「妳以為我想出軌。」

瑞卓利把車子開上路，匯入車流。「我只是覺得應該稍微勸一勸。我最不喜歡見人一頭撞進麻煩事。」

「是啊，妳這個策略很靈嘛，用在妳老爸身上，結果怎麼了？他最近還肯跟妳講話嗎？或者被妳氣得再也不聯絡了？」

一提起她的父親，手握方向盤的瑞卓利恨不得勒死他。父親法蘭克・瑞卓利，經過三十一年表面上美滿的婚姻，突然一看見沒水準的金髮妞就春心大動。七個月前，他和妻子分手。

「我只把我對他那個笨女人的觀感說給他聽。」

佛洛斯特笑了。「是啊。然後呢，妳還想揍她一頓。」

「我哪有揍人？只是和她溝通幾句而已。」

「妳竟然想逮捕她。」

「我爸表現得像中年白痴，我應該逮捕他才對。丟臉丟到家了。」她鬱悶地瞪著路面。「現在，丟臉的人換成我媽。」

「因爲她有對象了？」佛洛斯特搖頭。「看吧？妳太愛批評別人了，我保證連她也會被妳氣跑。」

「她表現得像個思春少女。」

「她被妳爸甩掉，現在開始和別人交往，那又怎樣？柯薩克是個好男人，放手讓妳媽去開心嘛。」

「怎麼扯到我爸媽？我們談的是喬瑟芬。」

「想談喬瑟芬的人是妳。」

「我總覺得，她的態度讓我搞不懂。你有注意到嗎，她幾乎不敢正視我們的眼睛？我認爲，她等不及把我們轟出公寓。」

「我們問的問題，她一一回答了，妳還想怎樣？」

「她沒有交代清楚。她有所保留。」

「哪一方面？」

「我不知道。」瑞卓利凝視著前方。「不過，多多深入瞭解蒲契洛博士，應該不會礙事。」

喬瑟芬從公寓窗口俯瞰街頭，看著兩警探坐上車離去，之後才從包包取出安可鑰匙圈，她從蘋果樹上摘下來的那串鑰匙。她找回鑰匙的事並未向警方透露。如果據實回答，她勢必無法隱瞞無名信函一事。那封信叫她去藍嶺，收件人是喬瑟芬．薩莫爾。而薩莫爾這個姓絕不能讓警方知道。

她把喬瑟芬．薩莫爾的兩封信和信封疊起來，一起撕掉，但願這麼一撕，能撕毀她多年來想遺忘的那一段往事。她逃避得再努力也是枉然，往事居然追上她了，永遠不願和她分離。她把碎紙帶進浴廁，扔進馬桶裡沖掉。

她非離開波士頓不可。

現在離開，時機上合乎邏輯。警方知道她被今天的事嚇壞了，所以這時離開不會牽動疑心。或許事後警方會問幾個問題，會檢索檔案，但現階段警方沒有理由徹查她的過去。警方會對她說的話信以為真：她是喬瑟芬．蒲契洛，生活簡樸清靜，大學和研究所期間半工半讀，在藍星夜總會擔任服務生。這些經歷字字屬實，禁得起考證。只要警方不要深究，不要再挖更久遠的往事，只要她不讓警方有理由追查，她絕不會觸動警報。她可以悄悄從波士頓溜走，沒有人會起疑心。

可是，我不想離開波士頓啊。

她凝望著窗外，看著她愈來愈心怡的居住環境。雨雲已散，一派日光取而代之，照耀得人行道水光晶瑩，清新而乾淨。今年三月，她接下這份工作，搬進這一區，舉目無親。那時她頂著寒風，舉步維艱，暗想自己在波士頓必定撐不久，深信自己和母親一樣，只住得慣乾熱的氣候，天生能承受沙漠的火氣，受不了新英格蘭區的寒冬。然而，四月的某一天，雪融化完畢，她走過波士頓公地（Boston Common），經過發芽的樹木與黃水仙，忽然領悟到，這裡是她的歸宿。波士頓的每一塊磚，每一顆石頭，似乎能和歷史互相呼應，令她怡然自得。她走在高級住宅區畢肯丘的圓石路上，幾乎聽得見馬蹄聲和馬車輪聲。她站在長碼頭的水邊，遙想魚販子的吆喝、行船人的歡笑。和母親一樣的是，她對過去總是比較嚮往，而在波士頓，歷史依舊鮮活。

如今，我將被迫揮別波士頓，也被迫換掉這個名字。

公寓門鈴聲驚醒她。她走向對講機，先暫停動作，穩定語氣，然後才按下通話鍵。「喂？」

「小喬，我是尼克。方便讓我上樓嗎？」

拒絕拜訪未免太冒失，她想不出託詞，只好按開門鍵。片刻之後，他來到門口，頭髮上有雨滴，灰眼珠瞇成細縫，隔著蒙上水氣的鏡片表達憂慮之情。

「妳不要緊吧？我們聽說了。」

「你怎麼知道的？」

「我們在等妳，遲遲不見妳進辦公室。柯羅警探告訴我們，出了一點麻煩。他說妳的車子遭小偷。」

「情況比遭小偷更嚴重。」她說完，帶著倦意跌進沙發。羅賓森站著看她，看得她渾身不自在，這是從來沒有過的情形；他審視她的眼光太仔細了。突然間，她覺得自己像X夫人一樣不設防，護身的布條被一一剝開，裸露出醜陋的現實。

「我的鑰匙被人拿走了，尼克。」

「妳遺失的那串？」

「不是遺失，而是被人偷走。」

「妳是說——刻意的？」

「竊案通常是的。」她看見羅賓森困惑的神情，心想：可憐的尼克。你和發霉的古物混太久了，外面的世界多醜陋，你絲毫沒有概念。「大概是在我上班的時候發生的。」

「哇。」

「博物館的鑰匙不在那串上面，所以你不必擔心博物館遭小偷，館藏沒有危險。」

「我擔心的不是館藏。我擔心的是妳。」他深呼吸，猶如即將躍入深水區游泳。「如果妳住這裡覺得不安全，喬瑟芬，妳可以考慮……」他忽然挺直身體，大膽宣佈：「我的房子有一個空房間，妳想借住幾晚絕對沒問題。」

她微笑。「謝謝你，不過我想離開波士頓一陣子，所以想請假幾個禮拜。在你忙不過來的時候走，尤其是現在，我對不起你。」

「妳想去哪裡？」

「我有一年沒去拜訪姑媽了，所以想趁這機會去。」她走向窗戶，瞭望她必定會想念的景觀。「各方面的事情都要謝謝你，尼克。」她說。**我好幾年沒交朋友了，你是最稱得上是朋友的一個，謝謝你了。**

「到底發生什麼事？」他問。他走向喬瑟芬的背後，近到伸手可觸及，但他沒有伸手，只是站在背後，默默陪伴她，和往常一樣耐心在附近守候。「妳可以信任我，妳是知道的。無論發生什麼事。」

她突然想對羅賓森吐實，道盡她的所有往事。但她不願目睹他的反應。他讀出興趣的是一本名爲喬瑟芬．蒲契洛的平凡小說。他對她一向親切，而她最理想的回報方式是維持假象，讓他的美夢不至於幻滅。

「喬瑟芬？今天發生了什麼事？」他問。

「晚間新聞大概會報導，」她說。「有人拿走我的鑰匙，進了我的車子，在後車廂留了一個東西。」

「什麼東西？」

她轉身面對羅賓森。「另一個X夫人。」

13

喬瑟芬醒來，傍晚的豔陽眩目，她從灰狗巴士的車窗瞇眼向外望，看到綿延起伏的綠野籠罩在夕陽的金霧裡。昨晚，她幾乎徹夜無法成眠，今早搭上巴士，才總算累到體力不支而睡著。現在，她不知道巴士到了哪裡，但從時間來判斷，車子可能接近麻州與紐約州的交界。假如她自己開車，整趟路只要六個小時，但由於巴士不直達，必須在阿爾巴尼、雪城、賓罕頓轉車，全程需要一整天。

車子終於抵達賓罕頓進站，讓她轉最後一班車，天色已經全暗。她再次拖著疲憊的步伐下車，走向公用電話。打手機怕被追蹤，所以她離開波士頓之後再也不開機。她從口袋掏出幾枚兩毛五的硬幣，投進飢餓的公用電話。同樣的應答語以輕快的女音說：「我八成是去考古了。請留號碼，我會儘快回電。」

喬瑟芬一聲不吭，直接掛電話。接著，她拖著兩個行李箱，來到下一班巴士，排隊等著上車的人不多，她走過去等。沒有人講話；大家似乎和她同樣筋疲力竭，任由下一段路途擺布。

晚上十一點，巴士駛進威沃利村。

下車的乘客只有她一人，她隻身站在一家小超商前面，超商已經打烊熄燈。再小的村莊應該也有計程車行吧。她走向電話亭，正要投幣，卻看見投幣孔被貼上「故障」的標籤。累了一整天，最後這個打擊太沉重了。她呆呆看著沒用的公用電話，突然笑起來，笑聲刺耳、絕望，響徹空曠的停車場。叫不到計程車的話，她只能拖著兩口行李，摸黑跋涉五英里。

她考慮啓動手機，開始衡量得失。即使只打一通電話，她就有可能曝露方位。可是，我太累了，她心想，不知道該怎麼辦，也無處可去。我擱淺在一個小鎮，唯一認識的一個人卻聯絡不上。

路上出現車頭燈光。

車子駛向她——是巡邏警車，上面亮著一排藍色警燈。她愣住了，不知是該躲進陰影，或是壯膽維持受困旅客的角色。

現在想溜也來不及了，警車已經轉進小超商的停車場，車窗搖下來，一位年輕的基層員警向外望。

「哈囉，小姐。有人來接妳嗎？」

她清清嗓子。「我正想叫計程車。」

「那支電話故障了。」

「我剛發現。」

「已經故障六個月了。這年頭，人手一支手機，電話公司懶得過來修公用電話。」

「我也有手機。我就用手機吧。」

他斜眼看她一會兒，無疑想著，帶了手機，何必去打公用電話？

「我是想查一查電話簿。」她解釋。她打開吊在電話亭裡的電話簿。

「好，那我就坐在車上，等妳的計程車來。」他說。

在等待的期間，他解釋說，上個月在同一處停車場，曾經有個年輕女子遭到騷擾。「她和妳一樣，也是從賓罕頓搭巴士過來，晚上十一點到站。」警察說。那次事件之後，他經常開車過來巡邏，以免又有妙齡女子被騷擾。保護與服務，這是警察的職責。即使像威沃利這樣的小地方，即使村民只有四千六百人，恐怖的事情照樣時有所聞，假如她聽說過，絕對不會想在打烊的小超商前面獨自等車。

計程車終於來了，友善的警察絮叨這麼久，她還擔心警察聊上癮了，恐怕會跟著她走。幸好，他上了警車，往反方向離去，她才鬆了一口氣，坐下來，思考未來的動作。首先，她要好好睡一覺，睡在讓她心安的家裡。在那個家，她不需要隱瞞眞正的身分。她已經在事實與假象之間打滾太久了，有時忘了哪些生活點滴屬實，哪些是虛構。只要多喝幾杯，一時疏忽大意，事實便可能從她嘴裡溜出來，能顛覆掉撲克牌堆砌成的整座城堡。在大學宿舍裡，同學喜歡喝酒狂歡，她是衆人皆醉我獨醒，最懂得扯些沒營養的話題，只要不透露私事即可。

我厭倦這種生活，她心想。每講一句話都需要考慮後果，多討厭。今晚，我終於能恢復本性了。

計程車駛向一棟農莊式的大房子，停下來，司機說：「到了，小姐。要不要我幫忙提行李到門口？」

「不用了，我自己提得動。」她付完車資，踏上通往門口的走道，拖著行李箱，走向前門階。來到門口，她停下來，假裝在找鑰匙，等計程車開走。車子一脫離視野，她轉身，走回馬路。

步行五分鐘，她來到一條長長的車道，上面鋪著砂石，兩旁是濃密的樹林。月亮高掛，她隱約看得清路面，避免跌跤。行李箱輪碾壓砂石而過，音量大得嚇人。進入樹林，蟋蟀察覺自己的王國被外人擅闖，因此噤聲。

她來到一棟陰暗的房子，踏上階梯，敲幾下門，按幾次門鈴，證實了她已猜中的事。沒人在家。

不成問題。

鑰匙藏在老地方，她一找就有。門廊上有一疊柴薪，鑰匙就藏在裡面。她自己開門進去。她打開電燈。兩年沒來了，她發現客廳的陳設完全沒變。所有架子和壁龕，同樣擺著大小雜物。牆上掛著錫製的墨西哥立體相框，裡面是同樣的相片。相片呈現一張張被曬黑的臉孔，在寬帽緣下面笑著。有個男人斜倚圓鍬，後面是一面殘壁。一位紅髮女子跪在壕溝裡，拿著鏟子，瞇眼向上看鏡頭。相片裡的人，她大部分不認識。這些人存在另一個女人的記憶裡，活在另一個女人的世界中。

她把行李留在客廳，走進廚房。擺滿東西的廚房也是老樣子，燒黑的鍋子懸掛在天花板下的勾架，窗台的擺飾從海玻璃❺到陶瓦碎片，琳琅滿目。她在燒水壺裝滿水，放上火爐，等著水燒開，站在冰箱前面，細看著貼在冰箱門上的所有快照。在相片集錦中，她認得出其中一張臉。那是她三歲時的舊照，她坐在秀髮烏黑的女子大腿上。這時她伸手輕撫相片中的女子，記得那片臉頰的觸感多麼光滑，也記得髮香。水滾了，但喬瑟芬看相片看得出神，視線無法移開那一對具有催眠力的深色眼眸。

燒水壺的尖哨聲突然打住，有人說：「好多年了，沒有人跟我打聽過她的事。」

喬瑟芬轉身過來，面對高瘦的這位中年婦女。剛才關掉火爐的人正是她。「珍瑪，」她喃喃說。「原來妳在家啊。」

珍瑪面帶微笑，大步上前，使勁擁抱她。珍瑪．哈莫敦的體格近似男孩，倒比較不像女人，精瘦而肌肉發達，銀絲剪成講求實用的鮑伯頭。她的手臂遍佈著凹凸起伏的燒傷疤痕，但她不怕人看，穿著無袖衫讓全世界看個夠。

「我認得妳放在客廳的舊行李箱。」珍瑪向後退一步，仔細瞧一瞧喬瑟芬。「我的天啊，妳是一年比一年更像她了。」她搖搖頭，笑說，「妳遺傳到的DNA很優秀喔，小朋友。」

「我試過妳的電話，不想在答錄機留言。」

「我整天在趕路。」珍瑪伸手進包包，掏出一張《國際前鋒論壇報》的剪報。「我離開利馬之前，讀到這篇新聞。這報導和妳來的原因相關嗎？」

喬瑟芬看見標題寫著：木乃伊經斷層掃描，結果震驚警方。「X夫人事件，妳聽說了。」

「新聞本來就無國界，即使在秘魯也一樣。這世界變成地球村了，小喬。」

「也許是變得太小了，」喬瑟芬輕聲說。「小到我沒地方可躲。」

「事情過了這麼多年，妳不需要再躲躲藏藏了吧？」

「有人發現我了，珍瑪。我好害怕。」

珍瑪盯著她，緩緩在她的對面坐下。「發生什麼事？告訴我。」

喬瑟芬指向剪報。「所有事情，全從她開始。X夫人。」

「繼續說。」

起初，喬瑟芬說得吞吞吐吐；喬瑟芬已經許久沒有暢所欲言的機會了。她養成的習慣是講話講到一半，停下來，衡量她透露的事物是否對她構成威脅。但是，在珍瑪面前，所有的秘密皆無

❺ 在海灘或大湖邊可發現的碎玻璃殘骸，長年經過海浪沖衝，變成類似晶亮的寶石。

走漏的危險，因此她愈講愈快，言語漫成洪流，再也無法遮攔。喝完三杯茶之後，她終於沉默下來，累得癱向椅背。她也有如釋重負的輕鬆，只不過危機仍未解除。唯一的差別是，現在的她再也不孤單。

她的敘述令珍瑪詫異，愣得目瞪口呆。「妳車上發現一具屍體？妳收到兩封無名信，竟然不告訴警察？」

「我怎麼說得出口嘛？那兩封信被警察知道了，警察一定查得出其他眞相。」

「小喬，也許時候到了，」珍瑪悄聲說，「不應該再逃避，乾脆說出事實吧。」

「我沒辦法對我媽做這種事。我捨不得把她拖下水。我多麼慶幸她不在這裡。」

「她會想來這裡的。她始終想保護的人就是妳。」

「可惜，她現在保護不到我了。她也沒有必要。」喬瑟芬站起來，端杯到洗手台。「這事跟她沒有關係。」

「沒有嗎？」

「她沒住過波士頓。她跟克利斯賓博物館沒有瓜葛。」喬瑟芬轉向珍瑪。「有嗎？」

珍瑪搖頭。「我想不出她怎麼會跟克利斯賓博物館扯得上關係。那片卡圖旭。那張報紙。」

「也許是巧合吧。」

「巧合太多了吧？」珍瑪以雙手包住茶杯，彷彿想避開突如其來的寒意。「妳車上的屍體呢？警方怎麼處理？」

「照兇殺案的既定程序來處理。警察會開始調查。妳想得出來的問題，他們全問過我了。可能跟蹤我的人有誰？有沒有暗戀我的痴漢？以前有沒有招惹過誰？如果讓警察繼續問下去，遲早他們會發現喬瑟芬・蒲契洛的真面目。」

「警察大概沒有偵查這事的閒工夫。他們想偵破的是兇殺案，而妳不是他們有興趣的關係人。」

「我不想冒險。所以我才逃走。我收拾行李，離開我心愛的工作和心愛的城市。珍瑪，我在那裡的日子好快樂啊。那間博物館有點古怪，不過我喜歡在那裡上班的感覺。」

「那裡的人呢？涉案的人有沒有可能是博物館的員工？」

「我看不出來。」

「有時候事實擺在妳眼前，妳也看不出來。」

「同事都是好人啊。館長、董事——他們兩個都是親和的好人。」她感傷一笑。「等他們發現招聘進館的其實是什麼人，不知道他們會作何感想。」

「他們招聘到的人是年輕聰慧的考古學者，是一個值得過好日子的女人。」

「唉，我過的就是這種日子。」她轉向水龍頭，沖洗茶杯。餐具的位置和往常一樣，她在同一個櫥櫃找到擦碟巾，也找到擺放湯匙的同一個抽屜。珍瑪的廚房一如照規矩挖掘的遺址，所有家用物品保存在永恆的定點。在同一個地方生根，是多麼奢侈的享受啊，喬瑟芬心想著，同時把擦乾的茶杯放回架子上。擁有一個家、建立一個再也不需要拋棄的生活，不知道那種感覺怎樣？

「妳現在有什麼規劃？」珍瑪問

「我不知道。」

「妳可以回墨西哥啊。那是她的心願。」

「我只能重新開始吧。」一想到這裡，喬瑟芬倚靠流理台支撐著身體。「天啊，我已經浪費掉十二年的人生。」

「也許沒有。也許警方會失誤。」

「我哪能指望？」

「等著瞧啊，見招拆招。今年夏天，這棟房子大部分時間會空著。過兩個禮拜，我要回秘魯去監督挖掘工程。妳想住多久，我都歡迎。」

「我不想給妳惹麻煩。」

「麻煩？」珍瑪搖頭。「妳母親替我擋掉的麻煩有多大，妳一定不曉得。妳太高估警方了，他們其實沒妳想像的那麼精明，辦案也不夠徹底。想想看，這世上的懸案有多少？新聞不是常報導警方辦案有瑕疵？」

「那是因爲妳沒碰過我遇到的這個警探。」

「他怎樣？」

「是女警。她看我的那種眼神，問的那些問題——」

「女的？」珍瑪的眉毛猛然向上一抽。「唉，不妙。」

「怎麼說？」

「男人比較容易被漂亮的臉蛋分心。」

「如果瑞卓利警探繼續挖下去，遲早會查到這裡來，找妳問話。」

「儘管來呀，誰怕誰？他們能在我家查到什麼？」珍瑪大手向廚房一揮。「妳看看！警察走進這裡，左看右看全是我的花草茶，保證把我當成什麼仁慈的老嬉皮，問也問不出什麼線索。女人啊，老到五十歲，會看妳一眼的人只剩小貓兩三隻，大家更不會重視妳的意見。自尊心大受打擊，沒錯，不過啊，做錯事不太常被人追究。」

喬瑟芬笑了。「照妳這樣說，我只要等到五十歲，就能無憂無慮了？」

「就警察那一方面而言，妳可能已經不必憂慮了。」

喬瑟芬輕聲說，「我怕的不只是警察。現在我更怕無名信和車上的無名屍。」

「對，」珍瑪附和。「更可怕的事情太多了，妳何必擔心這個。」她停頓一下，然後望向桌子對面的喬瑟芬。「咦，妳怎麼還活著？」

這問題令喬瑟芬心驚。「妳認爲我早該死了？」

「神經病寫怪信來嚇唬人，不是太浪費時間了嗎？還在妳車上塞噁心的禮物？乾脆宰了妳，不是比較省事？」

「會不會因爲有警方介入？X夫人的掃描結果一出爐，警察便常來博物館走動。」

「另外有件事我想不通。把屍體放進妳車上，用意似乎是讓大家注意到妳。這下子，警方注意到妳了。如果壞人眞的想要妳的命，怎麼會出這種怪招？」

此話是珍瑪一貫的風格：據實以告，直率露骨。壞人想要妳的命。只不過，我已經死了，喬瑟芬心想。十二年前，那個少女已經從地球表面蒸發。接著，喬瑟芬・蒲契洛誕生。

「小喬，她不會希望妳單獨應付這件事的。我們還是打電話吧。」

「不行。不打電話，對所有人比較安全。如果壞人盯上我了，打電話正是他們等待的動作。」她深呼吸。「大學到現在，我一直能自力更生，這事我也應付得過來。我只需要一點時間來喘口氣，然後朝地圖扔飛鏢，射中哪裡就去哪裡。」她停頓幾秒。「我想我也需要用點錢。」

「戶頭裡還有大約兩萬五，擺著等妳領出來應急。」

「現在的狀況的確緊急。」喬瑟芬站起來，離開廚房，來到廚房門口，她停下腳步回頭看。

「謝謝妳幫這麼多忙，幫了我，也幫了我母親。」

「小喬，這是我欠她的。」珍瑪低頭看手臂上的疤痕。「我現在活著，所有的功勞在美狄亞身上。」

14

星期六晚間，丹尼爾終於來找她了。

在他來訪前的最後關頭，莫拉衝向附近的超商，選購希臘卡拉瑪塔橄欖和法國起司，也買了一瓶太過奢華的葡萄美酒。遞出信用卡時，她心想，我就是用這種方法來求愛。我的招數是微笑、熱吻、搭配幾杯黑皮諾，營造出完美的夜晚，讓他難以忘懷，無法停止渴望，藉此贏得他的心。總有一天，也許總有一天，他會做出抉擇。他會選擇我。

她回家時，發現丹尼爾已經在屋裡等她。

車庫門開啓時，她看見丹尼爾的車子停在裡面，以免招來鄰居有色的眼光，引發煽情的閒言閒語。她把自己的車子開進車庫，停在旁邊，趕緊關閉車庫門，防止外人看見她今晚有伴的明證。保密成了她的直覺，現在的她不經大腦，以反射動作關上車庫，閉緊窗簾，同事與鄰居的好意詢問會被她兩三下排除。*妳最近有交往的對象嗎？要不要出來吃個晚餐？我認識一個好男人，要不要介紹一下？*經過幾個月，類似的邀約她是來一個閃一個，如今邀約已日漸稀少。大家該不會是死心了吧？或者已猜出她興趣缺缺的原因，已瞭解她爲何拒絕交誼？

原因就站在門口等候她。

她走進屋子，投入丹尼爾．布洛菲的懷抱。兩人已有十天不曾見面了。在這十天當中，慾求愈來愈深切，啃噬著她的心，她迫不及待一滿所求。超商買回來的東西仍在車上，晚餐等著她烹調，但兩人的嘴唇一接觸，晚餐就被她拋向九霄雲外。她只想呑噬丹尼爾，而兩人擁吻進臥房時，她以他來飽餐。熱吻當中充滿罪惡感，地下情吻起來更加美味。看著丹尼爾解開襯衫的鈕釦，她心想，我倆今晚又會犯下多少罪過。今晚，他不戴教士領，而是以男友的身分來見她，而非神父。

幾個月前，他違反教會的戒律。導致丹尼爾失足的人是她，而失足的他再度走上她的床，進入她的懷抱。這一個去處，現在對他而言是如此熟悉，他確切知道她想要的是什麼，知道什麼樣的舉動能令她緊摟不放、縱情喊叫。

最後她滿足了，顫抖一陣，倒回床上，熟悉對方胴體的兩人如常躺著，手腳交纏。

「距離你上次來這裡，感覺好像過了幾世紀。」她低語。

「我原本星期四可以過來，可惜研習會拖太久了。」

「哪一場研習會？」

「夫妻諮詢。」他嘆氣時透露懊喪、反諷的意味。「我何德何能，哪能挽回他們的婚姻？莫拉，他們的憤怒和痛苦太多，我單單是和他們共處一室，就覺得難以忍受。我多想告訴他們，沒辦法挽回了，你們兩個在一起，永遠也不會快樂。你們結錯對象了！」

「給他們這個建議，也許最好不過了。」

「給他們這個建議，算是對他們仁慈。」輕輕地，丹尼爾拂去她臉上的髮絲，手逗留在臉頰上不去。「仁慈的做法應該是，允許他們好聚好散，允許他們去追尋一個保證能帶來快樂的對象，像妳帶來的這種快樂。」

她微笑著。「你呢，讓我好餓。」她坐起來，歡愛的氣息從凌亂的床單飄散而出，瀰漫著肉體溫存與肉慾的獸味。「我承諾過要替你準備晚餐。」

「老是讓妳為我做菜，我過意不去。」他也坐起身來，伸手拿衣服。「我能幫什麼忙，妳儘管吩咐。」

「葡萄酒還放在車上。你去幫我拿過來開瓶吧？我去把雞肉放進烤箱。」

在等待烤雞出爐的期間，兩人啜飲著美酒，她一邊切著馬鈴薯，他則幫忙做沙拉。如同許多夫妻，他們煮食，他們愛撫，他們親吻，不同的是，莫拉心想，我們不是夫妻。她側瞄丹尼爾英挺的側影，看見他漸白的鬢髮。相聚的一分一秒都是偷來的，都見不得日光。儘管兩人笑成一團，她有時聽得出笑中隱含一種絕望的音色，彷彿拚命勸自己相信，現在過得快快樂樂就好，管它什麼罪惡感、欺瞞、多少夜晚獨守空房。然而，她漸漸從丹尼爾的臉上看出心理負擔。短短幾個月間，他的白髮明顯增加許多。她心想，等他滿頭白髮，我倆仍會關著窗簾幽會嗎？

他呢？他在我臉上看到歲月留下什麼痕跡？

午夜過後，丹尼爾從她的房子離開。她在他的懷裡睡著了，沒有聽見他起床的聲響，醒來時已不見他的蹤跡，身旁的床單早已冷卻。

早上，她獨自喝咖啡，獨自做煎餅。與維克多夫妻一場，儘管為時短暫而且風雨不斷，每週日上午共處的時光最令她回味無窮。夫妻倆睡完懶覺，改在沙發上看報紙，一坐就是半天。那種閒散的週日，她永遠無福和丹尼爾共享。現在的她坐在沙發上打瞌睡，《波士頓地球報》散落地面，而丹尼爾．布洛菲神父則在聖光教堂關照他的羊群。這群羊可憐，因為牧羊人自己迷途得太嚴重了。

她被門鈴聲驚醒。昏昏沉沉中，她在沙發上坐直，發現時間已是下午兩點。來人有可能是丹尼爾。

她的赤腳踩得報紙劈啪響，匆匆走過客廳。當她開門，發現站在門廊上的男人是誰，她突然後悔剛才沒有梳頭或換掉浴袍。

「抱歉，我來遲了一些，」安東尼．桑索尼說。「希望沒有打擾到妳。」

「來遲了？奇怪，我怎麼不曉得你要來？」

「妳沒接到我的留言？我昨天下午在妳的答錄機留言說，今天會過來坐一下。」

「喔。我昨晚大概是忘了聽取留言。」我昨晚分身乏術。她向後退。「進來吧。」

他走進客廳，停下腳步，看著一地報紙和喝乾的咖啡杯。數月未見安東尼，如今她見到人，再次訝異於他的那份沉靜，訝異於他似乎總是在品嘗空氣，總在搜尋著他遺漏的蛛絲馬跡。丹尼爾即使遇到陌生人，也會急著主動示好，安東尼則不然。安東尼是個置身高牆裡的男人，能夠站在人擠人的室內照樣顯得疏離而清高。週日浪費掉大半，家裡亂七八糟，不知他有何觀感。她在心裡嘀咕，又不是所有人都請得起管家。不是所有人都像你，有畢肯丘的豪宅可住。

「來府上叨擾，不好意思，」他說。「我不想直接去醫事檢驗所。太正式了。」他轉頭正對莫拉。「而且，我好久沒見到妳了，想過來看看妳最近的情況，莫拉。」

「我很好。最近很忙。」

「梅菲斯特俱樂部最近又開始每星期在我家聚餐。我們很重視妳的觀點，盼妳抽空過來參加。」

「討論犯罪問題嗎？這方面的事，我在工作上已經接觸夠多了，謝謝。」

「妳和我們的角度不同。妳只看犯罪的最後結果，我們關注的則是犯罪的存在原因。」

她開始撿拾地上的報紙，堆成一疊。「我和貴俱樂部實在是格格不入。我沒辦法接受你們的理論。」

「即使我們一同體驗過那件事，妳還無法贊同？碰上那幾件兇殺案，妳一定納悶過吧，腦海一定思索過那種可能性。」

「可能性？你指的是，從《死海古卷》能推敲出放諸四海皆準的邪惡理論？」她搖搖頭。「我走的是科學路線，閱讀宗教典籍只想加強歷史知識，不是爲了追求字裡行間的眞理，不是爲了解釋無法解釋的玄機。」

「那天晚上，妳和我們一樣受困在山上，明明見證到了證據[6]。」

他指的那夜發生在一月，大家差一點喪失性命。由於證據和事後的血跡一樣眞切，大家的認知至少有這麼一點交集。但是，那一夜發生了許多雙方無法認同的事情，其中最基本的歧見是：那一夜在山上困住他們的惡魔，他的本質是什麼？

「我看見的是一個連續殺人魔，和這世上許許多多殺人魔沒有兩樣，」她說。「我不必從聖經援引任何理論，就能理解他。想跟我討論，從科學的角度來跟我探討，不要拿遠古惡魔血脈相承的神話來理論。」她把收拾好的報紙放在咖啡桌上。「邪惡就是邪惡。有些人天生野蠻，有些人嗜血。如果能解釋邪惡的成因，大家是求之不得。」

「兇手把女屍製成木乃伊，能用科學來解釋嗎？他爲什麼把人頭縮水？爲什麼把女屍放進別人的後車廂？」

她心驚，轉頭看安東尼。「你已經聽說過這幾件案子了？」

[6] 相關故事內容請參閱泰絲．格里森《梅菲斯特俱樂部》。

他當然聽說過。安東尼．桑索尼的人脈遍及執法圈的最高層，深入警察局長的辦公室。像X夫人如此弔詭的案子，豈能逃出他的眼線？而且這種案子勢必驚動作風隱秘的梅菲斯特俱樂部。對於犯罪行爲與打擊犯罪之道，該俱樂部自有幾套歪理來解釋。

「有些細節，連妳大概也沒有掌握到，」他說。「而這些細節，我認爲妳應該認識一下。」

「我們聊下去之前，」她說，「我想去換件衣服，抱歉了。」

她退回臥房，換上牛仔褲和單排鈕釦的上衣，換成一身簡便的服飾，是週日午後絕佳的裝扮，但在貴客之前她覺得這身衣褲不夠莊重。她未施脂粉，只洗了臉，梳散糾結的頭髮。照著鏡子，看見眼泡腫大，看到幾絲前所未見的白頭髮。唉，這就是我，她在心中感嘆。一個年過四十的重熟女。我隱藏不住年齡，也不願遮遮掩掩。

她走出臥房時，煮咖啡的香味已經瀰漫室內。她循著咖啡香，走進廚房，看見安東尼已從櫥櫃取出兩只馬克杯。

「我自作主張，再煮一壺，希望妳別介意。」

她看著安東尼拿起玻璃瓶倒咖啡，寬肩背對著她。在她的廚房裡，他看起來是怡然自得，侵佔別人的家是不費吹灰之力，令她不禁惱火。他有辦法走進任何房廳，任何人的家，只要一站定位子，就能宣示主權。

安東尼遞給她一杯，她意外發現他竟然記得她的喜好，糖與奶精加得恰到好處。

「我們該談談X夫人了，」他說。「聊一聊妳眞正的對手。」

「你懂多少？」

「我知道的是，妳手上有三件相關的命案。」

「有沒有關聯，我們還不知道。」

「三個死者，全以古法保存，這種手法可以說是獨樹一幟。」

「我還沒有對第三號死者驗屍，所以不便亂說，連她的保存方式也不清楚。」

「據說不是典型的木乃伊。」

「所謂的典型，如果做法是鹽醃、乾製、包裹起來，這具確實不是。」

「她的外觀還算完整？」

「對，保存得很棒，不過她的組織仍然含有水分。我從來沒有解剖過這種屍體，甚至不清楚應該如何保存她的現狀。」

「那輛車的車主呢？她不是考古學家嗎？這具屍體的保存方式，她能辨別嗎？」

「我沒有訪問過她。從瑞卓利的轉述，那女人是飽受驚嚇。」

他放下咖啡，目光直接，近似咄咄逼人。「妳對蒲契洛博士的瞭解有多少？」

「爲什麼問到她？」

「因爲她效勞的對象是他們，莫拉。」

「他們。」

「克利斯賓博物館。」

「聽你的口氣，好像那間博物館是爲非作歹的機構。」

「妳接受他們的邀請，去觀摩斷層掃描的過程。他們一手促成的X夫人媒體大戲裡，妳也扮演一角。當初接受邀約，妳應該心裡有數。」

「館長只邀請我去觀摩。他並沒有告訴我會上演什麼媒體大戲。他只覺得我會有興趣參觀掃描過程，而我當然是有興趣。」

「妳同意參與的時候，對這間博物館的瞭解有多少？」

「我幾年前去參觀過，覺得展覽品光怪陸離的，不過還是值得一看。我參觀過幾間私人博物館，全是富豪家族用來炫耀收藏品的地方，這間的差別並不大。」

「克利斯賓家是一個很特別的家族。」

「特別在哪裡？」

他在她對面的椅子坐下來，兩人的眼光因此在同一水平。「特別的是，沒有人知道他們的身世。」

「身世有那麼重要嗎？」

「第一個躍上文獻記載的克利斯賓家人是康流士，他在一八五〇年現身波士頓，以英格蘭貴族自居。」

「你的暗示是，他的頭銜是假的。」

「英國查不到他的資料，其他國家也一樣。某一天，他憑空蹦出來，據說是個風度翩翩的俊男。他娶到富家女，開始累積財富。他和子孫都有收藏的嗜好，雲遊四海，樂此不疲，從各大洲帶回奇珍異寶。有些收藏品是常見的雕刻、殯葬祭品、動物標本，不過康流士和他的家人似乎對武器特別有興趣。全球各地的軍火種類，他是應有盡有。這家人對軍火的興趣來自他們生財的方式。」

「什麼方式？」

「戰爭。從康流士以降，他們世世代代靠仲介軍火來賺取暴利。南北戰爭期間，康流士走私軍火給南軍。他的後代延續這項傳統，靠全球的紛爭來賺錢，亞洲、非洲、中東都有他們的武器。他們和希特勒秘密交易軍火，同時也供應軍火給盟軍。在中國，他們同時賣軍火給國民黨和共產黨。他們的軍火也賣到阿爾及爾、黎巴嫩、比屬剛果。誰和誰打仗並不重要，他們不會選邊站，只向錢看齊。有血可流的地方，他們就有發財的機會。」

「這和本案有什麼關聯？」

「我只想幫助妳瞭解這間博物館的背景，讓妳認識它的由來。克利斯賓博物館是用鮮血灌溉出來的機構。妳走在那棟大樓裡，參觀到的每一枚金幣、每一件陶器，全是由戰爭財換來的。莫拉，那地方見不得人啊，克利斯賓家族隱瞞過去，他們的歷史淵源永遠不見天日。」

「我知道你的用意何在。你想告訴我的是，克利斯賓家族具有惡魔的血脈，他們的祖先是聖經裡的巨人。」她搖頭哈哈笑。「拜託。別又扯到《死海古卷》了。」

「X夫人怎麼會出現在博物館，妳想過沒有？」

「我相信你已經有答案了。」

「我想出一套理論。我認爲，X夫人是某種形式的貢品。縮水頭也是。捐獻者敬重並認同克利斯賓家族代表的意義。」

「第三號死者又不是出現在博物館裡面。屍體被放在蒲契洛博士的車上。」

「她在博物館上班。」

「她也被嚇壞了。她先被偷走鑰匙，然後收到一個噁心到極點的禮物。」

「因爲寄件人針對的是賽門．克利斯賓，蒲契洛只是中間人。」

「不對，我認爲歹徒的本意是讓蒲契洛收到。她的姿色不凡，讓兇手看上眼了。瑞卓利也有同感。」她停頓一下。「你怎麼不直接找瑞卓利，揭穿克利斯賓家族的內幕？承辦人是她。何必來找我？」

「瑞卓利警探的思想封閉，不接受另類理論。」

「換言之，她堅守事實。」莫拉站起來。「我也是。」

「在妳斷然排斥之前，我建議妳再瞭解克利斯賓館藏的一件事。有一部分的館藏外界不得而知，被藏起來了。」

「爲什麼？」

「因爲那部分的收藏品太慘不忍睹，太令人悲痛，公諸於世的話，克利斯賓家族必定被圍剿。」

「你是怎麼知道的？」

「這事在古董市場已經有幾年的風聲了。差不多在六年前，賽門．克利斯賓在私下的場合拍賣那些收藏品。看情形，賽門是揮霍成性，把家產散盡了。拍賣收藏品，一方面是爲了籌現金，另一方面是爲了清理那部分的收藏品。那些東西輕則令人尷尬，重則觸犯法令。眞正痛心的是，他居然物色到買家。買家的姓名不得而知。」

「克利斯賓拍賣掉的是什麼東西？」

「戰利品。我指的不是陸軍勳章和生鏽的軍刀，而是非洲的人牙和日軍切下來的耳朵做成的搖鈴。有一條項鍊串著手指，有一罐子裝著女人的……」他打住。「收藏的東西令人怵目驚心。重點是，知道克利斯賓家族有收藏怪癖的人不只我一個。也許這個考古殺人魔也知道。而且，他自認爲他的貢獻也豐富了館藏。」

「你相信，這些屍體是禮物。」

「是表達仰慕之情的一點心意。這個收藏家把個人的紀念品捐贈給博物館，然後一擺就是好幾年，被人遺忘了。」

「現在才曝光。」

安東尼點頭。「我認爲，這個神秘捐贈人決定現身了。他想讓世界知道他還健在。」他壓低聲音，補充說：「同一系列的禮物可能會再出現，莫拉。」

廚房的電話響起，震碎寂靜。嚇一跳的莫拉從椅子上站起來，脈搏瞬間加速。聽安東尼講話，三言兩語就能撼動她對邏輯的信心。原本是陽光普照的夏日，轉眼被他蒙上陰影。他的疑心病具有傳染性，莫拉聽出電話鈴聲傳來不祥的預兆，警告她說，這通電話將帶來壞消息。

幸好，來電者的語音既熟悉又悅耳。「艾爾思醫師，我是化驗室的卡特。氣相層析和質譜分析的結果出來了，很有意思。」

「什麼東西的結果？」

「妳星期四送過來的那些組織樣本。」

「後車廂的那具女屍？你已經做過氣相層析了？」

「有通電話打到化驗室，說是特急件，要求週末加班化驗，我以爲是妳指示的。」

「不是我。」她瞄向背後的安東尼。由於安東尼盯得緊，她不得不背對著他。「請繼續，」她對話筒說。

「我對組織樣本做了瞬間熱解，以氣相層析和質譜儀來分析，也發現含有豐富的膠原蛋白和非膠原蛋白。拋開年代不談，這份組織保存得非常好。」

「我也要求過濾樣本裡的鞣劑。你有沒有化驗出來？」

「沒有化驗出苯二酚的成分，所以排除了多數現有的鞣劑。不過，我倒是偵測出一種叫做『4異丙烯基苯』的化學物質。」

「我沒聽過。」

「我自己也是找資料才知道。有一種植物經過熱解，會產生這種化學物質。這種植物叫做泥炭苔。」

「苔？」

「對。這結果有沒有幫助？」

「有，」她小聲說。「應該有幫助。」聽到這段話，我完全不知道該怎麼辦。電話掛上後，她站著凝視電話，大受化驗結果震驚。這條線索跳脫她的專業領域，與她在驗屍房裡的歷練毫不相干，她需要另一專業的人士從旁協助。

「莫拉？」

她轉向安東尼。「可以改天繼續聊嗎？我急著打幾通電話。」

「在我告辭之前，能讓我建議一下嗎？我認識一個妳可能想聯絡的人。他是彼得・范登布林克博士。我可以替你們牽線。」

「爲什麼要介紹他？」

「他在網路上的風評不錯。妳可以搜尋他的學經歷，就知道我爲何想介紹他。」

15

電視新聞轉播車回來了，這次的陣容更加浩大。兇手的綽號一旦成形，自然成爲公共財產，每一新聞台都想在考古殺人魔的偵辦過程插一腳。

瑞卓利和佛洛斯特從停車場走向醫事檢驗所，無所不在的鏡頭跟過來，她察覺到了。初任警探時，她首次登上晚間新聞，看見自己上電視，好不刺激。那份刺激感早已淡去，最近她是見記者就心煩。她不想對著鏡頭受訪，於是低頭駝背走著。今晚六點的新聞播出時，她大概比較像穿藍色休閒西裝的佝僂小老頭。

踏進醫事檢驗所，逃離探人隱私的伸縮鏡頭，她如釋重負，但最大的難關還在前頭。她和佛洛斯特走向驗屍室時，她覺得肌肉緊繃，胃腸翻攪，爲了今天驗屍桌上的慘狀硬起頭皮。

進入前廳穿戴長袍和鞋套，佛洛斯特一反常態，話不多。她縮著脖子，向窗戶瞄一眼，幸好女屍仍蒙著布，讓她在面對慘狀之前能夠稍微鬆一口氣。挺著辦公的精神，她推開門，進入驗屍室。

莫拉已將X光片夾上燈箱，顯現三號無名女屍的齒列。她看著兩位警探。「你們覺得怎樣？」她問。

「牙齒長得挺不錯的嘛。」瑞卓利說。

莫拉點頭。「這裡有兩個汞齊補牙，另外，左下臼齒有金牙冠。我沒有看見齲齒，也沒有牙周病導致齒槽骨流失的現象。最後是這個小地方。」莫拉指向X光片。「她的兩顆小臼齒都不見了。」

「被拔掉了？妳想是吧？」

「可是，牙齒之間沒有空隙。而且，這些前齒的牙根也有縮短、根尖被吸收的現象。」

「意思是……？」

「她接受過齒顎矯正。她戴過牙齒矯正器。」

「所以說，受害人的家境不錯。」

「最低限度絕對是中產階級。」

「欸，我這一嘴，醫生，才是中產階級的牙齒，」瑞卓利露出白牙，下排並不整齊。「從沒戴過牙齒矯正器。」她指向X光片。「我爸負擔不起那種東西。」

「X夫人的牙齒也不錯。」佛洛斯特說。

莫拉點頭。「我推測，這兩個女人的童年家境稱得上優渥，優渥到有錢照顧牙齒，接受齒顎矯正。」她取下牙齒的X光片，換上另幾張，X光片被夾住時發出繃聲。燈箱顯示的是下肢的骨骼照。

「兩位死者還有這個共通點。」

瑞卓利和佛洛斯特不約而同倒抽一口冷氣，不需放射科醫師的說明，就能從X光片看出傷勢。

「她的雙腿脛骨都受過傷，」莫拉說。「被某種鈍器擊斷，可能是鐵錘吧，或許是輪胎撬槓。這種傷不是不小心被打到的，而是有人刻意下的毒手，用意是敲斷腿骨。兩根脛骨都有橫斷骨折的現象，碎骨嵌入皮肉，她想必是劇痛難忍，沒辦法行走。她受傷後的幾天是怎麼熬過來的，我難以想像。骨折處大概會開始被感染，病菌會從傷口滲透到軟組織，然後深入骨頭，最後殃及血液。」

瑞卓利看著她。「妳剛說她熬了幾天？」

「這種骨折不會致死。短時間內不會。」

「說不定她已經死了，死後才被打斷小腿？」拜託，希望是死後骨折，而不是我想像到的情形。

「可惜，她是活下來了，」莫拉說。「至少活了幾個星期。」她指向斷骨區輪廓模糊的一部分，骨折處的周圍宛如籠罩著一陣煙。「這是骨痂，是骨頭自行痊癒的現象，而骨痂不是隔夜就能形成，也不是休養幾天就自動長出來，要拖上幾個禮拜才有。」

在那幾星期裡，這位女子吃了多少苦頭。她必然是巴不得早點解脫。瑞卓利回想起同一燈箱上的前一組X光片，同樣是斷腿女屍，骨折部位的線條朦朧，代表骨骼已有癒合的跡象。

「和X夫人一樣。」她說。

莫拉點頭。「這兩位死者都不是受傷後立即死亡，兩人的下肢都受到重創，無法行走，都存活了一陣子。這表示，有人供應她們飲食。有人想讓她們活下去，而她們活得夠久，才會出現X光片顯示的癒合情形。」

「兇手是同一人。」

「行兇的模式太相似了。他的特點是，先讓受害人殘廢，也許不想讓她們逃走，然後每天供應她們飲食，不讓她們死。」

「在那段期間，他在搞什麼鬼？把她們當成客人嗎？」

「我不知道。」

瑞卓利凝視著斷骨，感覺自己的腿隱隱抽痛一下，和這位死者承受的痛楚一定是無從比較。

「妳知道嗎，」她輕聲說，「那天晚上，妳發現X夫人的眞相，然後通知我，我以爲是古早的兇殺案，是懸案一樁，兇嫌老早就死掉了。可是，把這具女屍搬進喬瑟芬車子的人是他……」

「他還活著，瑞卓利。而且，他就在波士頓。」

前廳的門打開來，一位銀髮紳士邊走邊綁上手術袍的繫帶。

「是范登布林克博士嗎？」莫拉說。「我是艾爾思醫師，很高興你能趕到。」

「希望你們還沒開始。」

「我們正等你前來。」

范登布林克向前和她握手。年約六旬的他瘦如死屍，被曬黑的皮膚和積極的步伐卻顯示他沒病，只是精瘦硬朗。莫拉介紹大家認識時，他隨便瞄了瑞卓利和佛洛斯特一眼，注意力固定在躺著死者的驗屍桌上。扭曲的死者身上蓋著布，免得大家看了難過。顯然，他最感興趣的是死人，而非活人。

「范登布林克博士來自亞森的德任茲博物館，」莫拉說，「昨晚專程從荷蘭搭機過來參加驗屍。」

「這位就是她？」范登布林克說，依然定睛注視蒙布的女屍。「我們來看一看吧。」

莫拉遞給他乳膠手套，兩人一同戴上。莫拉伸向蓋屍布，瑞卓利硬起心腸，等待死者露臉時的慘狀。

扭曲的屍體裸露在不鏽鋼桌上，曝露在亮光下，看起來像被燻黑而彎曲的樹枝。令瑞卓利永遠忘不了的是那張臉，五官光滑如烏炭，僵成永生慘叫的模樣。

范登布林克博士非但不害怕，還湊近去看個仔細，露出著迷的神色。「她好美，」他喃喃說。「對了，多謝妳打電話找我來。果然是不虛此行。」

「那算哪門子的美？」瑞卓利說。

「我指的是女屍保存的情形，」他說。「暫時來說，她的狀況接近完美，可惜如今曝露在空氣裡，皮肉可能會開始腐敗。在現代的案例裡，這是我見過最棒的一個。以這種方式來保存人屍，在近代很罕見。」

「這麼說，你知道她被保存的方式？」

「當然。她和其他案例很相似。」

「其他？」

他看著瑞卓利，眼眶深陷到讓瑞卓利產生恐怖的錯覺，以為被骷髏頭瞪視。「妳聽說過依德女孩嗎，警探？」

「沒有。她是誰？」

「依德是地名，是荷蘭北方的一個鄉村。在一八九七年，依德的兩個村民正在劈泥炭。在當年，乾掉的泥炭是一種燃料。他們在泥沼裡發現恐怖的東西，拖上岸來看，才知道是一具女屍，留著金色長髮，顯然是被勒斃，脖子上留著一長條繞三圈的纖維繩。起初，依德村民不知道女屍的來歷。她的身材瘦小，而且縮水，村民以為她是老太婆，也有人說可能是惡魔。但是，過了一段時間，科學家紛紛過來檢驗，才對女屍有進一步的認識。科學家發現，她不是老太婆，而是大約十六歲的少女。她生前罹患脊椎彎曲症。死因是他殺。她的鎖骨下方有刀傷，繩子勒得她窒息而死，然後被人放進泥沼，臉朝下，一趴就是幾世紀，直到那兩個劈泥炭的村民發現，她才又見到天日。」

「幾世紀？」

范登布林克點頭。「碳十四鑑定爲兩千年。在耶穌活在世上的年代，可憐的女孩可能已經死在泥沼裡。」

「即使過了兩千年，照樣能判定死因？」佛洛斯特問。

「因爲她被保存得很好，從頭髮到纏住脖子的那條布都是。沒錯，她的身體是有受損的跡象，不過那些傷是近代造成的，是在她被人從泥沼撈上來時受的傷。由於她夠完整，後人可以描繪出她生前的情形，也能推敲出她受過什麼罪。沼澤就是這麼神奇啊，警探。沼澤讓後人有一探古代的機會。像這類的屍體，在荷蘭和丹麥，在愛爾蘭和英國，已經有幾百個例子。每一個都穿越時空而來，可說是不幸的大使，被缺乏文字記載的古人派遣而來，只留下他們雕刻在死屍上的酷刑。」

「不過，這個女人，」——瑞卓利朝桌上的屍體點頭——「她顯然不是兩千年的古物。」

「話雖然這麼說，她的保存狀態是精美到無從挑剔。妳看，她的腳掌和手指肉，連上面的脊紋都清晰可見。而且，看看她的皮膚多黑，多麼像皮革！但是從她的長相來看，她明顯是白種人。」他望向莫拉。「我完全同意妳的意見，艾爾思博士。」

佛洛斯特說：「所以你的意思是，這具屍體的保存方式和荷蘭那女孩是一模一樣？」

范登布林克點頭。「這一具是現代的沼澤木乃伊。」

「所以我才電請范登布林克博士過來，」莫拉說。「他研究沼澤木乃伊已經有幾十年了。」

「和埃及木乃伊的製作過程不同的是，」范登布林克說，「沼澤木乃伊的做法並沒有文字記載，完全是在天然而不經意的情況下產生，人類至今仍然無法徹底理解其中的過程。」

「照你這麼說，兇手怎麼懂得處理這一具？」瑞卓利問。

「在沼澤木乃伊的圈子裡，這一類話題引發相當多的討論。」

瑞卓利訝然一笑。「連這種學問也有圈子？」

「當然。我們定期聚會，為圈內人舉辦雞尾酒會。我們討論的東西很多純屬臆測，不過這些理論的背後都有實際的科學在撐腰。比方說，我們知道沼澤具有幾項利於保存屍體的特點，例如酸度極高，缺乏氧氣，而且覆蓋一層層的泥炭苔。這些因素能遏制腐敗的過程，保存軟組織，也會讓膚色變深，黑成這樣子。如果任由她浸泡在沼澤裡幾世紀，最後骨骼會被融化，只有皮肉被保存下來，變得近似皮革，具有彈性。」

「是泥炭苔的功勞嗎？」佛洛斯特問。

「泥炭苔是關鍵之一。泥炭苔裡含有多醣，能和細菌產生化學作用，結合細菌的細胞，讓它們無法分解有機物質。如果能結合細菌，就能停止腐敗的過程。全部過程發生在酸液裡，而且其中含有死苔和單寧酸及全纖維素。簡言之，就是沼澤水。」

「就這麼簡單？把屍體丟進沼澤水裡，就能製作木乃伊？」

「還要注意幾個細節才行。在愛爾蘭和英國，有人用乳豬的屍體做過實驗，把豬屍分別埋進幾個泥炭沼，幾個月之後撈上岸來化驗。由於豬的生化特性近似人類，我們可以假設結果和人屍相同。」

「結果豬變成了沼澤木乃伊嗎？」

「如果條件完全相符的話。首先，死豬必須整隻埋進沼澤，否則會腐敗。其次，豬必須在死後即刻放進沼澤。如果等幾個鐘頭才把屍體放進去，屍體會照樣腐敗。」

佛洛斯特和瑞卓利互看著。「所以說，這個歹徒殺死她以後，一秒也不能浪費。」瑞卓利說。

范登布林克點頭。「她必須在死後立刻全屍進入沼澤。在歐洲的沼澤木乃伊案例中，受害人被押著走進沼澤時還要有一口氣在，在沒頂之前才被殺死。」

瑞卓利回頭望燈箱，看著X光片上遭人狠心打斷的脛骨。「這位受害人雙腿骨折，不可能走路，一定是被抬進去的。假如兇手是你，你不會等到天黑才動手。沒有人能抱著屍體走過泥沼。」

「所以說，歹徒在大白天作案囉？」佛洛斯特說。「把她從車上拖下來，拖到岸邊。他一定是事先探勘過場地，挑一個避人耳目的地點，也不能離馬路太遠，否則揹著她會被她累垮。」

「另外還有幾種必要的條件。」范登布林克說。

「什麼條件？」瑞卓利問。

「水一定要夠深、夠冷。溫度很重要。而且，沼澤一定要夠偏僻，以免屍體形成木乃伊之前被人發現。」

「條件有一長串，」瑞卓利說。「在浴缸裡注水，加一點泥炭苔，不是比較省事？」

「妳怎麼能保證妳複製出來的環境和沼澤一模一樣？沼澤是一種很複雜的生態系統，一整池的有機物質交互作用，浸泡了幾世紀，科學上至今仍無法完全理解。即使能在浴缸裡複製出同樣的沼澤水，一開始還需要把水溫降低到攝氏四度，而且要維持至少幾星期，然後屍體必須浸泡幾個月，甚至幾年。妳怎麼有辦法藏那麼久？不會飄出臭味嗎？鄰居不會懷疑嗎？」他搖搖頭。

「理想的地方是沼澤。眞正的沼澤。」

然而，斷腿仍是待解的難題。無論受害人是死是活，歹徒必須將她揹去或拖去岸邊，路過之處可能滿地泥濘。「妳估計她的體型多大？」瑞卓利問。

「根據骨骼率，」莫拉說，「她的身高在五呎六上下。而且，外表上，她相對苗條。」

「所以說，大約一百二十、三十磅。」

「是合理的假設。」

但是，再苗條的女人也會讓男人揹幾步就支撐不住。何況，如果她已經斷氣，歹徒必須和時間賽跑，因爲耽擱太久的話，屍體會開始腐爛，再也無法挽回。如果她還活著，歹徒仍有其他難題。受害人如果掙扎、哭鬧，被歹徒拖下車時有機會被人聽見。你在哪裡找到合乎所有條件的地點來殺人？

對講機響起，莫拉的秘書說：「艾爾思醫師，一線有一通電話，來電者是國家刑事資訊中心NCIC的史考特・瑟羅。」

「我去接，」莫拉說。她脫掉手套，走向電話。「我是艾爾思醫師。」她傾聽不語，然後突然打直身體，猛然望向瑞卓利，意思是，這通電話很重要。「謝謝你通知我。我現在就去看，請稍候。」她走向驗屍室的電腦。

「什麼事情？」瑞卓利問。

莫拉打開一封電郵，按下附件，連續幾張牙科X光片出現在螢幕上。驗屍照在同一張上面呈現所有牙齒，這些則是牙醫針對單顆牙齒的特寫。

「好，我看到了，」莫拉仍在電話上。「我看見三十號有個咬合汞齊。這顆完全吻合。」

「和什麼東西吻合？」瑞卓利問。

莫拉舉手要她安靜，仍全神貫注在電話上。「我正要打開第二個附件，」她說。另一張相片出現在螢幕上，主角是一位年輕女子，一頭黑色長髮，豔陽下的眼睛瞇成一條線。她穿著牛仔布上衣，外面套一件黑背心。從她未施脂粉、曬得黝黑的皮膚來看，她喜歡從事戶外活動，追求新鮮空氣，講究實用型的服飾。「讓我先看看這些檔案，」莫拉說，「待會兒再回電給你。」她掛斷電話。

「電腦上的女人是誰？」瑞卓利問。

「她的姓名是羅蕊・艾卓頓。最後一個目擊她的人是在新墨西哥州蓋洛普，大約是在二十五年前。」

瑞卓利皺眉看著電腦螢幕上對著鏡頭微笑的女子。「我應該記得這名字嗎？」

「妳不記得也不行了。妳正在看的這個人，她就是X夫人。」

16

刑事心理專家勞倫斯·札克博士的目光犀利逼人，瑞卓利儘量避免坐在他的正對面，無奈這次開會她遲到，位子只剩一個，她只好坐下，對面正是札克。他慢慢審視攤開在桌上的相片。這些相片顯示的是年輕、活躍的羅蕊·艾卓頓，有時穿短褲和T恤，有時穿牛仔褲和登山靴。她顯然習於戶外活動，有一身古銅色的肌膚爲證。札克博士的視線轉向她目前的相貌：全身乾僵如柴薪，臉是被頭骨撐得緊緊的一張皮革面具。札克抬頭時，淡藍得詭異的眼珠焦點固定在瑞卓利，讓瑞卓利心生不安，以爲他能透視大腦陰暗的角落，她擔心她不准任何人看見的地方被札克看穿。雖然在座另有四位警探，她是唯一的女性；也許正因如此，札克才只注意她。她拒絕被他恫嚇，於是也以同樣的眼光回敬。

「妳說艾卓頓小姐是什麼時候失蹤的？」他問。

「二十五年前。」瑞卓利說。

「二十五年的時間和她的屍體現狀有沒有關係？」

「根據牙醫病歷，她的身分已經確認是羅蕊·艾卓頓。」

「我們也知道，製作木乃伊不一定要幾世紀的時間。」

「對，不過，她遇害的時間有沒有可能不是二十五年前？也許是最近才遇害？」札克說。

「妳說她中槍之後沒死，存活的時間夠久，已經開始復原。如果說，她被囚禁的時間更長呢？製作木乃伊的時間可以縮短到五年嗎？」

「你是說，她可能被歹徒俘虜了幾十年？」

「我只是臆測而已，佛洛斯特警探。我只是假想這位不知名歹徒有何用意。他爲什麼對死屍進行這些恐怖的儀式。爲了對付這三位受害人，他是費盡心思來防腐。」

「歹徒希望能永遠保留她們，」兇殺組的組長馬凱特副隊長說。「他想把她們留下來。」

札克點頭。「永恆的伴侶。這樣詮釋也通。他不想放她們走，所以把她們製作成永久的紀念品。」

「那麼，何必殺死她們呢？」柯羅警探問。「拘禁她們不就得了？我們知道，他讓其中兩人骨折以後活下來，斷骨已經開始癒合。」

「也許她們是受傷之後病死。我對驗屍報告的心得是，死因無法確定。」

瑞卓利說：「艾爾思醫師沒辦法認定死因，不過我們確實知道的是，沼澤女……」她及時住口。沼澤女是第三號死者的綽號，但沒有一位警探敢對外說。沒有人希望看見這綽號在報紙上渲染。「我們知道，後車廂的受害人雙腿骨折，受傷的地方有可能被感染，嚴重的話可能致死。」

「她死後，歹徒想把她留在身邊的話，唯有加工保存一途，」馬凱特說。「她永遠也跑不掉。」

札克低頭再看相片。「這位受害人羅蕊・艾卓頓，她有什麼樣的背景？」

瑞卓利把檔案夾推向對面給他。「我們目前蒐集到的資料在這裡。在她失蹤之前，她就讀研究所，在新墨西哥州工作。」

「她攻讀什麼？」

「考古學。」

札克挑起眉毛。「咦？又是考古學？」

「對。那年夏天，羅蕊和一群同學在查科峽谷的遺址考古。在她失蹤的那天，她告訴同事她想進市區一趟，傍晚騎走機車，從此不見人影。幾星期以後，機車在幾英里外尋獲，地點在納瓦霍保留區附近。據我瞭解，那地方的人口稀少，多半是空曠的沙漠和土路。」

「所以說，沒有目擊證人。」

「一個也找不到。事情經過二十五年，偵辦失蹤案的警探也去世了，只留下這份報告。所以我和佛洛斯特準備搭飛機去新墨西哥州，去訪談當年主持挖掘工事的考古學家。他是最後看見羅蕊的人之一。」

札克看著相片。「她看起來是個運動神經發達的年輕人。」

「的確是。她喜歡登山、露營，和鏟子爲伍，不是輕言投降的那一型。」

「不過，她的腿挨了一槍。」

「所以說，槍彈可能是歹徒控制受害人的唯一方式。只有動槍，才可以制伏羅蕊・艾卓頓。」

「沼澤女斷了雙腿。」佛洛斯特指出。

札克點頭。「由此可見，兩個女人是被同一個歹徒殺害。沼澤女屍的身分呢？後車廂裡的那個？」

瑞卓利把沼澤女的檔案夾推過去。「還沒有查出身分，」她說。「所以不曉得她和羅蕊有沒有關聯。刑事資訊中心正在比對資料庫，我們只能希望某地的某人通報過她失蹤。」

札克略讀著驗屍報告。「成年女性，年齡十八至三十五，齒列整齊美觀，接受過齒顎矯正。」他抬頭。「我不信沒有人通報她失蹤。這種保存屍體的方式一定能分辨她遇害的大致區域。國內哪幾州有泥炭沼？」

「這個嘛，」佛洛斯特說，「很多州都有，所以範圍不太能縮小。」

「請注意，」瑞卓利輕笑一聲警告大家，「佛洛斯特警探現在成了波士頓警察局正式的沼澤專家。」

「我去麻州大學請教過生物學家茱蒂絲・衛爾序，」佛洛斯特說。他取出筆記簿，掀開至相關的幾頁。「她是這樣告訴我的。泥炭苔濕地在新英格蘭區、加拿大、五大湖區、阿拉斯加都找得到，主要分佈在溫帶多雨的地方，甚至在佛羅里達州也能找到泥炭沼。」他抬頭一下。「事實上，在迪士尼樂園不遠的地方就發現過沼澤木乃伊。」

柯羅警探笑問：「眞的嗎？」

「有一百多具，而且大概有八千年的歷史。那地點的名稱是溫多沃喪葬遺址。不過，那地方的屍體沒有保存下來，說穿了只剩骨架子，一點也不像我們這位沼澤女。佛羅里達的天氣熱，所以即使屍體泡在泥炭裡照樣腐敗。」

「這表示，我們可以排除南方的沼澤囉？」札克說。

佛洛斯特點頭。「這具女屍保存得太好了。在她淹沒的時候，水溫非冷不可，一定要在攝氏四度以下，不然被打撈出來以後不可能這麼完整。」

「所以範圍縮小到了美國北方。或是加拿大。」

「歹徒會嫌加拿大太麻煩，」瑞卓利指出。「載屍體闖國界不容易。」

「我想我們也能排除阿拉斯加，」佛洛斯特說。「國界要闖兩關，更何況開車的路途遙遠。」

「範圍仍然很大，」札克說。「很多州的沼澤都具有保存這種屍體的條件。」

「其實，」佛洛斯特說，「我們可以縮小到雨沼。」

所有人的視線轉向他。「什麼？」崔普警探問。

「沼澤這種東西眞的很酷，」佛洛斯特開始滔滔不絕。「我愈研究就愈覺得有意思。起先，植物被浸泡在死水裡，水很冷，氧氣的成分又低，泡水的苔會一直泡下去，不會腐敗，一年加一層，後來疊到至少兩三英尺厚。如果這潭水不流通，這就算是一種雨沼。」

柯羅看著崔普，以挖苦的語氣說：「多懂一點知識，一開口就攔不住。」

「這些東西跟本案有關嗎？」崔普說。

佛洛斯特激動到臉紅。「有。如果你一直聽下去，可能有機會學到東西。」

瑞卓利訝然瞄向搭檔。佛洛斯特鮮少面露煩躁的神色，談及泥炭苔的題材他竟然會動肝火，令她感到意外。

札克說：「請繼續，佛洛斯特警探。我想知道雨沼的確切成因。」

佛洛斯特深呼吸一口氣，挺直坐姿。「成因和水的來源有關。雨沼顧名思義，不靠溪流或地下水供水，所以缺乏流水帶來的氧氣或養分，完全仰賴降雨，而且是整潭死水，所以會變成超強酸，具有形成眞正的沼澤的所有特點。」

「照這樣說，不是所有濕地都能形成木乃伊。」

「對。水源一定只有雨水，不然會被叫做河泉沼或草沼。」

「這很重要嗎？」

「想保存屍體，非找對沼澤不可，而且一定要是特定種類的濕地才行。」

「所以這具女屍的保存地點可以縮小到哪裡？」

佛洛斯特點頭。「美國東北方有幾千英畝的濕地，不過只有一小部分符合這種條件，在佛蒙特州有，在紐約州的艾戴倫達克山有，在緬因州的北部和海邊也有。」

崔普警探搖頭。「我去緬因州北部打獵過，那地方除了樹和鹿以外，什麼也沒有。如果歹徒躲在那裡，我們休想找到。」

佛洛斯特說：「生物學家衛爾序博士說，如果我們能再提供一些資料，她或許能縮小範圍。艾爾思醫師從死者的頭髮挑出一些植物屑，我們把東西送過去給她了。」

「這樣做很有幫助，」札克說，「能進一步確認歹徒的地緣範圍。刑事心理界老生常談的一句話是：認識的地方才去，去過才會認識。平常人會待在感覺自在的地方，熟悉的地方。也許這個歹徒在艾戴倫達克山參加過夏令營，也許他和你一樣，崔普警探，同樣有狩獵的嗜好，所以他清楚緬因州的小路，知道隱秘的藏身地。製作這具沼澤木乃伊需要事先規劃。他的背景是什麼？為什麼對那地區熟悉？會不會在那裡有一棟小屋？那地方冬天會結冰，所以歹徒要挑對季節，不然難以接近沼澤、迅速處置屍體。」

「我們也掌握到歹徒的另一項特點。」瑞卓利說。

「什麼特點？」

「他懂得保存屍體的專業知識。他知道正確的條件，正確的水溫。這些冷門知識不是多數人都懂的。」

「考古學家另當別論。」札克說。

瑞卓利點頭。「又回到考古學的這個主題了。」

札克向後靠，瞇眼思索。「歹徒熟悉古代喪葬習俗，受害人是在新墨西哥州考古的年輕女子，現在又看上一個在博物館上班的年輕女子。這些女人有哪一點吸引他？他是怎麼認識她們的？」札克望向瑞卓利。「妳有沒有列出一份蒲契洛小姐的朋友和同事名單？」

「只有幾人，全是博物館的工作人員和她同一棟公寓的鄰居。」

「沒有男朋友？妳不是說她年輕貌美？」

「她說她五個月前搬來波士頓，一直沒有約會過。」瑞卓利停頓一下。「說實在話，她是有點怪。」

「什麼意思？」

瑞卓利遲疑著，瞄向佛洛斯特，見他堅決迴避她的眼光。「我總覺得她……有點不太對勁。我也說不上來。」

「你有相同的反應嗎，佛洛斯特警探？」

「沒有，」佛洛斯特的嘴巴緊繃。「我只覺得喬瑟芬是被嚇到了，沒啥奇怪。」

札克的視線在這一對搭檔之間遊走，然後揚起眉毛。「意見相左。」

「瑞卓利是太多心了。」佛洛斯特說。

「我只是從她的態度接收到詭異的訊號而已，」瑞卓利說。「好像她比較怕我們，比較不怕歹徒。」

「她害怕的人是妳吧。」佛洛斯特說。

柯羅警探笑說：「誰不怕她？」

札克沉默片刻，瑞卓利不喜歡他打量她和佛洛斯特的眼神，因爲札克彷彿以視線來探照兩人之間的嫌隙深淺。

瑞卓利說：「那女人平日獨來獨往，我只想說這句話。她去上班，她回家。生活完全以博物館爲中心。」

「她的同事呢？」

「館長名叫尼可拉斯・羅賓森，四十歲，單身，沒有前科。」

「單身？」

「對，我本來也動了疑心，不過我找不到任何疑點。另外，在地下室發現X夫人的就是他。其他工作人員全是志工，平均年齡差不多一百歲，等於是化石，哪有力氣把屍體拖出沼澤？」

「所以妳找不到合理的嫌犯。」

「這三個受害人可能甚至不是死在麻州，更不可能是在我們的管轄範圍裡。」柯羅說。

「現在全歸我們管轄了，」佛洛斯特指出。「我們已經搜遍博物館地下室的箱子，沒有找到其他屍體。不過，誰知道呢？搞不好哪道牆壁後面又有密室。」他低頭看一下正在響的手機，突然站起來。「抱歉，我得接個電話。」

佛洛斯特走出去，札克的目光轉回瑞卓利。「妳剛針對蒲契洛小姐發表的一句感想，我很好奇。」

「哪一句？」

「妳說她怪怪的。佛洛斯特警探倒沒有同感。」

「對。呃，我們是有意見不同的時候。」

「歧見多深？」

該不該說出眞正的感想？是否要直言指責佛洛斯特的判斷力失靈？指出他的老婆不在家，他心情苦悶，被喬瑟芬・蒲契洛的棕色大眼珠電到？

「蒲契洛小姐的哪一點讓妳可能對她產生偏見？」

「什麼？」瑞卓利笑起來，不敢置信。「你認爲是我——」

「她的哪一點讓妳不舒服？」

「她沒有讓我不舒服。我只是覺得，她有點閃躲，好像她盡力不想被追上。」

「被妳追上？或是被歹徒追上？就我所聽到的事實，她沒有不害怕的理由。車上冒出一具屍體，簡直像是歹徒送她的禮物——可以說是獻祭品吧。獻給他的下一個伴侶。」

他的下一個伴侶。瑞卓利聽得手臂起雞皮疙瘩。

「她應該是被安置起來了吧？」札克說。無人搭腔，他環視整桌的警探。「我們的共識應該是，她有生命危險。她在哪裡？」

「我們正努力釐清這一點。」瑞卓利承認。

「妳不曉得她去哪裡了？」

「她告訴我們，她在佛蒙特州伯靈頓有個姑姑，名叫康妮・蒲契洛，想去借住幾天，可是我們找不到這個人。我們在喬瑟芬的語音信箱留言幾次，她一通也不回。」

札克搖搖頭。「不妙。妳去她在波士頓的住處找過嗎？」

「她不在家。公寓的鄰居看到她星期五早上帶著兩箱行李走了。」

「即使她離開波士頓，她照樣有危險，」札克說。「這號歹徒顯然有跨州作案的習性，不受地理局限。她有可能被歹徒跟蹤。」

「條件是，歹徒要知道她去哪裡。連我們都找不到她。」

「麻煩是，她是歹徒唯一的焦點。她可能已經被歹徒鎖定一段時日了。如果歹徒一直在監視她、跟蹤她，那他可能知道她確切的去處。」札克向後靠，心境顯然受到波動。「她爲什麼不回電話？因爲她沒辦法回嗎？」

在瑞卓利來得及回答之前，門打開來，進來的是佛洛斯特。她只看佛洛斯特的臉色，立刻知道事態嚴重。「出了什麼事？」

「喬瑟芬・蒲契洛死了。」他說。

直率的宣佈震驚全場，衆人宛如挨了電擊槍。

「死了？」瑞卓利陡然挺直坐姿。「怎麼會？到底發生什麼事情？」

「是車禍。不過——」

「所以說，兇手不是同一個歹徒。」

「不是，絕對不是這個歹徒。」佛洛斯特說。

瑞卓利聽出他語調裡的怒意，從他緊繃的嘴唇、瞇細的眼睛也看得出來。

「她死在聖地牙哥，」佛洛斯特說。「二十四年前的事了。」

17

波士頓到新墨西哥州愛伯克奇的班機上，瑞卓利和佛洛斯特避談一件事，下了飛機，開車半小時之後，她終於涉及痛苦的話題。

「你對她有意思，對不對？」她問。

佛洛斯特不願正視她，目光專注在眼前的路面，靜心駕駛。在新墨西哥州的驕陽之下，黑色路面熱如烤盤，火氣蒸騰。兩人搭檔的這段期間，瑞卓利頭一次體會到兩人之間出現一道牆，厚實到她難以敲破的程度。這人不是她認識的貝瑞．佛洛斯特。她認識的佛洛斯特是個好好先生；這人是他的邪魔雙胞胎，隨時可能被鬼神借嘴講話，頭也會來個三百六十度旋轉。

「這事情眞的非溝通不可。」她堅持。

「別再囉唆了，行嗎？」

「你不必爲這種事情自責啦。她年輕漂亮，蒙蔽了你的判斷力。任何一個男人都可能碰上這種事。」

「碰上這種事的人居然是我。」他終於面對她，怒火毫不掩飾，令她不敢講話。「我不相信自己竟然上當。」他說，然後再次把焦點放在路上。兩人無言以對，唯一的聲響是冷氣和車子劃破熱氣的聲音。

她從未來過新墨西哥州。她甚至連沙漠也沒有去過一次。但現在的她幾乎不顧窗外飛逝的沙漠奇景；目前的要務是彌補兩人之間的裂縫，而唯一的彌補方式是暢談，不管佛洛斯特願不願意。

「感到意外的人不只你一個，」瑞卓利說。「羅賓森館長也不知情。我當面告訴他，喬瑟芬是冒牌貨，他整個人傻掉了。像姓名這麼基本的東西，她都可以騙人，那她還有什麼東西不敢騙？她騙倒了很多人，連她的大學教授也一樣上當。」

「卻騙不過妳。被妳看穿了。」

「我只是第六感拉警報而已。」

「警察的直覺。」

「也對吧。」

「那我的直覺呢，死去哪裡了？」

瑞卓利笑一笑。「你動用的是不同種類的直覺。她長得漂亮，而且被嚇慘了，觸動你的男童軍本能，讓你忍不住想救美。」

「哪管她是不是三頭六臂。」

她的眞實身分仍未明朗，目前只知她不是眞正的喬瑟芬・蒲契洛。喬瑟芬本人死在二十四年前，死時年僅兩歲。沒想到多年後，她居然有辦法上大學和研究所，在銀行開戶，考到駕駛執照，而且在波士頓一間名不見經傳的博物館找到工作。女童復活了，長成另一個女人，而這女人的眞實來歷仍是一團謎。

「我是大白痴一個，眞不敢相信。」他說。

「想不想聽我的建議？」

「不太想。」

「打電話給艾莉絲，催她趕快回家。問題的一個癥結就在這裡，你知道吧。你的老婆回娘家待太久，你好寂寞，心靈變得脆弱，眼前出現一個美眉，你突然換一個腦袋來思考。」

「我不能直接命令她回家。」

「她是你老婆，怎麼不行？」

他冷哼一聲。「妳老公對妳下令的話，我倒想看看妳的反應。氣氛一定很僵吧。」

「我是通情理的人，艾莉絲也是。她已經回娘家待太久了，你想召她回家。一通電話過去就行。」

佛洛斯特嘆氣。「事情沒有那麼單純。」

「你這話什麼意思？」

「艾莉絲和我──唉，我們之間有些問題。自從她開始念法學院，我覺得我根本沒辦法和她溝通。感覺像，不管我講什麼話，她都不屑聽。她成天和那些興教授混在一起，回家以後呢，我們有什麼好聊的？」

「聊你執勤的事嘛。」

「可以啊，我告訴她，最近逮捕了什麼人，她會問我，警察有沒有動粗。」

「唉呀，她投奔惡勢力了。」

「她認爲，警察才是惡勢力。」他瞥向瑞卓利。「妳的命好，妳知道嗎？老公嘉柏瑞也是警界人士，能瞭解我們的苦衷。」

是啊，她的確很幸運；她嫁給一個能體會執法辛酸的男人。但她也知道，美滿的婚姻也可能在一夕之間化爲瓦礫。在去年耶誕的晚餐席間，她目睹雙親婚姻的瓦解過程。她看見自己的家被一個亂來的金髮女人摧毀。她們也知道，佛洛斯特如今跨站在一場婚姻風暴的門檻上。

她說：「過幾天是我媽一年一度的鄰居烤肉會，文森．柯薩克會去，所以應該會是歡樂一家親的場合。你要不要參加？」

「妳是在同情我吧？」

「我本來就想邀你參加。我以前邀請過你，你好像懶得去。」

他又嘆氣。「都是因爲艾莉絲。」

「什麼？」

「她討厭警察的聚會。」

「你會參加她的法學院聚會嗎？」

「會啊。」

「怎麼搞的？」

他聳聳肩。「我只是想讓她高興嘛。」

「有句話，我眞的很不想說出來。」

「那就別說吧。」

「艾莉絲有點難搞，對不對？」

「天啊。妳幹嘛說出來？」

「對不起。不過，她確實是。」

他搖頭。「和我站同一邊的人，到底還有沒有？」

「有我呀。我站在你這邊。我懂得照顧你，所以我才叫你離那個喬瑟芬遠一點。你終於瞭解我的苦心，我好高興。」

他雙手緊握方向盤。「我懷疑她的眞正身分到底是什麼。她到底隱瞞了什麼秘密？」

「她的指紋鑑定結果明天應該會出來。」

「說不定她是在躲前夫，所以才躲躲藏藏。」

「如果她想躲什麼痴漢，大可以告訴我們啊，你不認爲嗎？我們是好人啊。除非她做錯什麼事，否則何必躲著警察？」

他直盯著馬路。通往查科峽谷的交流道仍在三十英里外。「我等不及查個清楚。」他說。

瑞卓利在新墨西哥州的暑氣裡只站十分鐘就已發誓再也不會抱怨波士頓的夏天。她和佛洛斯特從冷氣租車裡一走出來，幾秒之間，汗珠立刻佈滿她的臉，沙子似乎熱到足以燒穿皮鞋。沙漠的太陽亮得令人眼痛，她戴著剛從加油站超商買來的墨鏡，照樣瞇著眼睛。佛洛斯特也買了款式相同的太陽眼鏡，配上西裝領帶，簡直可以冒充特勤局或黑衣人，唯一洩底的是他被曬得紅光滿面，火紅到令人心驚的程度，隨時有中暑倒地的危險。

奇怪，這個老傢伙好耐曬。

名譽教授艾倫．奎格里年高七十八，卻仍蹲在考古坑裡，拿著鏟子耐心挖掘岩土。他的休閒帽又髒又破，看來和他的年齡有得比。雖然有帆布遮陽，光是燠熱的暑氣就能燒得比他年輕幾十歲的人腿軟。說到年輕人，他率領的大學生已經開始午休，在附近的篷裡睡覺，老他們幾十歲的教授仍繼續對著岩石敲敲打打，把沙子鏟進桶子。

「挖出節奏了，就停不下來，」奎格里說。「我說這是考古的禪意。這些小伙子啊，年輕力壯的，一股腦兒挖下去，考古當尋寶，急著挖到金子，希望搶在別人之前挖到，或者在學期結束之前挖到。他們累垮自己，或者發現永遠只有土石，再也提不起興致。多數學生確實是愈挖愈無聊。不過，每年總有幾個認眞的學生，少少幾個，不肯輕言放棄，他們瞭解人的一生只是歷史上一眨眼的光陰。只要挖掘一季，就能重現幾世紀累積下來的歷史。」

佛洛斯特摘下太陽眼鏡，擦拭額頭上的汗水。「呃，好，那你想挖出來的是什麼，教授？」

「垃圾。」

「什麼？」

「這裡有一座垃圾塚，是古人丟棄廢物的地方。我們想找的是破碎的陶器、動物的骨頭。從一個部落的居民丟棄的物品，就能學習到很多知識。而這個部落眞的好有意思。」奎格里站起來，吃力哼著鼻音，以袖子擦掉白眉毛上的汗珠。「這副老膝蓋該換了。做這一行的人啊，最先搞壞的就是膝蓋。」他攀爬梯子上來，走出考古坑。「這地方美不勝收，不是嗎？」他說著環視古蹟遍佈的山谷。「這座峽谷原本是祭祀場所，用來進行神聖的儀式。兩位參觀過這座公園了嗎？」

「還沒有，」瑞卓利說。「我們今天剛搭飛機到愛伯克奇。」

「遠道從波士頓而來，豈有不參觀查科峽谷的道理？這裡是全美一流的考古場所啊。」

「教授，我們的時間有限。我們主要是來見你。」

他輕哼一聲。「想見我？那就看看四周，因爲這地方就是我的人生。我不在課堂教書時，全待在這座峽谷，待了四十年。現在我從大學退休下來，可以全心全意挖掘。」

「挖掘垃圾。」瑞卓利說。

奎格里笑說：「對。這樣說也無妨。」

「羅蕊．艾卓頓也在同一個地方工作過嗎？」

「我們在那邊工作，在峽谷的另一邊。」他指向遠方一處傾頹的岩石古蹟。「那年，我帶了一隊學生一起考古，有的是大學生，有的是研究生，和往年一樣。其中幾個竟然是眞的對考古有興趣，不過有些學生只是來賺學分，或者是想玩玩，也許亂搞。」

最後這話從七十八歲的老翁口中說出，令瑞卓利意外，但他大半生和慾火旺盛的大學生工作、生活，說這種話應該不足爲奇。

「你記得羅蕊．艾卓頓嗎？」佛洛斯特問。

「她啊，記得。發生過那種事，我當然記得她。她是研究生。她很認眞，性格強悍。儘管他們爲了羅蕊的事想怪罪我，羅蕊其實照顧自己綽綽有餘。」

「誰想怪罪你？」

「她的父母親。他們只有一個小孩，女兒失蹤了，他們傷心到極點。由於帶隊的人是我，他們當然認爲我應該負責。他們對大學提出訴訟，可惜再告也無法把女兒找回家。最後，大概就是因爲這樣，她的父親心臟病發作，然後過了幾年，母親也死了。」他搖搖頭。「沙漠怎麼會把那女生呑掉了？眞是天下最怪的事情。有一天的下午，她揮手道再見，騎上機車，從此消失。」他看著瑞卓利。「妳說，現在她的屍體出現在波士頓？」

「不過我們相信，她是在這裡遇害的。在新墨西哥州。」

「事情過了好多年了，現在總算水落石出。」

「還沒有完全眞相大白，所以我們才專程過來。」

「那年有個警探來偵訊我們，記得他好像姓麥當勞之類的。你們有找過他嗎？」

「他的姓是麥道渥。他兩年前過世了，不過我們取得他的所有筆記。」

「唉，他比我年輕咧。大家都比我年輕，卻全比我早走一步。羅蕊。她的爸媽。」他以清澈的藍眼看瑞卓利。「我卻還在這裡，依舊硬朗有神。天意啊，對不對？」

「教授，我知道事情已經過去很久，不過我們希望你能回想一下那年的夏天，描述她失蹤那天的情形。也說明你帶的那隊學生。」

「當時在這裡的每個人，全被麥道渥警探訪談過了。妳一定讀過他的筆記吧？」

「可是，眞正認識學生的人是你。你一定保存了一些現地實習的筆記，例如挖掘過程的文字紀錄。」

奎格里教授瞄了佛洛斯特一眼，面露擔憂，因爲佛洛斯特的臉孔已經被曬得更紅。「年輕人，我看得出你在熱風裡再也不能挺多久了，不如進我的辦公室詳談吧？我在公園服務處裡面有個辦公室。有冷氣喔。」

在相片中，羅蕊・艾卓頓站在後排，與男生肩並肩，黑髮紮成馬尾，烘托出她方正的下顎與顯著的顴骨，臉皮被曬得黝黑。

「我們喊她亞馬遜女戰士，」奎格里教授說。「不是因爲她力氣特別大，而是因爲她什麼也不怕。我指的不只是她不怕吃苦。不管會不會闖禍，羅蕊一定是有話直說。」

「她有因爲講錯話而闖禍嗎？」佛洛斯特問。

奎格里凝視著從前學生的臉，微笑著。這些學生現在應早已進入中年，如果他們還活著的話。「就我而言，沒有，警探。她講話誠實，我倒覺得耳目一新。」

「其他人也這麼覺得嗎？」

「把一群人湊在一起，會發生什麼事，你應該也清楚。難免會有衝突，會有小圈圈。而且，這些人是二十幾歲的青年啊，所以不能不把荷爾蒙列入考量。這方面的事，我是能避則避。」

瑞卓利端詳著師生大合照，拍照的日期大約在挖掘實習期過半。相片中有兩排學生，前排蹲跪在地上，人人看起來苗條、健康、膚色古銅，穿著T恤和短褲。奎格里教授站在學生旁邊，臉比較圓，鬢腳比較長，但已經和現在一樣四肢修長。

「這一隊女生的數目遠超出男生。」佛洛斯特注意到。

奎格里點頭。「通常是女多男少。女生似乎對考古比男生更有興趣，而且比較願意做清理、篩沙之類的單調差事。」

「這張相片有三個男生，你介紹一下好嗎？」瑞卓利說。「你對他們有什麼印象？」

「妳是懷疑，殺她的兇手是這三人之一？」

「我的簡答是，對。」

「麥道渥警探全部訪談過了，沒有偵訊出對我的學生不利的線索。」

「沒關係，我只想知道你還記得他們多少。」

奎格里思考一陣子。他指向羅蕊旁邊的東方男子。「朱傑夫，準備攻讀醫學院，反應非常靈敏，可惜缺乏耐心。我認爲他在這裡覺得無聊。他現在住洛杉磯，已經當醫生了。這一個的名字是卡爾，我不記得姓什麼。他不愛整潔，老是害女生幫他收拾爛攤子。第三個男生，這一個，他是亞當・史丹西爾夫，主修音樂，缺乏考古的天份，不過我記得他彈得一手好吉他。女生好喜歡。」

「包括羅蕊在內？」瑞卓利問。

「大家都喜歡亞當。」

「我的意思是，羅蕊看上他了嗎？羅蕊有沒有和這些男生交往過？」

「羅蕊對感情沒有興趣。她的興趣只有一個，就是爲前途打拚。所以我才看重她。我但願多栽培幾個她這一種學生。遺憾的是，我收到的學生都幻想著《古墓奇兵》。搬運沙土不是他們憧憬的東西。」他停頓下來，讀著瑞卓利的表情。「妳失望了？」

「目前爲止，我聽到的細節全和麥道渥的筆記相同。」

「我大概無法提供其他有用的資訊了。事情隔了那麼多年，我記得的東西不太可靠。」

「你對麥道渥說，你認爲學生涉案的可能性很低。你現在還有同樣的感想嗎？」

「我的想法沒有改變。警探啊，這些學生全是好孩子，是懶了一些，沒錯。進市區的時候，酒也喝多了一點。」

「多久去一次？」

「每隔幾天吧。話說回來，蓋洛普其實也沒啥好玩的。不過，看看這座峽谷，只有公園服務處、古蹟、幾座營地。白天有觀光客會過來，問東問西的，學生有時會因此分心。除此之外，他們唯一的娛樂就是進蓋洛普市區。」

「你提到觀光客。」佛洛斯特說。

「麥道渥警探從這角度探討過。我不記得哪個觀光客看起來像瘋狂殺手，只不過，即使被我看見，我大概也不知道殺手長什麼樣子。更何況，隔了四分之一世紀，我哪記得他的長相？」

而問題的癥結就是時光，瑞卓利心想。事隔二十五年，記憶不是散盡，就是憑空翻新，想像變成事實。她凝望窗外通往峽谷的道路。這條路說穿了只是一條未鋪柏油的小徑，熱騰騰的塵土飛揚。對羅蕊・艾卓頓來說，這條路帶她走進生死幽谷。她納悶，妳進沙漠之後碰到什麼事？妳跨上機車，騎出這座峽谷，鑽進某個時空隧道，二十五年之後出現在波士頓的木箱中。而沙漠早已抹滅那段旅程的所有痕跡。

「這張相片能借我們嗎，教授？」佛洛斯特問。

「你們會還我吧？」

「我們會小心保管的。」

「因爲這一班的相片，我只有這張。沒有相片的話，我很難回憶。像我這樣，每年收十個學生，姓名累積下來，很容易搞混。尤其是像我教了這麼多年。」

瑞卓利的視線從窗戶轉回來。「你每年收十個學生？」

「基於現實考量，我設定的上限是十個。我們收到的申請書總是超出我們的負荷。」

她指向大合照。「這一張只有九個學生。」

他皺眉看相片。「對呵。另外的確有個學生，不過那年夏天他提早走了。羅蕊失蹤的時候，他已經不在了。」

難怪，根據麥道渥的資料，他只訪問了羅蕊的八位同學。

「提早走的那個學生是誰？」她問。

「他是大學部的學生，剛念完大二。他的腦筋非常靈光，可惜沉默得不得了，而且有點彆扭，和同學不太能打成一片。我收他，完全是看在他父親的份上。可惜他在這裡開心不起來，所以做幾個禮拜就收拾行李走了，去別的地方實習。」

「你記得他的姓名嗎？」

「他的姓絕對忘不了。因爲他的爸爸是金博・羅斯。」

「是名人嗎？」

「他在考古界是大名鼎鼎。他是現代的卡納文爵士[7]。」

「意思是……？」

「他是大財主。」佛洛斯特說。

奎格里點頭。「答對了。羅斯先生靠石油和天然氣致富，雖然不是考古學科班出身，對考古學的造詣卻非常深厚，是積極考古的業餘人士，資助的挖掘工事遍及全球。他撒的錢少說也有幾千萬美元。要不是有他這種人，世上絕不會有研究補助金，連推開一塊石頭的資金也沒有。」

「幾千萬？花那麼多錢，他的回報是什麼？」瑞卓利問。

「回報？什麼話，當然是追求刺激囉！古墓終於見天日了，妳難道不想成爲第一個踏進去的人？可以搶先打開石棺看第一眼吶！他需要我們，我們需要他，考古界向來如此依存。有錢人出錢，有學識的人盡心血，團結就是力量。」

「你記得他兒子的名字嗎？」

「我有寫下來，記在這裡面。」他打開現地考古筆記，開始翻閱，幾張相片掉落桌面，他指向其中一張。「有了，這就是他。我現在想起來了，他名叫布萊德理。他是坐在中間的那個男生。」

[7] Lord Carnarvon，一九二二年贊助霍革・卡特挖掘埃及帝王谷的英國貴族。

布萊德理・羅斯坐在桌前，桌上攤放著碎陶，相片中的另外兩位學生在注意其他事物，唯獨布萊德理直視鏡頭，彷彿在研究某種他前所未見的新生物。他幾乎在每一方面都缺乏特色：身材中等，長相令人容易遺忘，正是能輕易隱身人海的外形。但是，他的眼神懾人，令瑞卓利想起她參觀動物園的景象。那天她看見圍牆裡關著一隻大灰狼，正瞪著她愈看愈有興趣，淡色的眼珠令她心裡發毛。

「警方有偵訊過他嗎？」瑞卓利問。

「他在羅蕊失蹤前的兩個禮拜就走掉了，警方沒有理由偵訊他。」

「可是，他認識羅蕊啊，兩人一同考古過。」

「對。」

「既然這樣，警方為什麼排除他涉案的可能？」

「沒有必要嘛。他的爸媽說，那段時間他待在德州的家中。這種不在場證明，我認為是無懈可擊。」

「你記得他離開的原因嗎？」佛洛斯特問。「是發生什麼事嗎？是他和同學難以相處嗎？」

「不是，原因應該是他在這裡覺得沒意思，所以他才去波士頓實習。我為了這事不太高興，因為早知道留不住布萊德理的話，我就應該收別的學生。」

「波士頓？」瑞卓利插嘴。

「對。」

「他去什麼單位實習？」

「某一間私人博物館吧。我相信是他父親替他拉關係找到的。」

「會不會是克利斯賓博物館？」

奎格里教授思考著。然後他點頭。「有可能。」

18

瑞卓利聽說德州很大，但她終究是在新英格蘭區長大的女生，無法親身體會大的眞諦。她也沒有想像到德州的太陽多烈，空氣熱如惡龍的吐氣。從機場驅車三小時，沿途經過綿延數英里的矮樹叢，穿越烈日考驗過的景觀。這裡甚至連牛群都長得不太一樣，腿比較修長，表情比較兇狠，不像麻州宜人綠野上乖順的更賽乳牛。這裡如異邦，是枯旱的國度，她認定羅斯家的環境必定也差不多，和他們沿途見到的不毛農場相似，房舍全蓋得低矮而寬廣，白色的獸欄包圍著乾褐色的土地。

正因如此，豪宅聳立在視野前，她才會大吃一驚。

羅斯家座落於造景蓊鬱的山坡上，在無盡的枯樹叢之間綠得令人錯愕。房子四周的草坪像絨毛裙，向外攤展。在白色圍欄裡，有六、七匹馬正在吃草，毛皮亮閃閃。不過最讓瑞卓利看得目不轉睛的是豪宅本身。她本以爲羅斯家是農場式的房屋，眼前卻是具有鋸齒狀塔樓的岩石城堡。

他們開車來到大鐵門外，抬頭瞠目直望。

「多少？你猜？」她問。

「我猜是三千萬美元。」佛洛斯特說。

「只有三千萬？沒搞錯吧？佔地至少五萬英畝耶。」

「是啊，不過，這裡是德州，土地肯定比麻州便宜。」

瑞卓利心想，三千萬美元聽起來算很便宜，聽到這話的人應自知已踏進另一個宇宙。

大門的對講機冒出人聲：「有何貴幹？」

「瑞卓利和佛洛斯特警探，波士頓警察局。我們來見羅斯先生和夫人。」

「和羅斯先生有約嗎？」

「我今早和他通過電話，他說他願意接見。」

對方沉默許久之後，大門終於打開。「請開車進門。」

蜿蜒的上坡路經過猶如柱廊的絲柏和羅馬雕像。一圈殘破的大理石柱豎立在石台上，宛如年久失修的古寺。

「植物種這麼多，哪來的水？」佛洛斯特問。車子經過一座大理石巨像，頭部殘缺，他的視線陡然轉向，看見僅存的眼珠掉落在草坪上。「嘿，妳覺得那東西是眞品嗎？」

「這麼富裕的人不需要屈就贗品。我敢打賭，那個肉食性（Carnivore）爵士——」

「妳指的是卡納文（Carnarvon）？」

「我敢打賭，爵士家裡的裝飾品保證假不了。」

「現在不是有法令嗎？不准去別的國家搜刮東西帶回來。」

「法令是訂給你和我這種人去遵守的，佛洛斯特，不適用在他們身上。」

「也對。像羅斯夫妻這種人，等他們發現我們登門發問的原因，他們一定不會太高興。我估計，他們大概只給五分鐘，然後就會下逐客令。」

「從這麼豪華的地方被掃地出門，這肯定是終生難得的一次。」

車子開到一座岩石門廊底下，一位男子已經上前等候。這人不是下人，瑞卓利心想，一定是金博・羅斯本人。雖然他年過七旬，身形卻仍挺拔而筆直，一頭銀髮英氣過人。他穿著居家服飾，卡其長褲配高爾夫球衫，膚色是日曬成的深褐，瑞卓利猜這不只是揮杆養老曬出來的成績。山坡上的雕塑像與大理石圓柱林立，瑞卓利看出這人的嗜好一定不只是打打小白球，而是經常從事更加活躍的活動。

她打開車門下車，一陣乾風迎面而來，吹得她直眨眼。金博似乎對暑氣免疫，握手時讓瑞卓利覺得他的手乾涼。

「匆匆登門，謝謝你接見。」瑞卓利說。

「我答應的原因只有一個，就是希望一了百了，不想再被問到笨問題。警探，這裡沒有你們想追查的東西。」

「如果眞是這樣的話，我們不會久留，只想向你和夫人請教幾個問題。」

「我太太不方便出來。她病了，我不准你們去打擾她。」

「這事和貴公子有關。」

「關於布萊德理的問題，她一個也無法承受。她已經對抗淋巴性白血症十幾年了，一點小事就能讓她難過得受不了。」

「談到布萊德理會讓她太激動？」

「他是我們的獨子，她對布萊德理的母愛很深，最不想聽見的是警察把他當成嫌犯看待。」

「羅斯先生，我們從來沒說他是嫌犯。」

「沒有？」金博扣住她的目光，神態是既直又衝。「不然你們上門幹什麼？」

「布萊德理認識艾卓頓小姐。我們只是不願漏掉任何一條線索。」

「大老遠來德州，只爲了顧及這線索。」他轉向正門。「進來，我們速戰速決。我把醜話講在前頭，你們是在浪費時間。」

室外炎熱，瑞卓利巴不得趕緊進冷氣房涼快一下，然而羅斯家卻是冰冷到令人心驚，更缺乏待客熱誠的是大理石瓷磚和空洞的玄關。瑞卓利抬頭看著支撐圓頂天花板的粗大樑柱。雖然日光從彩色玻璃窗照進來，可惜所有光線似乎全被木板裝潢和織錦吊飾吸收掉，令屋內陷入陰霾。她心想，這哪算是住家？根本是一間博物館，用途是炫耀他收藏成癮的寶物。在玄關裡，成套的盔甲酷似立正的士兵，牆壁上掛著戰斧和寶劍，最上面是橫幅的徽章——無疑是羅斯家的家徽。天下的男人都想當貴族嗎？她心想，假如瑞卓利家也設計家徽，用什麼物品最能象徵瑞卓利家族呢？大概是一罐啤酒和一台電視吧。

金博帶他們走出大玄關，踏進另一間，感覺彷彿從一個時代走進另一個時代。這一間是庭院，地板是亮麗的拼花瓷磚，泉水涓流而出。日光從大天窗照下來，輕灑在仙女和酒色獸的大理石像上，這些神話人物正在泉水邊緣嬉戲。瑞卓利想多逗留一陣，想仔細鑑賞拼花瓷磚，可惜金博已經走遠，踏進另一間。

這裡是金博的圖書室，瑞卓利和佛洛斯特一走進去便暗暗驚奇，放眼四周全是書，成千上萬本，三層的樓中樓全是書架。壁龕裡擺飾著埃及殯葬面具，斗大的眼珠子從陰影中向外瞪。圓頂天花板畫著夜空與星座，而劃過天際的是一隊皇家人馬：一艘埃及帆船帶頭，後面是戰車、朝臣、端著滿盤佳餚的女眷。岩石壁爐裡的眞柴火燒得嗶剝響，在炎炎夏日算是浪費能源。難怪屋主把室溫保持得這麼低，烤火起來才更加溫馨。

他們在壁爐附近的大皮椅上坐下。儘管七月天的暑熱在屋外發威，這間陰暗的圖書室簡直像十二月的隆冬，屋外雪花紛飛，獨靠壁爐裡的火焰驅散寒氣。

「我們眞正想訪談的是布萊德理，羅斯先生，」瑞卓利說。「可惜怎麼也查不到他的去向。」

「那孩子在同一個地方待不久，」金博說。「他此時此刻在哪裡，我也說不上來。」

「你上一次見到他是什麼時候的事了？」

「好一陣子了。我不記得。」

「那麼久啦？」

「我們靠電郵保持聯繫，偶爾會接到信。近幾年，我們家人各忙各的，別人家還不都一樣？我上回接到他的消息，他人在倫敦。」

「知道他在倫敦的確切地點嗎？」

「不知道。那是幾個月前的事了。」金博在椅子上改變坐姿。「警探，我們別再拐彎抹角了。你們來這裡的原因是什麼？想調查查科峽谷那個女生的案子吧。」

「羅蕊・艾卓頓。」

「管她叫什麼名字。布萊德理跟那案子沒有關係。」

「你好像很有把握。」

「因爲事情發生的時候，他住在家裡。警方連偵訊都省了——可見他們不太重視這條線索。奎格里教授一定告訴過兩位了吧？」

「對。」

「那你們現在幹嘛來煩我們？事情都過了二十五年了。」

「你對細節好像記得很清楚嘛。」

「因爲，瑞卓利警探，我花了一點工夫來研究你們。我查過那個艾卓頓女生失蹤的案子，知道波士頓警察局爲何會被扯進發生在新墨西哥的懸案。」

「你知道羅蕊．艾卓頓的遺體最近曝光了。」

他點頭。「聽說是在波士頓。」

「你知道是波士頓的哪裡嗎？」

「克利斯賓博物館。我在報紙上讀過。」

「那年暑假，貴公子在克利斯賓博物館實習過。」

「對，是我安排的。」

「你幫他找到實習的機會？」

「克利斯賓博物館的財務一直捉襟見肘。賽門不會做生意，博物館快被他虧空了。我捐款，他替布萊德理安插職位。能找到布萊德理這樣的人才，算是他們的福氣。」

「他爲什麼離開查科峽谷？」

「他嫌那群同學不夠專業。布萊德理對考古學是認眞到底。耗在那裡，跟普通勞工沒啥差別，每天跪在地上刮土，白費他的天資。」

「考古的工作不就是挖挖土嘛。」

「那種事情，我花錢找人做就行。你們以爲我會把自己的時間耗在挖東挖西嗎？我負責開支票，負責提供構想。我選定地點，指揮開挖計劃。布萊德理沒必要去查科峽谷做基層勞動，他老早就領悟挖掘的竅門。我帶他去過埃及，我指揮的工人有幾百個，他具有分辨地形的天賦，知道該從哪裡挖下去。我可不是在自誇兒子多厲害。」

「所以說，他去過埃及，」瑞卓利說，想起卡圖旭上面雕刻的字樣：本人到此一遊金字塔，埃及開羅。

「他好愛埃及，」金博說。「我多希望他哪天能回去，把我找不到的東西挖出來。」

「什麼東西？」

「岡比西斯王❽的消失大軍。」

瑞卓利望向佛洛斯特，從他茫然的表情得知他也不知道金博指的是什麼。

金博噘嘴微笑，擺出高高在上的模樣，讓人看了自卑。「我猜我是需要詳細說明一番，」他說。「兩千五百年前，波斯王岡比西斯揮軍進入埃及的西部沙漠，想攻佔錫瓦綠洲的神諭殿。五萬壯士行軍進沙漠，從此不見人影，被黃沙吞噬，沒有人知道他們的去向。」

「五萬個士兵？」瑞卓利說。

金博點頭。「成了考古學上的一大謎題。我花了兩季的時間，在埃及尋找大軍的遺骸，最後只挖到幾小片金屬和骨頭，成果洩氣到連埃及政府也懶得追討。那次的考古工程是我畢生最大的遺憾之一，是我少數的敗筆。」他盯著爐火。「總有一天我會回埃及，非找到不可。」

「在你回埃及之前，不如幫我們找找貴公子吧？」

金博的視線轉回瑞卓利，目光並不友善。「不如結束這段對話吧？我大概是幫不上什麼忙了。」他站起來。

「我們只想和他講幾句話，問他艾卓頓小姐的事。」

「問他什麼？你有沒有殺她？你們的來意就只有這個吧？想找人來怪罪。」

「他認識死者。」

「認識她的人多的是。」

「你兒子那年夏天在克利斯賓博物館上班，而她的屍體在同一個地方剛剛被發現。未免太巧合了吧？」

「請兩位慢走。」他轉向門口，但瑞卓利絲毫沒有離開座位的意思。金博如果拒不合作，她必須使出另一招，而這項策略幾乎是篤定會激怒他。

「史丹福大學校園發生過一件事，」她說，「是你知道的事，羅斯先生，因爲你請律師去協調釋放你兒子的事宜。」

他原地向後轉，大步朝瑞卓利走來，動作之快，令佛洛斯特直覺起身干預。幸好金博來到瑞卓利面前幾吋站住。「他沒有被定罪。」

「但是他被逮捕過。兩次。一次是在校園跟蹤女生，另一次是趁她熟睡，偷偷進她的宿舍房間。你替兒子解圍幾次？爲了防止他坐牢，你開過幾張支票？」

「兩位該走了。」

「你兒子目前在哪裡？」

金博來不及回答，一道門打開了，有人輕聲喊話，他愣住了。「金博？他們是爲了布萊德理而來嗎？」

剎那之間，他的表情從盛怒化爲驚慌。他轉向說話的女人：「辛西雅，妳不應該下床的。請回去，親愛的。」

❽ 波斯國王，529-522 B. C.在位，西流士大帝之子，曾擴展其領域至尼羅河谷。

「蘿莎告訴我，有兩個警察來了。是爲了布萊德理的事，對不對？」女人拖著腳步進圖書室，凹陷的眼睛注視在兩位來賓的身上。她動過整容手術，臉皮雖然平整，歲月卻仍在駝背、塌肩留下足跡，而最明顯的跡象在她的頭上。她幾近全禿，僅存的幾絲已經花白。儘管金博・羅斯家財萬貫，他並沒有休妻改娶美嬌娘。錢財再多，特權再高，也無法改變辛西雅・羅斯病重的明顯事實。

雖然她拄著拐杖，體態羸弱，她仍堅守立場，兩眼繼續瞪著警探。「你們知道布萊德理在哪裡嗎？」她問。

「不知道，夫人，」瑞卓利說。「我們正希望妳能告訴我們。」

「我扶妳回房吧。」金博說著挽起妻子的手臂。

她氣得甩掉他的手，注意力仍專注在瑞卓利。「妳爲什麼想找他？」

「辛西雅，這事情和妳沒有關係。」金博說。

「這事和我息息相關，」她回嘴。「警察來了，你不應該瞞我。金博，你爲什麼老是把事情瞞著我？兒子是我生的，我有權利知道他的事！」情緒激動之下，她似乎因此喘不過氣，半跌半拖，走向最近的一張椅子坐下，然後靜止不動，在充滿喪葬文物的暗室宛如另一件古物。

「他們又來問那個女生的事了，」金博說。「不爲了其他事，只爲了在新墨西哥州失蹤的那個。」

「那案子是好久好久以前的事了。」辛西雅喃喃說。

「她的屍體最近才被發現，」瑞卓利說。「在波士頓。我們想找貴公子瞭解一下，可惜找不到他。」

辛西雅的坐姿變得更加駝背。「我也不知道。」她低聲說。

「他沒有寫信給妳嗎？」

「有時候。久久捎來一封信，全是從奇奇怪怪的地方寄來的。偶爾會寄電郵過來，只說他想念我，說他多愛我。可是，他就是不回家。」

「爲什麼呢，羅斯夫人？」

辛西雅抬頭望向金博。「要問就問我丈夫。」

「布萊德理從小就和我們不太親近。」他說。

「本來很親，是被你送走以後才不親。」

「那事扯不上——」

「他不想去，是你硬逼他去的。」

「逼他去哪裡？」瑞卓利問。

「無關緊要。」金博說。

「我怪當時自己沒膽跟你作對。」辛西雅說。

「你送他去哪裡？」瑞卓利問。

「告訴她啊，」辛西雅說。「你是怎麼把兒子逼走的，告訴人家啊。」

金博深嘆一口氣。「他十六歲那年，我們把他送去緬因州的一間寄宿學校。他不想去，不過送他去是爲了他好。」

「學校？」辛西雅苦笑一聲。「精神病院才對！」

瑞卓利望著金博。「眞的是嗎，羅斯先生？」

「才不是！那地方是別人推薦的，是全國同類型機構最好的一所，而且價碼也數一數二。我只是爲了他著想。我做的事，全天下任何一個盡職的家長都會做。他們自稱是住家型的療養社區，是一個可以讓男孩子解開……心結的地方。」

「我們不應該送他去的，」辛西雅說。「你不應該送走他的。」

「我們別無選擇了。他那時非去不可。」

「他待在這裡，待在我身邊，一定會更好，怎麼能把兒子送去什麼森林戰鬥營。」

金博哼聲說：「戰鬥營？比較像鄉村俱樂部吧。」他轉向瑞卓利。「那地方有自家的湖，有健行步道和越野滑雪道。假如哪天我的腦袋斷了哪根筋，送我去住那裡，我高興都來不及了。」

「羅斯先生，布萊德理眞的是這樣嗎？」佛洛斯特問。「他眞的是斷了一根筋？」

「別把兒子講成瘋子一個，」辛西雅說。「他沒有發瘋。」

「不然怎麼會把他送去緬因州，羅斯夫人？」

「因爲我們以爲——金博以爲——」

「我們認爲，那學校能傳授給他自制的方法，」金博替妻子接話。「就這樣而已。很多男孩子都該明白愛之深、責之切的苦心。他在那裡住了兩年，出來之後，變成一個勤勞、循規蹈矩的年輕人。我帶他去埃及，覺得臉上有光。」

「他痛恨你，金博，」辛西雅說。「是他親口告訴我的。」

「唉，爲人父母，難免要痛下抉擇。送走他是我的抉擇，爲的是給他一點震撼教育，把他震回正軌。」

「結果呢，現在兒子不肯回家了。受罪的人是我，全爲了你做的那個大好抉擇。」辛西雅低頭開始哭泣。沒有人開口。唯一的聲響是爐火劈啪與辛西雅靜靜的哭聲。她毫不遮掩地哭出無盡的苦水。

瑞卓利的手機鈴響，無情打斷衆人的心思。她立即切掉鈴聲，從壁爐前離開，匆匆去接聽電話。

來電者是柯羅警探。「有個驚喜要給妳。」他的語調愉悅，與圖書室內的低氣壓形成突兀的對比。

「什麼驚喜？」她小聲問。

「FBI從他們的系統比對出她的指紋了。」

「喬瑟芬的指紋？」

「管她叫什麼名字。我們去她的公寓採集指紋，用自動指紋辨識系統過濾一下。」

「比對出結果了？」

「她溜走的原因眞相大白了。十二年前，警方在一個刑案現場採集到幾枚潛在指紋，跟她的指紋相符。那個案子發生在聖地牙哥。」

「什麼樣的刑案？」

「兇殺。」

19

「死者名叫吉米．奧圖，男，白種人，三十六歲，」柯羅警探說。「他的屍體在聖地牙哥出土，因爲有一條狗挖出他的一個指頭當點心，啃得津津有味。狗主人看見牠叼回家的東西，嚇得半死，趕緊報警。狗帶警察回到埋屍的地方。屍體位於鄰居的後院，只用淺坑埋住。死者死亡多日，手腳已被野生動物咬得殘缺不全，因此警方缺乏指紋來鑑定身分，遺體上也找不到皮夾。幸好，證件雖然被搜刮一空，死者的旅館鑰匙卡放在牛仔褲的口袋，卻沒有被搜走。旅館是當地的假日飯店，登記住宿的姓名是吉米．奧圖。」

「旅館的鑰匙卡？」瑞卓利說。「所以說，這個死者不是聖地牙哥的居民？」

「對。他的地址是在這裡，在麻州，和妹妹凱麗．奧圖同住。凱麗飛去聖地牙哥，從衣物和殘缺的遺體指認出哥哥。」

瑞卓利打開一小包Advil止痛藥，把兩粒倒進嘴巴，和著半冷不熱的咖啡吞下。昨晚，她和佛洛斯特凌晨兩點才分別抵達波士頓家中，她卻被一歲大的蕾吉娜屢次吵醒，因爲女兒一直吵著要抱抱，要媽咪安撫她說，媽咪是眞的回家了。今天早上，瑞卓利醒來時頭痛欲裂。本案調查起來迂迴難料，更使得她頭疼加劇，會議室的日光燈照得連眼睛都痛。

「你們還在聽嗎？」柯羅說。他抬頭望瑞卓利和佛洛斯特。佛洛斯特的感覺和瑞卓利一樣體力透支。

「有，」她喃喃說。「驗屍結果怎樣？」

「死因是後腦的一顆子彈，武器找不到。」

「他被埋在誰家的後院？」

「是一棟出租的民房，」柯羅說。「房客是單親媽媽和十四歲的女兒，母女已經收拾家當消失了。警方用光敏靈試劑噴灑房子，少女的臥房亮得像拉斯維加斯似的，殘留的血跡在地板和底板上到處都是。吉米・奧圖就是死在少女的臥房。」

「這是十二年前的事？」

「喬瑟芬當年應該差不多十四歲。」佛洛斯特說。

柯羅點頭。「只不過，她當年不叫做喬瑟芬，而是蘇珊・庫克。」他笑一笑。「而且啊，眞正的蘇珊・庫克出生沒多久，就在紐約州的雪城夭折。」

「又是她霸佔的身分？」瑞卓利說。

「母親也一樣用假姓名：莉迪雅・紐豪斯。根據聖地牙哥警局的報告，母女在那間出租房子住了三年，不常和鄰居往來。命案發生時，女兒剛在威廉・霍華・塔夫特中學讀完八年級。根據老師的評語，她非常聰明，資質超齡。」

「母親呢？」

「莉迪雅・紐豪斯……誰知道她眞正姓名是什麼？她在巴波亞公園的人類博物館上班。」

「什麼工作？」

「在紀念品店當店員。她也是志工導覽員。讓博物館所有人印象深刻的是，雖然她自稱沒有受過考古學的教育，卻對考古學的知識瞭若指掌。」

瑞卓利皺眉。「又回到考古學了。」

「是啊，我們一直被帶回這個主題，」柯羅說。「考古學是家族遺傳，母親傳女兒。」

「已經確認她們和吉米・奧圖的命案有關了嗎？」佛洛斯特問。

「這個嘛，從她們的表現來看，八九不離十。命案發生之後，她們走得很匆忙——不過臨走之前，她們把地板拖乾淨，洗掉牆壁上的血跡，然後把屍體埋進後院。我覺得，她們九成九涉案。她們錯就錯在屍體埋得不夠深，被鄰居的狗一嗅就嗅出來了。」

崔普說：「我倒覺得她們值得嘉獎。這傢伙是死有餘辜。」

「什麼意思？」佛洛斯特問。

「因爲吉米・奧圖是個怪胎王八蛋。」

柯羅打開筆記簿。「波崔洛警探會把檔案送過來，不過我在電話上問到這些背景。吉米・奧圖十三歲那年，曾經偷襲一個女人的臥房，打開人家的性感內衣抽屜，拿刀子把她的內衣褲割破。幾個月後，他出現在另一個女生的家裡，趁女生在睡覺時站在她床邊。」

「天啊，」瑞卓利說。「才十三歲啊？從小就這麼變態啊？」

「十四歲時，他在康州被學校開除。校方不肯把細節傳給波崔洛警探，不過他綜合資料顯示，被開除的原因和女同學被性侵有關。道具是掃帚把。女生還住院治療。」柯羅抬頭。「這些還只是他被逮到的壞事。」

「鬧出第二個案子以後，他早應該被關進少年觀護所了。」

「是啊。不過，有錢人的小孩天生多拿幾張『免費出獄卡』。」

「發生了掃帚事件還能沒事？」

「那案子震撼了他的父母。他們總算是被驚醒了，明瞭到寶貝兒子需要接受治療。愈快愈好。他們花大錢請律師，減罪的條件是必須安排吉米住進專業的精神療養院。」

「你指的是精神病院？」佛洛斯特問。

「不盡然是，只是一間私人貴族學校，專門收的男生和他有同樣的，呃，衝動。地點很偏僻，有全天候的監視。他在裡面住了三年。他的爸媽很寵他，爲了就近照顧，還在那附近買了一棟房子。有一次，他們爲了去探望兒子，私人飛機墜機，父母雙雙喪命。吉米和妹妹繼承了很多財產。」

「讓吉米成了一個超級變態、超級多金的王八蛋。」崔普說。

專業療養院。地點很偏僻。

瑞卓利倏然想起她昨天訪談金博・羅斯的內容，因此問：「這間私人機構該不會在緬因州吧？」

柯羅訝然抬頭。「妳怎麼猜到的？」

「因爲據我們瞭解，有另一個有錢的色狼也住進緬因州的治療中心。那地方專收有心結的男生。」

「妳指的是誰？」

「布萊德理・羅斯。」

會議室沉寂了半晌，柯羅與崔普咀嚼著這份驚人的消息。

「天啊，」崔普說。「不可能這麼巧合吧。如果那兩個男孩子在同一段時間進去，一定彼此認識。」

「多介紹一些這間學校的事。」瑞卓利說。

柯羅點頭，現在的表情是陰沉而專注。「希茲布里克學院非常高級，非常昂貴。也非常專業。等於是被鎖在林深處的一個單位。放在森林中間，這個構想很高明，因爲裡面治療的病患不適合進入人群。」

「是精神變態？」

「性侵罪犯，從年紀輕輕的戀童狂到強暴犯都有，足以顯示有錢階級也有不少心理變態。不過，有錢人也有辦法讓小孩遠離法律制裁，不必住牢房，可以改住這間學校，讓小孩一面享受頂級餐飲，一面聽心理醫師勸告：凌虐小女孩是不良行爲喔。問題是，這樣的治療方式不是很有效。從裡面出來的男孩稱爲畢業生。十五年前，有個男生畢業之後綁架兩個女孩，導致她們傷殘，而在短短幾個月前，學院才認定他心理健全了，所以放他重回社會。學院爲了這案子挨告敗訴，被迫關閉，從此就沒有再開張。」

「吉米・奧圖呢？他畢業之後怎麼了？」

「十八歲那年，他走出學院，重獲自由，可是不久之後他恢復本性。才幾年，他在加州跟蹤、威脅一個女人，又被逮捕。後來，他在麻州又被收押偵訊，就在布魯克萊恩，涉及一個年輕女子失蹤。警方因證據不足而釋放他。十三年前，有另一個麻州女人失蹤，他也被帶回警局偵訊過，警方還來不及蒐證起訴，他一溜煙不見人，去向不明。過了一年，他的屍體才出現在聖地牙哥的後院土坑。」

「崔普，你說得對，」瑞卓利說，「他確實是死有餘辜。不過，這對母女到底想逃避什麼？如果死者眞的死在她們手下，她們的行爲只構成自衛，何必收拾家當，搞得像畏罪潛逃？」

「說不定她們眞的犯了法？」柯羅提示。「甚至在殺人之前，她們就已經冒用假名過日子了。她們的眞實身分是什麼，我們不知道，也不曉得她們想逃避什麼。」

瑞卓利以雙手托著頭，開始揉太陽穴，想揉掉頭疼。「這案子變得太複雜了，」她嘟噥。「線索好多，我被搞糊塗了。聖地牙哥死了一個男人。麻州這裡出了一個考古學殺人魔。」

「兩者的關聯好像是我們連姓名也不知道的這個年輕女人。」

瑞卓利感嘆。「好吧。我們另外對吉米・奧圖還有多少瞭解？他爲了別的案子被收押過嗎？和本案有沒有其他關聯？」

柯羅翻閱著筆記。「只有幾個小案子。在麻州布魯克萊恩的擅闖民宅案，在聖地牙哥的酒駕超速案。另外有一件酒駕超速是在杜蘭戈……」他停下來，最後這地名引發靈光一現。「杜蘭戈在科羅拉多州。咦，不是離新墨西哥州很近嗎？」

瑞卓利抬頭。「在兩州的邊境。爲什麼？」

「案子發生在七月，就在羅蕊・艾卓頓失蹤的那一年。」

瑞卓利倒向椅背，被最後這條線索震得啞然。吉米和布萊德理同一時間出現在查科峽谷附近。

「難怪。」她輕聲說。

「妳認爲他們是犯罪搭檔？」

「至少在吉米遇害之前是。」她望向佛洛斯特。「案情總算有點眉目了。我們掌握到一條關聯。吉米・奧圖和布萊德理・羅斯。」

他點頭。「還有喬瑟芬。」他說。

20

喬瑟芬掙扎著，游回意識的範疇，醒來時驚呼一聲，冷汗浸濕了睡袍，心臟怦怦跳。月光灑在窗戶上，薄薄的窗簾波動著，猶如魅影。在珍瑪家外面的樹林裡，樹枝嘎嘎搖了幾次，歸於沉寂。她推開濕冷的床單，向上凝視著黑暗，心跳減緩，汗水在皮膚上冷卻。才在珍瑪家借住一星期，她的噩夢又回來了，再次夢見槍火與血濺牆壁的慘狀。夢中的情景，妳千萬要多加注意，母親教過她。夢境的作用是提醒妳已知的事物，悄悄建議妳還沒留意到的現象。喬瑟芬明白這場夢的意義：離開的時候到了。是該逃避的時候了。她已經在珍瑪家逗留太久了。她想起在迷你超商前撥手機的動作，想起那晚在停車場和年輕員警交談的景象，也想起載她過來這條街的計程車司機。能追蹤她過來的線索多得數不清。這些她已知的小過失太多了，而她無意中犯下的錯誤更不知有多少。

她記得母親曾說：如果有人真的想找到妳，他只需要等妳失誤一次就行。

而最近，她的失誤是層出不窮。

夜色突然變得異常靜肅。

她好一陣子才意識到，四周變得好寧靜。睡前，沉穩的蟋蟀聲伴她入夢鄉，現在她卻什麼也聽不見，周遭安靜得徹底，連自己呼吸的聲音也被放大。

她下床，走向窗口。窗外的月光將樹林染成銀色，把淡淡的光輝灑在花園上。她向外望，沒有看見值得心驚的動靜。但是，她繼續站在敞開的窗口時，不禁發現，夜色其實不完全寧靜無聲；在她噗噗響的心音之外，她聽見電子產品發出的微弱嗶聲。是屋外的聲音嗎？或者聲音從屋內而來？現在她豎耳傾聽，聲波似乎轉強，也觸動了她忐忑不安的情緒。

珍瑪聽見了嗎？

她走向門口，朝黑暗的走廊瞄一眼。門外的聲響更大，更加不饒人。

她摸黑踏進走廊，赤腳靜靜踩在木頭地板上，每踏一步便覺得嗶聲加大。來到珍瑪的臥房，她發現門開著一道縫。她推一下，門悄悄打開。在月光下，她瞧見嗶聲的來源：墜落地上的聽筒發出電話沒掛好的訊號。然而，抓住她目光的並非電話，而是地上那一灘黑亮似原油的東西。附近有個人蹲著，她起先以爲是珍瑪，等到那人直起身子站好，窗外明月映出身影，她才發現對方是男人。

喬瑟芬驚嚇之餘，倒抽一口氣，男子轉頭過來，兩人霎時之間面對面，五官籠罩在陰影中，雙方動作暫停，是猛獸撲殺獵物之前蓄勢待發的一刻。

先移動的人是喬瑟芬。

她轉身奔向樓梯。背後響起砰砰的腳步聲，她則慌忙衝下樓，匆匆躍下，雙腳重重觸地，來到一樓。正門就在前方大開。她狂奔而去，跌跌撞撞來到門廊，腳丫被碎玻璃刺到。她對刺痛幾乎是渾然不覺，一心一意朝前方衝刺。前面就是進出車庫的小徑。

同時留意著背後逼近的腳步聲。

她衝下門廊階梯，睡袍如羽翼隨暖熱的夜風飄舞。來到車道，她以百米速度奔跑。在月光中，在砂石路面上，她的睡袍如白旗一般顯眼，但她不往樹林裡逃命，不願把時間浪費在尋求樹木的掩蔽。馬路就在前頭了，沿路有其他民房。*如果我去敲門，如果我大叫，一定會有人開門救*

我。她已經聽不見追兵的腳步了，只聽得到慌張的自己咻咻急喘的聲息。

就在這個時候，一陣爆裂聲傳來。

子彈命中她，她宛如遭人狠心踹中後腿，進而全身撲向地面，手心被砂石磨破皮。她想掙扎起身，後腿熱血直流，傷腿無力站立。她痛得哀嚎一聲，癱跪下去。

馬路啊。馬路就在眼前。

她的呼吸轉成啜泣，她開始爬行。前面有鄰居亮著門廊燈，就在樹林的另一邊，成了她全心的目標，不去理會逐漸迫近的鞋底磨地聲，不去理會小石子刺入掌心的痛楚。求生希望只剩枝葉間忽明忽暗的一盞燈，她繼續向前爬，拖著殘廢的一腿，背後留下一條血痕。

一個陰影移向她的前方，遮住希望之光。

她的視線慢慢向上移，看見歹徒站在面前，擋住她的去向。他的橢圓臉全黑，雙目深不可測。他彎腰下來，她閉上眼睛，等著聽槍聲，等著中彈。在生命結束前的一刻，時空凍結，她才注意到自己的心跳、進出肺臟的空氣。最後這一刻似乎綿綿無絕期，彷彿歹徒想細細品嘗勝利的滋味，想延長獵物吃苦的時間。

一陣閃光打在她緊閉的眼瞼上。

她睜開眼皮，看見樹林另一邊有藍光脈動著。一對車頭燈突然轉向她，她的全身陷入強光裡，她穿著單薄得可憐的睡袍跪著。車輪緊急煞車停下，砂石頓時噴射而來，車門被推開，她聽見警察無線電的沙沙聲。

「小姐？妳沒事吧，小姐？」

她眨著眼，想看清楚誰在講話，無奈人聲愈來愈小，車燈也暗淡下去，她最後的意識是癱落地面時臉頰重擊砂石的感覺。

佛洛斯特和瑞卓利站在珍瑪・哈莫敦家的車道，看著喬瑟芬逃命時留下的一道乾血痕。頭上是清脆的鳥鳴，夏日豔陽透過樹葉縫隙灑下，但一陣寒氣似乎盤踞著樹蔭下這段進出車庫的小徑。

瑞卓利轉頭望向珍瑪家。她和佛洛斯特尙未進入過。這間房子平凡無奇，外面有白色的護牆板，門廊建在屋簷下，是她在這條鄉間道路屢見不鮮的式樣。但是，即使從她站在車道的位置來看，她看得見破碎的門廊窗玻璃，看得出零碎的反光警告著：此地發生了慘案，妳看了才知道多慘。

「這裡是她第一次跌倒的地方，」麥克・亞博特警探說。他指向血痕的起點。「她中了槍，在車道上爬了相當遠。她倒在這裡，開始爬行。能爬這麼遠，意志絕對過人，可惜她只爬到那邊。」亞博特指向血痕的盡頭。「巡邏車就是在那裡發現她的。」

「怎麼會發生這種奇蹟？」瑞卓利問。

「警察接到報警電話。」

「是喬瑟芬打的電話？」佛洛斯特問。

「不是，我們推測是屋主珍瑪打的。電話在她的臥房。不管是誰打的，打電話的人沒機會講話，因爲號碼才撥完，電話立刻被掛斷。報警服務台回撥，卻發現話筒被拿起來了，所以通報警車過去巡邏，三分鐘之後趕到現場。」

佛洛斯特注視著血跡斑斑的車道。「流了好多血。」

亞博特點頭。「送醫後，她在緊急手術房裡躺了三小時。現在她吊著石膏休養。這案子算我們走運了，因為我們昨晚才發現，波士頓警局已經對她發出通報。不然她可能會想辦法潛逃。」他轉向屋子。「想再看血跡的人跟我來。」

他帶頭來到前門廊，看見散落一地的碎玻璃，這時大家穿上鞋套。亞博特以陰陰的語調預告屋內的情景，瑞卓利已做好最壞的打算。

但當她踏進前門，她並沒有看見令人心驚的景象。客廳看起來好端端的。牆上掛著數十幅加框的相片，許多相片的主角是一位金髮俐落的女人，配角互異。一座龐大的書架擺滿書籍，主題包括歷史、藝術、古代語言、人種學。

「屋主是這位？」佛洛斯特指向相片裡的金髮女子。

亞博特點頭。「她是珍瑪．哈莫敦，在本地一所學院教考古學。」

「考古學？」佛洛斯特看瑞卓利一眼，意思是：*這可就有意思了*。「你對她的瞭解有多少？」

「就我們所知，她是個守法的公民，從沒結過婚，每年夏天出國去做考古學家做的事情。」

「那她怎麼在國內？」

「不曉得。她原本在秘魯挖掘什麼遺址，一個禮拜前才回國。如果她待在秘魯，就不會送掉一條命。」亞博特順著樓梯向上望，臉色突然陰沉下來。「該帶兩位參觀二樓了。」他帶路上樓，指著木質樓梯上的血鞋印。「運動鞋，九或十號，」他說。「我們知道是兇手留下的腳印，因為蒲契洛小姐是赤腳逃命。」

「看來，他的動作很快。」瑞卓利補充說，因為她注意到鞋底擦出來的抹痕。

「對，不過她的身手更快。」

瑞卓利低頭凝視下樓梯的鞋印。雖然血跡已乾涸，樓梯窗戶也有斜射而來的日光，亡命追殺的場景似乎仍在樓梯間歷歷在目。她甩開一陣寒意，仰頭望向二樓，更慘的場面等著他們上去。

「命案發生在樓上？」

「在哈莫敦小姐的臥房，」亞博特說。他上最後幾階的動作慢吞吞，彷彿不願重返兩夜之前的現場。這裡的腳印較深，是由踩到鮮血的鞋子留下來的。鞋印從走廊盡頭的房間走出來，亞博特指向他們經過的第一道門，裡面有一張沒整理過的床鋪。「這間是客房，案發的時候，蒲契洛小姐正在睡覺。」

瑞卓利皺眉。「奇怪，這間比較接近樓梯。」

「對，我也覺得奇怪。兇手略過蒲契洛小姐的房間，直接走向哈莫敦小姐的臥房。也許他不知道她家有客人借住。」

「或者是，房間被鎖住了。」佛洛斯特說。

「不對，因爲這間沒有鎖。基於不明原因，歹徒跳過這一間，先去哈莫敦小姐的房間。」亞博特深呼吸，繼續走向主臥房，來到門檻時遲疑了一陣。

瑞卓利從他的背後望進臥房，這才瞭解他爲何裹足不前。

雖然珍瑪・哈莫敦的屍首已被移除，她在人間的最後一刻仍被活生生記錄下來，以噴灑的血跡寫在牆壁、床單、家具。瑞卓利一踏進主臥房，頓時覺得皮膚涼颼颼，宛如幽靈剛擦身而過。她心想，暴力總會留下印記。不只留血跡，也會留下凶氣。

「她的屍體蜷縮在最遠的那個角落，」亞博特說。「不過，兩位從濺血的痕跡看得出來，第一道刀傷發生在床鋪附近，所以那邊出現動脈濺血的情形，激射到床頭架。」他指向右邊的牆壁。「在那邊呢，我認爲那幾滴是被甩出去的血。」

瑞卓利剝離固定在床墊上的血跡，改看牆上的弧形血跡。血滴灑在牆上，是抽血刀而出的離心力甩出的血痕。「兇手慣用右手。」她說。

亞博特點頭。「從傷口來判斷，法醫說他動刀時毫不遲疑，沒有猶豫的成分，直接了當砍向脖子，切斷大血管。法醫估計，她喪失意識之前大概有一兩分鐘，還有機會打電話，所以她爬到那個角落。話筒上面有她的血指紋，顯示她撥電話的時候已經受傷。」

「所以說，電話是被兇手掛掉的？」佛洛斯特問。

「我想應該是。」

「可是，你剛剛不是說，服務台回撥卻發現電話中？」

亞博特思考著。「這個嘛，的確有點可疑，是吧？兇手先掛掉電話，然後再把話筒拿起來，不知道用意是什麼。」

瑞卓利說：「他不想讓電話鈴聲響起。」

「怕鈴聲吵醒人？」佛洛斯特說。

瑞卓利點頭。「這也能解釋兇手不對她動槍的原因，因爲他知道，屋內另有其他人，不想驚動她。」

「可是，她照樣醒過來了啊，」亞博特說。「也許她聽見屋主倒地的聲音，也許是屋主喊出聲音。不管原因是什麼，蒲契洛小姐是被吵醒了，因爲她走來這個房間查看。她看見入侵者，拔腿就跑。」

瑞卓利凝視珍瑪斷氣的角落，想像她蜷縮在血泊裡的景象。她走出主臥房，踏進走廊，來到喬瑟芬的房間門口時停下，望著床鋪。她心想，兇手略過這間不管。這間睡著一個年輕女子，門沒有鎖，他卻跳過去，直接走向主臥房。他不知道有客人睡在裡面嗎？他不知道屋子裡有另一個女人嗎？

不對，不對。他知道。所以他才把話筒拿起來。所以他才捨槍而動刀。他希望殺第一個人的時候靜悄悄。

因爲他的下一步是進攻喬瑟芬的房間。

她下樓，走出戶外。午後的天空是陽光普照，昆蟲在無風的燠熱中鳴叫，但屋內的寒氣依然在她身上揮之不去。她踏下門廊階梯。

你追殺到這裡，下樓梯，只有她一個人，而她穿著睡袍，在月夜跟蹤她是易如反掌。

她慢慢在車道上行走，循著喬瑟芬逃命的路線前進，想像她的腳丫被玻璃碎片刺傷。馬路近在前方，與車道隔著樹林，她只需投奔鄰居即可，只需大叫、敲門。

瑞卓利暫停動作，視線固定在沾血的砂石上。

可是，在這裡，子彈射中她的腿，她倒下來。

她緩緩循著喬瑟芬逃命時留下的血痕，想像她四肢著地奮力爬行。龜速前進的過程中，她必定知道兇手步步接近，即將上前奪命。血痕似乎漫無止境，最後停在距離馬路十幾碼之處。喬瑟芬拚了命爬這麼遠，歷時這麼久，兇手沒有追不上來的道理，扣下最後一次扳機然後逃逸的機會多的是。

他卻遲遲不發射致命的一槍。

瑞卓利站住，低頭凝視著跪地的喬瑟芬被警察發現之處。兩位警察趕到之際，並未發現其他人，只見到一名受傷的女子，一位應該早已中彈身亡的女子。

這時候，瑞卓利豁然省悟。*兇手要她活下來。*

21

瑞卓利心想，天下誰不說謊？但是，能像喬瑟芬這樣活在謊言裡，而且活得如此徹底，如此成功，這種人實在不多見。

她和佛洛斯特開車前往醫院的途中，她懷疑今天喬瑟芬又會虛構什麼樣的謊言來敷衍他們，又會編織什麼樣的故事來解釋她離奇的經歷。瑞卓利懷疑，佛洛斯特該不會又屈服於美色的誘惑而中計吧？

「我建議，等我們進病房，最好還是讓我跟她溝通。」她說。

「爲什麼？」

「我想親手處理這事。」

他看著瑞卓利。「非這樣做的理由是什麼？」

她回答得慢條斯理，因爲她唯恐誠實應答勢必加深雙方的嫌隙，勢必擴大喬瑟芬產生的鴻溝。「我只是覺得，她應該由我來對付，畢竟，我對她產生的直覺一直很靈驗。」

「直覺？哪門子的直覺？」

「你聽信她了，而我沒有。她被我料中了，不對嗎？」

他轉向車窗。「是妳的嫉妒心在作祟吧。」

「什麼？」她駛進醫院的停車場熄火。「你以爲我在嫉妒她？」

他嘆氣。「不重要了。」

「不行，你講清楚，你這話到底是什麼意思？」

「沒事。」他推開車門。「我們走吧。」他說。

瑞卓利下車，重重摔門，納悶著佛洛斯特的那句話是否眞有那麼一絲絲的眞實性，也納悶著是否因爲自己姿色不如人，因此憎恨美女暢行天下的情形。男人傾倒在美女的裙下，對她們百依百順，而最重要的是男人聽信美女。反觀其他女人呢？我們是寸步難行。然而，縱使她心懷嫉妒，也改變不了她直覺正確的基本事實。

喬瑟芬・蒲契洛確實是個騙子。

她和佛洛斯特走進醫院時默然無語，搭乘電梯來到手術房區時也不講話。她從未感受到兩人的隔閡如此之大。雖然並肩站著，兩人之間卻隔著一整座大陸，她踏上走廊時連一眼也不看佛洛斯特。她悶悶地推開二一六號室的門，走進去。

名叫喬瑟芬的年輕女子躺在床上，看著他們。穿著薄如輕紗的病人服，她顯得楚楚可憐，簡直是個汪汪大眼、企待援手的處女。可惡，她是怎麼辦到的？頭髮幾天沒洗，一腳還吊著石膏，她竟然有辦法飄散迷人的氣質。

瑞卓利不肯浪費時間。她直接走向病床說：「妳在聖地牙哥做的事情，說出來聽聽。」

喬瑟芬的視線立即降到床單，迴避瑞卓利的眼光。「妳在講什麼，我不知道。」

「妳那年應該十四歲，年齡沒有小到記不起那天晚上發生的事。」

喬瑟芬搖頭。「妳一定是搞錯人了吧。」

「妳當時的姓名是蘇珊・庫克，就讀塔夫特中學，和母親同住，母親自稱莉迪雅・紐豪斯。有一天早上，妳們母女收拾家當，不告而別，從此再也沒有人接過蘇珊和母親的音訊。」

「不告而別，有罪嗎？」喬瑟芬反駁，目光終於陡然上揚，正對她的眼睛，氣勢囂張。「沒罪。」

「那妳幹嘛問？」

「因爲對準一個男人的後腦勺開槍，這種罪很重。」

喬瑟芬的表情平靜如玻璃。「什麼男人？」她問得心平氣和。

「死在妳臥房的那個男人。」

「我不懂妳在講什麼東西。」

兩個女人對瞪了片刻。瑞卓利心想：佛洛斯特或許看不清妳的爲人，我可是一眼就能看穿妳。

「有一種化學試劑叫做光敏靈，妳聽過沒？」瑞卓利問。

喬瑟芬聳聳肩。「我有聽過的必要嗎？」

「光敏靈能和乾血裡的鐵質發生作用，噴灑在任何物體上，如果表面殘留血跡，能和血跡反應，產生化學冷光，讓暗室像霓虹燈一樣亮起來，兇手再怎麼刷洗，也不可能逃過光敏靈的效力。即使妳們母女拚命擦牆壁、拖地板，血跡照樣在，有的滲進裂縫，有的滴進房基的底板。」

這一次，喬瑟芬保持緘默。

「聖地牙哥警方進妳們租的那棟房子搜索時，也噴灑了光敏靈。其中一個房間變得好亮。那間就是妳的臥房，妳休想賴帳。案發的時候妳一定在場，絕對知道事發的經過。」

喬瑟芬的臉色慘白。「我那時候才十四歲，」她輕聲說。「那是好久以前的事情了。」

「在法律上，謀殺案沒有追溯期限。」

「謀殺？妳想到哪裡去了？」

「那天晚上發生什麼事？」

「不是謀殺啦。」

「不然是什麼？」

「是自我防禦！」

瑞卓利滿意地點頭。總算有所斬獲了。她終於承認有人死在她的臥房。「是怎麼發生的？」瑞卓利問。

喬瑟芬瞥向佛洛斯特警探，彷彿尋求他的奧援。佛洛斯特站在門邊，表情冷漠而難以解讀，她一眼看得出佛洛斯特幫不了忙，毫無同情心。

「坦白的時候到了，」瑞卓利說。「算是告慰珍瑪在天之靈吧。應該給她一個公道吧，妳不認爲嗎？我猜她生前是妳的朋友？」

提到珍瑪，淚水湧上喬瑟芬的眼眶。「對，」她低聲說。「不只是朋友。」

「她死了，妳知道嗎？」

「亞博特警探說過，不過我早就知道了，」喬瑟芬低語。「我看見她倒在地上……」

「我在猜，這兩件命案應該有關聯。珍瑪被殺，聖地牙哥的那件槍擊案。如果妳想爲好友討回公道，妳應該回答我的問題，喬瑟芬。不然，稱呼妳蘇珊·庫克，比較中聽嗎？因爲妳在聖地牙哥用的是這個姓名。」

「我現在的名字是喬瑟芬。」她疲憊地嘆息一聲，假面具全摘下來了。「我用得最久的名字是喬瑟芬，也是我現在習慣的名字。」

「妳使用過幾種姓名？」

「四個。不對，五個。」她搖搖頭。「我根本記不清楚了。每次我們一搬家，我就換一個姓名。我本來以爲，喬瑟芬會是最後一個。」

「妳的眞名是什麼？」

「這重要嗎？」

「對，很重要。妳出生時叫什麼名字？我建議妳從實招來，因爲我跟妳保證，我們遲早查得到。」

喬瑟芬垂頭表示投降。「我的姓是薩莫爾。」她柔聲說。

「名字呢？」

「妮菲塔莉。」

「這名字不太常見。」

喬瑟芬倦然一笑。「我母親做的決策裡面，沒有一個符合傳統。」

「咦，這名字不是埃及的什麼皇后嗎？」

「對，是拉美西斯大帝的妻子。妮菲塔莉，因爲有妳，朝陽日日東昇。」

「什麼？」

「是我母親以前常對我說的一句話。她好愛埃及。老是說她想回去。」

「妳的母親現在呢？」

「她死了，」喬瑟芬輕聲說。「三年前，在墨西哥，被車撞死了。事情發生時，我在加州讀研究所，所以細節知道不多……」

瑞卓利拉來一張椅子，在床邊坐下。「不過，妳對聖地牙哥發生的事很熟。那天晚上發生了什麼事？」

採坐姿的喬瑟芬肩膀下垂。瑞卓利知道，她束手就擒了。「那時候是夏天，」喬瑟芬說，「晚上滿熱的。我母親老是叮嚀我要關好窗戶，可是那天我沒關，所以他才能爬進我們家。」

「從妳臥房的窗戶爬進去？」

「我母親聽見聲響，進我的房間，被他攻擊，所以我母親自保。她保護我。」她望向瑞卓利。「她走投無路了。」

「妳親眼看見事發的經過？」

「我那時候在睡覺，是被槍聲吵醒的。」

「妳母親當時站在哪裡，妳有印象嗎？」

「我沒看見。我不是說過了，我那時候在睡覺。」

「那妳怎麼知道是自保？」

「他進了我們家，進了我的房間。這樣的話，殺人算是正當理由，不是嗎？壞人進了妳家，妳沒有權利射殺他嗎？」

「朝後腦開槍？」

「是他自己轉頭的！他打倒我母親，然後轉頭，被我母親開槍射中。」

「咦，妳不是說妳沒看見？」

「是她後來告訴我的。」

瑞卓利靠向椅背坐著，眼睛卻直盯著喬瑟芬，連續幾分鐘不說話，讓沉默發酵，讓沉默強調瑞卓利正在檢視對方的每一個毛細孔、臉皮的每一陣抽動。

「妳們母女發現臥房多了一具屍體，」瑞卓利說，「接下來呢？」

喬瑟芬呼吸一下。「全部由我母親處理。」

「意思是，她把血跡清洗乾淨。」

「對。」

「把屍體埋掉？」

「對。」

「她有沒有報警？」

喬瑟芬的手緊握成結。「沒有。」她低聲說。

「隔天早上，妳們離開聖地牙哥。」

「對。」

「我想不通的就是這一部分，」瑞卓利說。「我覺得妳母親做的決定很奇怪。妳說她殺了那個男人是自我防禦的反應。」

「他闖進我們家，進了我的臥房。」

「我們假想一下。如果有人闖進妳家，攻擊妳，妳有權利自衛而致對方於死，警察甚至可能嘉獎妳。可是，妳母親卻不肯報警，反而把屍體拖到後院埋葬，消除血跡，收拾行李，帶著女兒潛逃。妳覺得這種做法有道理嗎？我是抓破頭也想不出道理。」瑞卓利湊近過去，以咄咄逼人的姿態來侵略對方的私人空間。「她是妳的母親，一定對妳解釋過原因。」

「我那時候好害怕，哪敢問她。」

「她也從來沒有解釋過？」

「我們嚇得逃走了，就這樣而已。我知道，現在回想起來，怎麼想也沒有道理，可是我們當時的確是那樣做。我們嚇得離開聖地牙哥。這麼一來，即使後悔，也沒辦法去報警了。逃走的人本來就顯得像做錯事。」

「妳說得對，喬瑟芬。妳母親確實像是做錯了什麼事。她槍斃的那個人中彈的地方是後腦袋，聖地牙哥警方怎麼看也不覺得是自衛，看起來像是冷血謀殺。」

「她那麼做是爲了保護我。」

「既然是保護女兒，她爲什麼不報警？她想逃避什麼？」瑞卓利湊得更近，鼻尖幾乎戳向她的臉。「妳給我講實話，喬瑟芬！」

喬瑟芬的肺葉如洩氣一般，她的肩膀隨之塌陷，垂頭認輸。「監獄，」她低聲說。「我媽逃避的是監獄。」

期待已久的謎底終於揭曉了，瑞卓利從她的神態看得出來，從她敗陣下來的語氣也聽得出。喬瑟芬知道此役已敗北，終於交出珍品：眞相。

「她犯過什麼罪？」瑞卓利問。

「我不知道詳細情形。她說事情發生時，我還是個小嬰兒。」

「她偷了什麼東西嗎？或是殺了什麼人？」

「她不肯多說。直到聖地牙哥那晚發生事情，她向我解釋不能報警的原因，我才知道她有那一段過去。」

「然後妳們收拾家當潛逃，只因爲她叫妳聽話？」

「不然我能怎樣？」喬瑟芬昂首散放叛逆的目光。「她是我的母親，我愛她。」

「可是，她說她犯過罪。」

「有些罪是有正當理由的。人總有身不由己的時候。她做事情一定有她的原因。我母親是個好人。」

「是個逃離法律制裁的人。」

「法律也有出錯的時候。」她瞪著瑞卓利，拒絕退讓分寸，拒絕接受親生母親爲非作歹的可能性。誰家的小孩能對家長如此忠心不二？這種忠誠度或許有所偏差，是盲目的忠心，但這種心意值得敬重，是瑞卓利對自己女兒的期許。

「後來，母親帶著妳流浪，姓名一個換過一個，」瑞卓利說。「妳的父親呢？怎麼沒聽妳提起？」

「我父親死在埃及，我是遺腹子。」

「埃及？」瑞卓利駝背向前，全神專注在她身上。「詳細解釋一下。」

「他是法國人，是參與挖掘工作的一位考古學者。」喬瑟芬遐想著，翹起嘴角微笑。「母親說他聰明又風趣，而且最重要的是很善良。她最愛他的就是善良的特點。他們已經計劃要結婚，可惜後來發生一件恐怖的意外。一場火災。」她呑嚥一下。「珍瑪也被燒傷。」

「珍瑪和她一同去埃及？」

「對。」一提及珍瑪，淚水霎然盈眶，硬是被喬瑟芬眨掉。「是我的錯，對不對？她的死，都怪我不好。」

瑞卓利望向佛洛斯特，見他詫異的態度與她自己差不多。偵訊進行到這裡，他一直保持緘默，但現在他再也忍不住發問。

「妳剛提到妳父母結緣的那一場挖掘工程，地點是在埃及的哪裡？」

「靠近錫瓦綠洲，在西部沙漠。」

「挖掘的目標是什麼？」

喬瑟芬聳聳肩。「根本找不到它。」

「它？」

「岡比西斯的消失大軍。」

在隨之而來的沉默中，瑞卓利幾乎聽得見拼圖的碎片漸漸啪嚓吻合。埃及。岡比西斯。布萊德理．羅斯。她轉向佛洛斯特。「把他的相片拿出來。」

佛洛斯特隨身帶來一份檔案夾，這時他從中抽出一張相片，遞給喬瑟芬。這張是奎格里暫借的相片，拍照地點是查科峽谷，主角是年輕的布萊德理盯著鏡頭，瞳孔的顏色和狼眼一樣淡。

「認得這人嗎？」佛洛斯特問。「這張是舊照。他今年大概四十五歲。」

喬瑟芬搖搖頭。「他是誰？」

「他的姓名是布萊德理．羅斯。他二十七年前也去過埃及，和妳母親參與考古工事的那段時間相同，兩人應該認識。」

喬瑟芬顰眉看相片，彷彿極力想從這人的長相看出她認得的特徵。「我沒聽過這名字。她從來沒有提過這人。」

「喬瑟芬，」佛洛斯特說，「我們認爲，最近跟蹤妳的就是這個人。前天晚上對妳開槍的人就是他。而且，我們有理由相信，他就是考古學殺人魔。」

她抬頭，神情驚愕。「他認識我母親？」

「他們倆在同一個遺址工作過，肯定彼此認識，所以他現在才對妳沉迷。妳的相片上過《波士頓地球報》兩次，記得嗎？第一次在今年三月，在妳錄取博物館的工作不久。另一次是幾個禮拜前，在X夫人接受斷層掃瞄的前幾天。說不定布萊德理看出母女相似的地方。也許他看見妳的相片，想起妳母親的臉。妳看起來像不像媽媽？」

喬瑟芬點頭。「珍瑪說我長得和我母親一模一樣。」

「妳的母親叫什麼名字？」瑞卓利問。

喬瑟芬一時答不出話，彷彿這件秘密埋藏太久，她甚至回想不起來。她總算回答時，語氣太輕柔，瑞卓利湊近才聽得見。

「美狄亞。她名叫美狄亞。」

「是那片卡圖旭上的名字。」佛洛斯特說。

喬瑟芬凝視著相片。「她爲什麼沒提過這人？我爲什麼從來沒聽過他的名字？」

「妳母親似乎是所有謎題的關鍵，」瑞卓利說。「是這人開殺戒的關鍵。即使妳不認識他，他絕對瞭解妳，可能已經融入妳的生活一段時間，逗留在妳的視野外圍。也許他每天開車經過妳的公寓，或者和妳上班搭的公車是同一班，只是妳沒有注意到他。等我們送妳回波士頓，我們想請妳列出妳經常進出的場所，例如每一間咖啡廳、每一間書店。」

「可是，我不打算回波士頓了。」

「妳非回去不行，否則警方沒辦法保護妳。」

喬瑟芬搖頭。「我待在別的地方比較好，隨便什麼地方都好。」

「歹徒一路追查到這裡來了，妳認爲他不能如法炮製嗎？」瑞卓利的語調沉著而逼人。「布萊德理・羅斯怎麼對待他的受害人，我告訴妳好了。他先把她們打成殘廢，以免她們逃走。他不也朝妳的腿開槍嗎？他對付X夫人的方式也一樣。然後，他會讓她活一陣子，把她藏在別人聽不見的地方，拘禁她幾個禮拜，只有天曉得他對她做了什麼事。」瑞卓利的嗓音柔和幾分，幾近親暱。「即使在她死後，她也逃不出歹徒的掌心。他會把死者保存起來，當成紀念品，列入他的後宮，喬瑟芬，堆滿亡魂的後宮。」她輕聲補上一句：「妳是他的下一個受害人。」

「妳爲什麼要嚇我？」喬瑟芬哭嚷。「妳是擔心我沒被嚇夠嗎？」

「我們可以保護妳，」佛洛斯特說。「妳的鎖已經換好了，每次妳離開公寓，我們都會派人護送，不管妳想去哪裡都能貼身保護。」

「我不知道。」喬瑟芬摟住自己，卻不足以鎮住哆嗦。「我不曉得該怎麼辦。」

「我們知道兇手的身分了，」瑞卓利說，「也明白他的犯案手法，所以佔盡上風的人是妳我。」

喬瑟芬沉默考慮著選項。是逃命呢？還是反擊？沒有折衷之道，沒有半吊子的做法。

「回波士頓吧，」瑞卓利說。「幫我們結案。」

「假如妳是我，妳眞的肯回去嗎？」喬瑟芬輕聲問。她抬頭。

瑞卓利正視著她。「我絕對會回去。」

22

她的公寓門換上一排亮晶晶的新鎖。

喬瑟芬扣上鎖鏈，扭上輔助鎖，拉上門閂，接著，爲了安心，她用椅背從下面抵住門把——不太能構成障礙，但至少能用來預警。

她一腿打著石膏，行動笨拙，拄著拐杖來到窗前，俯瞰馬路。她看見佛洛斯特警探從公寓大門走出去，坐進他的車，好像一度抬頭對她微笑，友善地揮揮手，卻僅此而已。現在的佛洛斯特對她是一板一眼，冷靜、不帶私心，和他的同事瑞卓利一樣。她心想，這就是撒謊的後果。我不誠實在先，現在他無法信任我。他信不過我是正確的心態。

我還沒有說出最大的一件秘密。

護送她公寓時，佛洛斯特已經檢查過內外環境，但她忍不住自行再徹查一遍，臥房、浴室、廚房都檢查。這個小小王國雖然寒酸，至少是屬於她的天地。離開這裡一星期，所有物品的陳設毫無改變，一切是熟悉得令人寬慰，一切重歸正常。

然而，同一天晚上，她站在爐子前攪拌洋蔥和番茄，調製熱騰騰的一鍋濃湯，這時忽然想起珍瑪，想到珍瑪再也無法用餐，再也無福嗅到香料、品嘗美酒、感受不到從爐子裊裊升空的熱氣。

煮好後，她坐下來，卻只吃得下幾湯匙，胃口盡失。她坐著，和牆壁對看，看著掛在牆上的唯一裝飾品：一幅月曆，足以顯示當初遷居波士頓的心境多麼徬徨，從未眞心以波士頓爲家，未曾安善佈置這間公寓。但現在我會好好佈置一番，她心想。瑞卓利警探說得對：不能再任情勢擺布了，應該以這座城市爲家。我不想再逃避。珍瑪爲了我犧牲一切，以死換我活命，我不能讓她失望。現在，我要好好活下去。我會有個家，我會交幾個朋友，也許甚至會談戀愛。

一切從現在開始。

屋外的黃昏已經黯淡成暖和的夏夜。

礙於腿上的石膏，她無法在晚餐後照常出去散步，甚至不能在公寓裡踱步，只好打開一瓶葡萄酒，端到沙發上，坐下來轉著頻道。她不知道頻道竟然如此之多，有些連聽也沒聽過，每一台卻大同小異。型男靚妹。拿著槍的男人。又是型男靚妹。拿著高爾夫球杆的男人。

螢幕上突然出現一個新影像，僵住她握著遙控器的手。電視播放的是晚間新聞，畫面上是一幅年輕女子的相片，是一位黑髮美女。

「……克利斯賓博物館發現一具被製作成木乃伊的女屍，經警方調查後，其眞實身分是羅蕊・艾卓頓。她在二十五年前失蹤，地點是新墨西哥州的一座偏遠的公園……」

她是X夫人。*她長得像我母親。她長得像我。*

喬瑟芬關掉電視機。與其說是家，這間公寓感覺比較接近籠子，她則是一隻籠中鳥，對著柵欄猛撞。*我要收復我的人生。*

三杯葡萄酒下肚，她總算睡著了。

她醒來時，天色仍只透出微光。她坐在窗前，看著旭日東昇，懷疑自己會在這四堵牆壁裡面困守多久。等候著下一次攻擊，等候下一封威脅信，這也算是一種死。她已經向瑞卓利和佛洛斯特透露有人寄給喬瑟芬・薩莫爾的兩封信。可惜這兩份證物已被她撕毀、丟進馬桶沖掉。現在，警方不僅監看她的公寓，也過濾她的郵件。

只等布萊德理·羅斯走下一步棋子。

屋外，晨曦漸漸明亮，公車隆隆駛過，慢跑的民衆開始繞著街區運動，路上也有出發上班的人。她看著時間分分秒秒流逝，看見兒童在遊樂場玩耍，看見午後的車流逐漸密集。

入夜後，她再也忍受不住了。大家都照常過生活，她心想。只有我例外。

她拿起話筒，撥給尼可拉斯·羅賓森館長。「我想回去上班。」她說。

瑞卓利看著零號受害人的臉，逃過一劫的受害人。

她看著美狄亞的大頭照。她翻閱的是史丹福大學的紀念冊，美狄亞是二十七年前的校友。美狄亞是個黑頭髮、黑眼睛的美女，頰骨線條柔美，與女兒的相貌神似。瑞卓利心想，布萊德理眞正想要的人是妳。他和吉米·奧圖合夥，想抓卻抓不到的人是妳。抓不到，只好收集替代品來解癮，專找酷似美狄亞的女人動魔爪。然而，再像美狄亞的女人終究比不上原原本本的正身。他們繼續獵捕，繼續尋覓，美狄亞母女卻有辦法屢次溜出他們的掌握。

直到聖地牙哥。

一隻溫暖的手落在她的肩頭，讓坐在椅子上的她陡然直起身子。

「嗶。」伸手的人是她的丈夫嘉柏瑞。「幸好妳沒帶槍，否則一定拔槍射我。」他把蕾吉娜放在廚房地板上，讓女兒爬去玩她最愛的鍋蓋。

「我沒聽見你進門的聲音，」瑞卓利說。「不是帶小孩去遊樂場嗎？怎麼這麼快回家？」

「好像快變天了，隨時可能開始下雨。」他彎腰湊向妻子的肩膀，看見美狄亞的相片。「是她嗎？是她的母親？」

「告訴你，這個才是最原始的X夫人。除了她就讀大學的資料以外，我查到的東西很少。」

嘉柏瑞坐下來，翻著波士頓警局收集到的美狄亞檔案，而這些資料只依稀勾勒出一個妙齡女子的身影，看得見卻摸不著實體。嘉柏瑞戴上眼鏡，坐姿向後挪，開始詳讀美狄亞就讀史丹福的背景。這副角質鏡框是他新配的眼鏡，戴上以後讓他近似銀行職員，反而不像熟稔槍械的FBI探員。縱然結婚至今已有一年半，瑞卓利對他仍是百看不厭，至今同樣仰慕他。儘管屋外雷聲震耳，儘管蕾吉娜在廚房裡亂敲鍋蓋，他的注意力如雷射光一樣投射在文件上。

瑞卓利走進廚房，撈起女兒。女兒蠕動不停，吵著要掙脫母親的懷抱。妳難道不能安分一點，不能乖乖躺在媽媽懷裡嗎？瑞卓利在心裡嘀咕，一面抱緊亂動的女兒，一面品味洗髮精和嬰兒肌膚的芬芳，全世界最甜美的香味。每一天，瑞卓利發現蕾吉娜愈來愈像她，包括女兒的黑眼珠、茂密的捲髮、堅決的自主心。女兒具有戰鬥意志，長大以後必定和母親有得爭。但她看著女兒眼眸的同時，也明瞭母女之間有一份永遠無法分化的深情。爲了保護女兒，瑞卓利不惜以一切作爲賭注，不惜忍受一切。

正如喬瑟芬爲母親所做的犧牲一樣。

「這人的經歷像一團謎。」嘉柏瑞說。

瑞卓利把女兒放在地上，抬頭望丈夫。「你指的是美狄亞？」

「生長在加州印第奧，就讀史丹福大學期間成績優異，大四那年卻突然休學去生小孩。」

「不久以後，母女倆一同從紙上消失。」

「而且變成了別人。」

「一次又一次，」瑞卓利說。她坐回桌前。「喬瑟芬記得總共改名五次。」

他指向一份警方的報告。「這可有意思了。在印第奧，她向法院申訴布萊德理・羅斯和吉米・奧圖，當時這兩頭狼已經合作過一段時間，聯手跟蹤騷擾，包圍獵物，然後下毒手。」

「更有意思的是，美狄亞忽然撤銷對布萊德理的所有告訴，離開印第奧。而且，由於她沒有留下來出庭指控吉米・奧圖，對他的告訴也不了了之。」

「她爲什麼撤銷對布萊德理的告訴？」他問。

「永遠也不得而知了。」

嘉柏瑞放下報告。「被色狼鎖定，或許是她逃避的原因，所以她才不停改名，只求安全。」

「可是，她自己的女兒有另一套說法。喬瑟芬說，美狄亞是在逃避法律的制裁。」瑞卓利嘆一口氣。「這又帶出另一團謎。」

「什麼謎？」

「找不到美狄亞・薩莫爾的通緝令。即使她果眞犯過罪，好像也沒有人知道。」

瑞卓利家每年舉辦一次芳鄰烤肉會，延續了將近二十年，蔚爲傳統，烏雲與雷雨欲來的天候也無法打消此一盛會。每年夏天，瑞卓利的父親法蘭克會鼓著胸膛掀開戶外烤肉架，烤著大塊牛肉和雞肉，扮演著今日主廚的角色——每年只有這天，法蘭克才會拿起烹飪器具。

然而今天，負責烤肉的主廚並非法蘭克，而是退休警探文森・柯薩克。他替牛排翻面，特大號的圍裙沾滿油漬，包住他的大肚腩，整個人沉浸在肉食動物的極樂境界。後院烤肉師換人，這是頭一遭，瑞卓利見了不禁暗暗感嘆世事無常，連父母親的婚姻也沒辦法天長地久。法蘭克・瑞卓利離開髮妻一個月後，文森．柯薩克翩然卡位。以他主掌烤肉架的姿態來看，他無異於對左鄰右舍宣告：他是安琪拉．瑞卓利生命中的新男人。

這位新任烤肉師豈肯拋棄職守？

雷聲轟隆，烏雲加深，客人匆忙把菜餚端進屋內，以免遭雷擊。但柯薩克堅守烤肉崗位。

「好好的幾塊裡脊肉，我才不想糟蹋它們。」他說。

瑞卓利抬頭時，幾顆雨滴開始飄落。「大家都進屋子了，你那幾塊牛排可以拿進去，用烤肉器繼續烤。」

「開啥玩笑？花了那麼大的工夫挑選熟成牛肉，一塊塊用培根包住，要烤就照規矩來烤。」

「被雷劈中也沒關係嗎？」

「我哪怕雷公？」他笑說。「欸，我已經逛過鬼門關一次，心臟再被電一次也無所謂。」

「可是，你用的培根，不太健康吧。」她說，望著一直滴進爐火的油脂。兩年前，柯薩克心臟病發作，被迫退休，他卻沒有因此避食牛油和牛肉。瑞卓利心想，老媽更是火上加油。她望向庭院野餐桌，看見母親正在收拾以美乃滋調配的馬鈴薯沙拉。

安琪拉走進紗門時，柯薩克對她揮手。「妳媽改變了我的世界，妳知道吧，」他說。「我們認識時，我只能吃魚和沙拉，快被餓死了，教我盡情追求人生美味的人是她。」

「咦，是啤酒廣告的用語吧？」

「她是真正的小辣椒喔。我們開始交往以後，她老是勸我做這做那的，我做了好多自己不敢相信的事情！昨天晚上，她逼我吃有生以來的第一口章魚。另外呢，有一天晚上，我們去裸泳——」

「好了。我聽不下去了。」

「我感覺像復活了一樣，從沒想到會碰上妳媽這樣的女人。」他夾起一塊牛排翻面。可口的煙味從烤肉架升起，她回憶過去幾年夏天同樣的場景，差別是廚師換人做。今年，昂然端著牛排進門的人是柯薩克，隨後他將打開葡萄酒瓶。老爸，這麼歡樂的場面你不要，偏偏去找狐狸精，值得嗎？你每天早上醒來，該不會暗罵自己糊塗，怎麼離開老媽？

「告訴妳呀，」柯薩克說，「妳爸是個白痴，怎麼捨得放她走呢？幸好，這是我一輩子碰過最幸運的事。」他突然歇口。「喔。講這種話太粗線條了，對不對？我實在忍不住嘛。我簡直是快樂得快上天了。」

安琪拉端著空盤子走出來，等著盛烤肉。「你在快樂什麼，文森？」她問。

「牛排。」瑞卓利說。

母親笑說：「唉，這一個男人啊，胃口旺盛到不行！」她翹臀撞一下他，故作挑逗狀。「旺盛的還不只是食慾喔。」

瑞卓利強忍住捂耳朵的衝動。「我還是進去吧。嘉柏瑞大概想找我抱抱蕾吉娜。」

「等一等，」柯薩克說，然後壓低嗓門。「既然我們站在外面烤肉，乾脆聊聊妳那個怪人的案子有什麼進展。我聽說，妳掌握了考古學殺人魔的姓名。聽說他爸爸是德州的什麼大富翁，對吧？」

「你怎麼知道？我們還沒公佈細節。」

「我有我的消息來源。」他朝安琪拉眨眼。「入警界一遭，終生是警察。」

柯薩克確實具有出神入化的偵辦絕技，瑞卓利曾經借重過他的長才。

「聽說這傢伙是眞正的神經病，」柯薩克說。「先打傷女人，然後把人做成紀念品。是這樣，沒錯吧？」

瑞卓利瞥向母親，見她聽得起勁。「這案子，我們改天再聊吧。我不想讓老媽聽了害怕。」

「唉，說吧，」安琪拉說。「我愛聽文森聊起他以前辦的案子。他教了我好多警務的知識。說眞的，我正想買一個警用無線電來玩玩。」她對柯薩克微笑。「另外，他想教我玩槍。」

「這不太好吧，兩位不覺得嗎？」瑞卓利說。「槍很危險的，媽。」

「妳不是帶了一把？」

「我懂得怎麼用槍。」

「有人教，我學了就懂。」安琪拉湊過來。「這案子的加害人（perp）怎樣？他是看上這些女人的哪一點？」

沒聽錯吧？她母親竟然用加害人這種術語？

「這幾個女人一定有一些共通點，」安琪拉說。她望向柯薩克。「不是有個單字能形容研究受害人這方面的學問？你不是教過我？」

「被害者學。」

「對，對。依照被害者學來看，有什麼樣的特徵？」

「頭髮的顏色相同，」柯薩克說。「是我聽說到的。三具女屍都有黑頭髮。」

「那妳最好特別留意啊，小珍，」安琪拉說。「如果他喜歡黑頭髮的女生的話。」

「媽，黑頭髮的女生滿街跑。」

「可是，妳就在他眼前走來走去啊。如果他有在注意新聞——」

「那他就應該識相，儘量別惹她，」柯薩克說。「以免自討沒趣。」柯薩克開始把烤熟的牛排夾下來，啪、啪、啪，放進大盤子裡。「找到那具女屍，不是已經過了一個禮拜嗎？怎麼沒有進一步的消息？」

「一直沒有人看見。」

「他八成是逃走了，去尋找更容易獵殺的場地。」

「或者只是等待風頭平靜下來。」瑞卓利說。

「對，問題就在這裡，對吧？繼續跟監盯梢，會動用不少資源。妳怎麼知道什麼時候撤哨？那女孩什麼時候才能平安？」

永遠沒希望了，瑞卓利心想。喬瑟芬勢必終生過著提心吊膽的日子。

「妳認爲他會再殺人嗎？」安琪拉問。

「他當然會，」柯薩克說。「在波士頓，他也許不敢了，不過我敢保證，就在這個時候，他一定在什麼地方獵殺下一個目標。」

「你怎麼知道？」

柯薩克把最後一塊牛排夾進大盤子，關掉爐火。「獵人本性嘛。」

23

整個星期日下午，一場暴風雨呼之欲來，而現在是雨勢最劇烈的階段。喬瑟芬坐在無窗的辦公室裡，聽得見打雷聲，雷電震得牆壁動搖，她沒有注意到羅賓森館長接近她的門口，直到館長講話，她才發現他站在門口。

「今天下班，有沒有人送妳回家？」他問。

他在門口遲疑著，彷彿擔心踏進她的領域，唯恐再靠近一步會被禁止。幾天前，佛洛斯特警探向博物館工作人員介紹過安全措施，也出示布萊德理．羅斯的相片。這張照片以電腦軟體爲他增加二十歲。喬瑟芬重返博物館之後，同事彷彿將她視爲易碎物，客客氣氣地與她保持距離。沒有人能在受害人身旁自在地工作。

而身爲受害人的我也不自在。

「我只是想確定有人送妳回家，」羅賓森說。「因爲，如果沒人送妳，我很樂意開車載妳回家。」

「佛洛斯特警探六點會來接我。」

「喔。當然。」他在門口逗留，彷彿想再說另一件事，但沒膽量說出。他轉身離去之前，只擠得出：「我很高興妳回來。」

「尼可拉斯？」

「什麼事？」

「有幾件事情，我欠你一個解釋。」

儘管他只站在幾呎之外，喬瑟芬覺得難以正視他的目光。他從來不曾令她如此坐立難安。讓她輕鬆自得的人很少，羅賓森館長是其中之一，因為他和她悠遊在冷門學問圈的同一個小角落，熱衷的事物同樣是小眾知識和稀奇古怪的東西。在她矇騙過的所有人當中，最令她過意不去的是羅賓森，因為他比任何人更加努力對她友好。

「我對你不誠實，」她說，然後甩甩頭表示難過。「其實，你對我的瞭解大部分是個幌子，而第一個謊言就是——」

「妳的名字其實不是喬瑟芬。」他輕聲說。

她一驚，抬頭望他。在這之前，每次兩人的目光相接，他通常會害臊起來，轉移視線。這一次，他的目光堅定不移。

「你是什麼時候發現的？」她問。

「妳離開波士頓，我聯絡不上妳，開始擔心，所以打電話給瑞卓利警探，才發現真相。」他臉紅了。「說來也丟臉，我打電話去妳的母校查證，因為我想，妳也許……」

「你恐怕聘用到學歷造假的騙子。」

「侵犯到妳的隱私，是我不好，我知道。」

「沒有，尼可拉斯，查證我的學經歷是你的本分，沒有人能責怪你。」她嘆息。「學歷是我唯一誠實的一點。你讓我回來上班，我很意外。你對這事一個字也沒提。」

「我在等合適的時機，等到妳調適好了再談。妳可以談談真正的往事嗎？」

「何必呢？該知道的事情，你好像全都知道了。」

「這怎麼說呢，喬瑟芬？我感覺好像現在才開始認識妳。妳告訴過我的事情，例如說妳的童年——妳的父母——」

「全是謊言，行了吧？」她回應的語氣多了一分唐突，並非她的本意。她看見羅賓森臉紅。「我身不由己。」她小聲補上這句話。

他走進辦公室坐下。坐進同一張椅子的動作他已做過無數次。他早上常端著咖啡進來，兩人快樂聊著最近從地下室挖出來的文物，或是其中一人設法查出的不爲人所知的小細節。今天的氣氛卻僵到極點。

「你一定有遭人背叛的感覺吧？我可以想像。」她說。

「沒有，沒那麼嚴重。」

「至少也對我失望。」

他點頭，喬瑟芬看不下去，因爲點頭之舉證實了兩人之間的隔閡。雷聲劈裂了沉默，彷彿在強調這道嫌隙。

快流出來的眼淚被她眨掉。「對不起。」她說。

「最令我失望的，」他說，「是妳不信任我。小喬，妳大可對我說出苦衷，我一定會支持妳的。」

「你對我一無所知，怎麼能說這種話？」

「我認識的人是妳，不是像名字這種膚淺的事物，也和妳住過的地方無關。我知道妳關心什麼、重視什麼。透過這些認識，更能瞭解一個人的眞心，名字是不是喬瑟芬反而不太重要。我只是來講這件事。」他深吸一口氣。「呃……另外還有一件事。」

「什麼事？」

他低頭看著自己突然緊張的雙手。「我在想，呃……不知道妳喜不喜歡看電影？」

「喜歡啊，我──當然。」

「那太好了。眞的是──太棒了！最近上映什麼片子，我沒有在留意，不過這星期應該找得到合適的電影。或者下個禮拜。」他清清喉嚨。「我保證在合理的時間平安送妳回家──」

「尼可拉斯，原來你在這裡，」黛比・杜克出現在門口說。「我們該出發了，不然貨運公司快打烊了。」

他抬頭望黛比。「什麼？」

「你答應幫我搬那箱東西去列維爾的貨運公司。那箱東西要寄去倫敦，所以規定要塡寫資料給海關。那箱好重，超過五十磅（約二十三公斤），我一個人搬不動。」

「佛洛斯特警探還沒來接喬瑟芬，我走不開。」

「賽門和衛勒布蘭特夫人還在，而且所有門都鎖好了。」

他看著喬瑟芬。「妳說他六點來接妳？現在才五點。」

「我不會有事的。」喬瑟芬說。

「快點，尼克，」黛比說。「大雷雨天，交通很糟，現在非走不可。」

他站起來，跟著黛比離開辦公室。他們下樓的腳步聲在樓梯間迴盪之際，喬瑟芬坐在辦公桌前，仍對剛才發生的事感到訝異。

羅賓森館長剛剛是想約我出去嗎？

雷聲震撼了整棟樓，電燈暗了一下，宛如上蒼回答了她的疑問。*他是想約妳，沒錯。*

詫異之餘，她搖搖頭，然後看著桌上一疊舊的館藏登記簿，裡面條列出博物館歷年收藏到的古物。羅賓森進門前，她已經逐條向下檢視，瞭解每一項古物的所在地，並評估其保存狀況。她儘量集中精神處理公事，奈何心思卻又飄回羅賓森。

妳喜不喜歡看電影？

她微笑起來。喜歡，而且我也喜歡你。一向都是。

她打開幾十年前記載的一本，筆跡小巧，她認出是史考柯爾寫的字。這幾本登記簿記錄著歷任館長的心血，她注意到，新舊館長交接時，筆跡也隨之變化。有些館長如史考柯爾博士，在博物館的任期長達數十年，她想像他們陪伴館藏走過歲月，走在吱嘎響的地板上，必定把這些文物視為熟悉的老友。這一本記錄著史考柯爾館長的經營過程，有些部分寫得不知所云。

——巨齒鯊之牙一顆，收藏細節不詳。傑若德・迪威特先生捐贈。

——陶土罐柄，展翅太陽印記，鐵器時代。C・安德魯茲博士於納比山威收藏。

——銀幣，約紀元前三世紀，印有顛倒的帕特諾普女妖與人頭牛。納普勒斯。採購自M・艾格爾博士之私人收藏。

銀幣目前於一樓展示中，但她不知道陶土罐柄放在哪裡。她提醒自己要記得去找，然後翻到下一頁，看見以下三件館藏歸為一類。

——各種骨頭，有些是人骨，有些是馬骨。

——金屬碎片，可能是載重牲口裝置的殘餘物。

——刺刀鋒的碎片，可能源於紀元前三世紀之波斯。由賽門·克利斯賓於埃及錫瓦綠洲採集。

她查看日期，呆住了。雖然屋外雷電交加，她覺得自己的心跳聲更宏亮。錫瓦綠洲。賽門去過西部沙漠，她心想。同一年，我的母親也去過。

她伸手搆拐杖，踏上走廊，走向賽門的辦公室。

他的門開著，但他關著燈。喬瑟芬探頭望進陰暗的辦公室，看見他坐在窗前。天候愈來愈惡劣，他欣賞著閃電。強風吹襲著窗戶，陣陣暴雨甩落玻璃，猶如天神在耍性子。

「賽門？」她說。

賽門轉頭。「啊，喬瑟芬。過來欣賞一下。大自然今天上演一齣大戲啊。」

「方便我請教一件事嗎？是關於這本登記簿裡的一條紀錄。」

「我看看。」

她拄著拐杖走過去，把登記簿遞給賽門。賽門在昏暗中瞇眼，喃喃說，「各種骨頭。刺刀鋒碎片。」他抬頭。「妳想問什麼？」

「收藏者的姓名是你。你記得帶這些古物回國的經過嗎？」

「記得，不過我好幾年沒看過這些東西了。」

「賽門，這些東西是從西部沙漠採集到的。這上面記載，這把刀的出處可能是波斯，時間是紀元前三世紀。」

「啊，對。妳想自己檢查一下，對吧？」他拿起手杖，努力站起來。「也好，我們去瞧一瞧，看看妳是否認同我的評估。」

「這幾項存放在什麼地方，你知道嗎？」

「我知道應該放在哪裡。不過，如果後來被人移動，我就不知道了。」

她跟著賽門踏進走廊，往古董電梯的方向前進。她對這座電梯向來沒信心，通常是能避免則避免，但現在她以拐杖代步，別無選擇，只好踏進電梯。賽門合上黑色柵欄門，她覺得像捕獸夾突然咬合。電梯哆嗦一陣，令人心驚，然後吱吱叫著，緩緩降至地下室。她慶幸能安然走出電梯。

他打開儲藏室的鎖。「如果我沒記錯，」他說，「這幾項相當小，所以應該是存放在架子的深處。」他帶著喬瑟芬走進木箱堆成的迷宮。波士頓警局已經完成調查，地板仍散落著木屑與凌亂的保麗龍小球。她跟隨賽門走進一條窄道，進入儲藏室較古老的一區，經過的木箱印著令人神往的地名：爪哇。滿洲。印度。最後，他們來到一座高聳的架子，上面放置著幾十盒物品。

「喔，還好，」賽門指著一個小盒子，上面的日期和館藏編號與登記簿吻合。「正好一伸手就拿得到。」他把盒子取下來，放在附近一口木箱上。「感覺有點像耶誕節，對不對？四分之一世紀不見天日的東西，我們竟然可以打開來看。啊，妳看看！」

他伸手進盒子，取出一小盒的骨頭。

其中大部分只是碎骨，但比較密實的幾塊大致完整，有幾塊經過幾世紀的摧殘已經碎裂、風化。她拿起一小塊，感覺一股冷風襲向頸背。

「腕骨。」她喃喃說。人骨。

「我猜，這些骨頭是同一個人的。對，這麼一看，有些往事回來了。暑氣，塵土。置身古蹟的那份喜悅。鏟子隨時能接觸到歷史，一想到就興奮。在我的老關節還管用的那段日子。在我衰老之前的那段日子。我沒料到自己居然有老殘的一天。我以前常以為自己能歷久不衰。」他感傷一笑，隱含一份困惑，不解的是數十載的光陰如梭飛逝，如今他受困在一具殘破的軀殼中。他低頭看著小盒子裡的骨骸，說：「這個可憐人，他在世時一定也以為自己能永垂不朽，後來看見同袍渴得精神錯亂，看見大軍一個個倒下，這才醒悟過來。我相信，他做夢也沒想到大家的下場會是如此。即使是叱吒一世的帝國，幾世紀的歲月也能把它們摧殘成一堆沙土。」

喬瑟芬把腕骨輕輕放回小盒子。骨頭只不過是鈣和磷酸鹽的沉積物，生前管用，死後被主人拋棄，如同恢復行走能力的人甩開拐杖一樣。註定葬身異鄉沙漠的波斯士兵最後只殘存這些碎骨。

「他是消失大軍的一員。」喬瑟芬說。

「我幾乎敢確定。他就是岡比西斯那些走不出沙漠的士兵之一。」

她看著賽門。「你和金博．羅斯一起去過那裡。」

「是啊，那次挖掘工程的推手是他。他斥資贊助，組成的團隊是高手如雲吶！考古學者有幾十位，挖掘者幾百個。我們想尋找考古學界的聖杯之一，而那東西和約櫃[9]、亞歷山大大帝的陵墓一樣飄忽。五萬波斯大軍，全數在沙漠裡蒸發。如果他們出土了，我希望能躬逢其盛。」

「可惜沒有挖到。」

---

[9] Ark of the Covenant，裝有摩西兩塊十誡碑的箱子，或譯「法櫃」，是古代以色列民族的聖物。

賽門搖頭。「我們挖了兩季，只找到幾小塊碎骨和金屬。想必是落單士兵的殘骸吧。這一點成績太微薄，連金博和埃及政府也沒興趣收藏，所以落到我們的手上。」

「我不知道你和金博合作過。你認識他，我怎麼從來沒聽你提起過？」

「他是一位優秀的考古人，至爲慷慨的一個人。」

「他的兒子呢？」她低聲問。「你對布萊德理的認識有多深？」

「啊，布萊德理。」他把盒子放回架子上。「人人都想問布萊德理的事。警方。妳。事實是，我對這孩子幾乎沒有印象。金博的兒子怎麼會威脅到妳，我無法相信。這案子的偵辦方向對他的家庭不太公平。」他轉向喬瑟芬，目光忽然炯炯，令她渾身不舒服。「他全爲妳的利益著想。」

「怎麼說？」

「我當初考慮錄取的對象很多，最後選中妳，全是因爲他的關說。他一直在照顧妳。」

喬瑟芬倒退走。

「妳眞的不曉得？」他走向她說。「一直以來，他都在暗中扶持妳。他要求我不要透露，但我認爲時候到了，應該讓妳知道。哪些人是眞正的朋友，我們最好能辨別，尤其是對我們慷慨的朋友，我們更應該感念。」

「既然是朋友，怎麼會想殺我？」她轉身，跛腳離去，退回木箱堆成的峽谷裡。

「妳怎麼講這種話？」他呼喚著。

喬瑟芬繼續穿越迷宮，一心想抵達出口。她聽得見賽門正想跟上，聽到他的手杖敲著水泥地的聲響。

「喬瑟芬，警方是徹底錯看他了！」

她在迷宮裡轉彎，看見門在前方，沒有關緊。剛剛不是關好了嗎？我們剛才把門關上了，我確定。

賽門的手杖聲愈來愈近。「看妳這反應，我後悔告訴妳了，」他說。「不過，妳真的應該知道金博對妳有多慷慨。」

金博？

喬瑟芬轉身。「他怎麼認識我？」她問。

此話一出，地下室的燈光熄滅。

24

瑞卓利從她的速霸陸走出時，夜幕已低垂。她頂著豪雨衝進克利斯賓博物館的門口。前門的鎖開著，她推開門入內，一陣濕風隨之進來，颳走接待櫃檯上的博物館簡介，吹得滿地都是。

「建造方舟的時機到了沒？」問話的人是一位基層員警，守在櫃檯附近。

「是時候了，外面的雨好大。」瑞卓利臭著臉，抖掉濕漉漉的雨衣，掛在衣鉤上。

「我從小住在這裡，從沒看過哪一年的夏天下這麼多雨。聽說全是因爲全球暖化效應。」

「其他人呢？」瑞卓利說。這話說得簡慢，倏然蓋住話匣子，令他繃緊臉皮。今晚出了這種事情，瑞卓利沒有閒聊天氣的心情。

知趣的警員以同樣簡慢的語氣回應：「洋恩警探在地下室，他的搭檔在樓上偵訊館長。」

「我先從地下室開始。」

她戴上手套和鞋套，走向樓梯間，每下一步，她便繃緊神經，準備迎接即將面對的場景。來到地下室，她看見赤裸的警訊，預告著前方的景象。血鞋印，九或十號男鞋，印在電梯與儲藏室之間的玄關。鞋印的旁邊有一道怵目驚心的血跡，像是有人被拖著走。

「瑞卓利？」洋恩警探說。他剛從儲藏室走出來。

「發現她了沒？」瑞卓利問。

「她恐怕不在這棟樓房裡。」

「可惡。」瑞卓利再次看著地上的拖痕。「她被他帶走了。」

「妳和我的推測一致。她被拖過玄關，拉進電梯，上去一樓。」

「然後呢？」

「後門直通貨物進出口，他帶她從後門出去。博物館後面有一條巷子，他可以倒車離開，而且不被人目擊，尤其是今晚，雨下得好大。他可以押人上車，直接把車子開走。」

「可惡，他是怎麼進博物館的？門不是全上鎖了嗎？」

「資深導覽員——叫做衛勒布蘭特夫人的那一位——她說她大概在五點十五分下班。她發誓說她有鎖門。只不過，她看起來將近一千歲了，誰知道她的記性怎樣？」

「其他人呢？羅賓森館長當時去哪裡了？」

「他和杜克小姐爲了托運一個箱子，開車去列維爾。他說，他在七點左右回館，想加班，沒有看見人影。他本來以爲喬瑟芬已經下班了，後來走過她的辦公室，卻發現她的包包還在，開始擔心，所以才打電話報警。」

「今天輪到佛洛斯特警探送她回家。」

洋恩警探點頭。「是館長告訴我們的。」

「那佛洛斯特呢？」

「我們到了沒多久，他就來了。他在樓上。」洋恩遲疑一陣，然後小聲說：「別對他太兇，好嗎？」

「他失職了，能不兇嗎？」

「來龍去脈由他親口告訴妳吧，不過現在……」他轉向門口。「我想先帶妳看看這東西。」

她跟著進入儲藏室。

這裡的鞋印比較鮮明，兇手踩到的血水豐沛，在這裡踏出濺血痕。洋恩警探走進迷宮似的儲物區，指向一條窄道。他的注意力集中於卡在兩箱之間的物體。

「臉部所剩無幾。」他說。

但殘存的部分仍讓瑞卓利足以辨識死者是賽門・克利斯賓。子彈從左太陽穴進入，擊碎顱骨與軟骨，留下血肉模糊的大洞。血從傷口流進走道，在水泥地板上蓄積成湖，滲入散落地上的木屑。賽門受重創之後仍有生命，心臟繼續跳動，鮮血才有機會從被擊碎的頭流至一地。

「兇手的時機算得很準，」洋恩說。「他一定是監看整棟博物館，看見衛勒布蘭特夫人下班，知道裡面只剩兩個人，一個是喬瑟芬，另一個是八十二歲的老翁。」洋恩看著瑞卓利。「聽說她一腿打著石膏，所以沒辦法逃走，想反抗也使不上力。」

瑞卓利看著喬瑟芬身體拖出的痕跡。她聽了我們的話，信任我們，認爲不會出事，所以才回波士頓。

「我想帶妳去看另一樣東西。」洋恩說。

她抬頭。「什麼東西？」

「跟過來就知道。」他帶瑞卓利走向出口，離開木箱迷宮。「在那裡。」洋恩說著，指向關著的門，上面有三個大寫的血字：

來找我。

瑞卓利爬樓梯上三樓。這時法醫與鑑識組已經趕到，大小器具齊全，博物館裡迴盪著大軍來犯的人聲、吱吱腳步聲，順著中央樓梯盤旋而上。來到樓梯頂，她停下來，倦怠感突然上身，忽然厭倦了血跡、死亡、失敗。

最厭倦的是失敗。

幾個小時之前，她在母親的家享用烤得無懈可擊的牛排，如今牛肉在胃裡猶如無法消化的磚塊。她心想，好好的一個夏季星期日，轉眼就能急轉直下變成悲劇，變化真快。

她穿越人骨展示區，經過懷抱幼兒骨架的骷髏母親，走向通往辦公區的走廊。一間辦公室的門沒關，她路過時瞧見佛洛斯特一人坐在裡面，肩膀下垂，兩手捧頭。

「佛洛斯特？」她說。

他不情願地打直身體，瑞卓利赫然發現他的眼眶紅腫。他偏過頭去，彷彿被她看見哀傷的神情覺得丟臉，匆匆以袖子擦臉。

「天啊，」她說，「你怎麼了？」

他搖搖頭。「我辦不下去了。這案子另請高明吧。」

「出了什麼差錯，說來聽聽？」

「媽的，我是廢物一個。錯就錯在這裡。」

她鮮少聽到佛洛斯特口出穢言。聽到髒字從他嘴裡冒出來，令她錯愕的程度更甚於他的自白。她走進辦公室，關上門，拉來一張椅子，正對著他坐下，逼他不得不正眼看她。

「你今天晚上負責護送她回家，對不對？」

他點頭。「是輪到我，沒錯。」

「那你怎麼沒來？」

「我忘了。」他輕聲說。

「忘了？」

他釋放出備受煎熬的嘆息。「對，我忘了。我應該六點過來接人，結果分神忘了。所以我才說我不能再辦這個案子。我想請假。」

「好，案子被你搞砸了，沒錯。不過，這案子多了一個失蹤人口，我需要全員應戰。」

「我現在是廢人一個，任務交給我，會又被我搞砸。」

「你到底是哪裡不對勁了？竟然挑我最需要你的時候垮台。」

「艾莉絲要求離婚。」他說。

她凝視著佛洛斯特，想不出合適的回應。搭檔有難，理應以擁抱安慰他，但瑞卓利從未抱過他，一抱下去反而讓他覺得虛假，她只好簡單一句，「唉，遺憾。」

「她今天下午搭飛機回家了，」他說。「所以我才沒去妳家吃烤肉。她特地回來，爲的是當面說出她的心意。至少她還通人情，當著我的面講明白，而不是打電話通知。」佛洛斯特再度以袖子拭淚。「我就知道狀況不對。打從她開始念法學院，我就認爲那種感覺愈來愈不對勁。她一進法學院，不管我說什麼、做什麼，一概引不起她的興趣，好像我是她隨便嫁了一個笨警察，現在開始反悔。」

「她有對你講這種話嗎？」

「她沒必要講。我從她的口氣就聽得出來。」他苦笑一聲。「夫妻一場，九年了，怎麼著，我就配不上她了。」

有一個想當然耳的問題，瑞卓利忍不住問出來。「第三者是什麼人？」

「有沒有第三者，有啥差別？重點是，她不想過婚姻生活了。至少是不想和我在一起。」他的臉皮垮下來，極力不哭，忍到身體發抖，無奈淚水仍然泉湧而出，他彎腰向前，以雙手支撐著頭。瑞卓利從未見過他如此六神無主、如此脆弱，她幾乎害怕起來。她不知道如何安慰他。此時此刻，她寧可置身別的地方，哪怕是再血腥的刑案現場也不怕，總勝過和抱頭痛哭的男人共處的感受。她忽然想到，應不應該收走他的槍？失意男一槍在手，不是好事。叫他繳械，會侮辱到他嗎？他會抗拒嗎？現實的考量一一竄過她的腦海的同時，她拍拍他的肩膀，喃喃發出一些沒用的聲音來安慰他。**艾莉絲，賤貨一個。反正我本來就討厭她。她一走，反而讓我的日子更難過。**

佛洛斯特突然從椅子上站起來，走向門口。「我不離開這裡不行。」

「你要去哪裡？」

「不知道。回家吧。」

「這樣吧，我待會兒打電話給嘉柏瑞。你今晚可以過來睡我們家，可以睡在沙發上。」

他搖頭。「不用了，我想安靜一下。」

「我覺得不好吧。」

「我只想一個人靜一靜，不行嗎？少來煩我。」

她端詳著佛洛斯特，儘量衡量著要不要苦勸。接著，她想通了，假如角色互換，她也會只想爬進山洞，避不見人。「你確定嗎？」

「確定。」他打直身體，彷彿鐵起心腸，準備走出博物館，路過的同事看見他的臉，一定會納悶他碰到什麼事。

「那種女人不值得你哭，」瑞卓利說。「這是我個人的見解。」

「也許吧，」他輕聲說。「不過我愛她。」他走出辦公室。

她跟他走到樓梯間，站在三樓的樓梯最上方，聽著佛洛斯特的足音下樓。她又想，剛才應該收走他的槍才對。

25

水聲滴個不停，聲聲如錘，敲著她原本就疼痛的頭。喬瑟芬呻吟著，聲音似乎被彈回來，宛如置身大山洞裡面，四周的空氣有霉味和濕土味。她睜開眼睛，看見眼前一團黑，濃到她伸手以爲大概摸得到。雖然手伸到臉前，她連些微的動作也看不見，也看不到輪廓。光是朝著黑暗聚焦，努力一陣，她的胃腸就開始抗議。

她忍住嘔吐感，閉眼翻身側躺，臉頰的下面是潮濕的布料。她極力辨別自己置身何處。一點一點，她漸漸辨識出周遭的細節。有個地方在滴水。好冷。有一張發出霉味的床墊。

怎麼來到這裡？我怎麼沒有印象？

她最後記得的是賽門．克利斯賓，他警覺的聲音，在黑暗的博物館地下室喊叫。那裡的黑暗和此地不同。

她再次睜開眼皮，這一次令她反胃的不是暈眩，而是恐懼。她強忍著頭暈的感覺，坐起來，聽見自己的心跳和耳朵裡的砰砰脈搏聲。她伸手向床墊以外的地方摸索，摸到冰冷的水泥地。她雙手探索床墊周圍，發現一壺水、一個垃圾桶。她也摸到軟軟的東西，以窸窣響的塑膠袋包著。她捏一捏，嗅到麵包發散出的酵母香。

她愈探愈遠，逐漸遠離床墊形成的安全小島，黑暗的宇宙也隨之擴充。她四肢著地爬行，腳上的石膏摩擦地面。爬出床墊，摸黑前進，她突然恐慌起來，害怕自己再也找不到床墊，那一丁點的慰藉可能一去不回，她可能會在冰冷的地板爬一輩子也找不到。幸好，這片荒原畢竟不大；

她只爬了一小段，就撞上一堵表面粗糙的水泥牆。

她挨著牆壁站起來，很吃力，覺得重心不穩，因此背靠著牆壁閉眼，等著頭暈消失。這時，她注意到其他聲響。昆蟲的鳴聲。看不見的小動物疾步奔過地板。最明顯的聲音仍是滴個不停的水聲。

她靠著牆壁跛行，沿著監牢的邊界走，跨出幾步便來到第一個角落。她發現，這團黑暗幸好不是無窮無盡的黑，盲目漫遊也不會墜入另一個宇宙，想到這裡，心頭不禁產生異樣的欣慰。她跛足前進著，摸索到另一面牆。再走十幾步，她來到第二個角落。

監牢的特徵逐漸在她的腦中成形。

她沿著第三道牆壁走，來到另一個角落。長十二步，寬八步，她估算著。長三十六英尺，寬二十四英尺。水泥牆，水泥地。地下室。

她開始沿著最後一面牆壁走，踹到異物。那東西被踢得喀答滾開。她伸手下去，摸到物體，摸出具有曲線的皮革、水鑽石的表面。尖錐形的鞋跟。

女人的高跟鞋。

她心想，這座監牢囚禁過別人。另一個女人睡過同一張床墊，灌過同一壺水。她捧著鞋子，十指探索每一條曲線，渴望尋求原主的蛛絲馬跡。她是我置身絕望深淵的姐妹。這隻鞋子很小，只有五、六號，點綴著水鑽，必定是宴會鞋的款式，搭配的是美美的洋裝和耳環，是晚上外出的裝扮，陪伴的是她心儀的對象。

或者是錯誤的對象。

突然間，她因寒冷、絕望而發抖。她把鞋子摟進胸膛。死人的鞋子，這一點她毫無疑問。這裡關過多少人？以後還會再關多少？她顫抖地呼吸，想像自己嗅得到她們的氣味，能感受每一人瑟縮暗室的恐懼與絕望。在這種黑暗中，視覺以外的所有感官敏銳起來。

她聽見動脈血液砰砰響，感覺到進出肺臟的冷空氣。她聞到懷裡的這隻鞋散發濕皮味。她心想，人失去視覺的時候，明眼時漏掉的無形細節會無所遁形。這和太陽下山以後才注意到月亮的道理一樣。

她把鞋子當成護身符抓著，強迫自己繼續查看監牢，想知道這裡是否暗藏從前階下囚留下的跡象。在她的想像中，前人在這裡留下一地的遺物，可能有一只手錶，也可能有一支口紅。我留下的東西，何時能被人發掘呢？她心想。我會留下蛛絲馬跡嗎？或者只是一個從人間蒸發的女子，在世的最後幾個小時永遠不得而知？

她突然摸到水泥牆凹下去的地方，摸到木板。她暫停動作。

門被我找到了。

雖然門把一轉就動，她發現門卻是不動如山，外面被門閂鎖死了。她大叫起來，握拳猛捶門，但門是實心木板，她微薄的努力只換來瘀青。她累了，背靠著門癱下去。在怦怦的心跳聲中，她聽見另一種聲響，嚇得她倏然繃緊頭皮。

這種嚎叫聲低沉而凶險，黑暗中的她無法辨識來處。她的腦海浮現銳爪和利齒，想像這種動物正步步逼近，作勢朝她猛撲過來。接著，她聽見鏈條鏗鏘聲，一陣搔刮聲從頭上傳下來。

她抬頭看。她首度看見一小縫的光線，微弱到她起先不信自己眼睛的程度。但當她繼續看，發現裂縫逐漸明朗起來，是破曉的第一道晨光，從一個被木板封死的小通風窗照進來。

外面的狗猛扒著木板，想挖洞進來。從嚎叫聲來判斷，這條狗的體型很大。她心想，我知道他在外面，他知道我在裡面。他嗅到我的恐懼，想進來品嘗一口。她從沒有養過狗，即使哪天考慮養一隻，她應該會選米格魯或喜樂蒂牧羊犬，或是性情乖順溫和的品種，而不是在窗戶外面站崗的那種野獸。從叫聲來判斷，那條狗能一口撕裂她的咽喉。

狗吠叫著。她聽見車胎磨地、引擎熄火聲。

她僵住身子，心臟撞擊著胸腔，吠叫聲加劇。頭上的天花板響起吱嘎的腳步聲，她猛然抬頭望。

她放下鞋子，開始撤退，離門愈遠愈好，直到背部貼上另一面水泥牆爲止。她聽見門閂滑動。吱呀一聲，門開了。一支手電筒照進來。進門的是一個男人，她轉頭，如同被烈日灼傷視網膜一樣眼盲。

他只是站著，不吭一聲。水泥暗室具有放大聲響的作用，她聽得見來人呼吸沉穩，正在檢視他的禁臠。

「放我走，」她低聲說。「求求你。」

他不說一句話，而最令喬瑟芬膽寒的正是他的沉默。但是，當她看見男人握在手裡的東西，她才明白，比沉默更恐怖萬分的事情即將發生。

男人手裡拿著一把刀。

26

「你們還有機會找到她，」刑事心理專家札克博士說。「假如這個兇手故技重施，他應該會比照他對羅蕊．艾卓頓和沼澤女屍的做法來對付她。喬瑟芬已經跛腳，逃不走也無力反抗。機率比較大的是他會讓俘虜活幾天，也許幾個星期，讓他有充分的時間來做他想進行的步驟，然後才進入下一階段。」

「下一階段？」崔普警探問。

「保存。」札克指向會議桌上的三位死者相片。「我認為，她會成為歹徒的收藏品，成為他最新的一個紀念品。唯一的問題是……」他望向瑞卓利。「他會用什麼方式來保存蒲契洛小姐？」

瑞卓利看著死者的相片，思索著難以入目的選項。是像羅蕊．艾卓頓，被挖空內臟、以鹽巴醃製、以布條包裹？或是被砍頭、臉皮與頭皮被撕下、五官縮水成洋娃娃的尺寸？或是被泡進沼澤的黑水裡、死時的痛苦永遠保存在皮革似的臉皮上？

或者，兇手特別為喬瑟芬保留一種警方尚未遇到的新方法？

會議室安靜下來，瑞卓利環視圍桌而坐的警探，看見大家陰鬱的神情，知道大家默默體認一個揪心的事實：這名受害人的時間正迅速流失中。佛洛斯特平常坐的位子只有一張空椅。沒有他，這一組人悵然若失，她忍不住瞥向門口，希望看見佛洛斯特突然走進來，在他的老位子坐下。

「想找到她的關鍵可能是：我們對綁匪心理的瞭解有多深，」札克說。「布萊德理・羅斯的資料需要多一些。」

瑞卓利點頭。「我們正在調查，希望查出他工作過的地點、住過哪裡、交過哪些朋友。就算是他屁股長了一顆青春痘，我們也想查清楚。」

「能提供資訊的人當中，他的父母應該是不二人選。」

「我們找過了，碰了釘子。母親病重，沒辦法接受訪談。至於父親，他拒絕配合。」

「事關人命，他照樣不肯合作？」

「金博・羅斯不是平常人。他最大的特點是富可敵國，有一大批律師當靠山，法規對他發揮不了作用，也拿他那個怪胎兒子沒辦法。」

「應該再對他施壓。」

「柯羅和崔普才剛從德州回來，」瑞卓利說。「我派他們去找金博，以為動之以武或許有效。」她瞄向大學美式足球校隊中後衛的柯羅，肩膀肌肉雄厚，如果連他也嚇唬不了人，應該沒有人能嚇唬得了金博。

「我們根本沒辦法接近他，」柯羅說。「他家院子的大門有個混帳律師和五個保全人員，把我們攔下來，我們連房門都進不去。羅斯夫妻派了重兵圍住兒子，我們從他們嘴裡問不出東西。」

「既然這樣，我們對布萊德理的去向到底掌握多少線索？」

崔普說：「他躲避雷達成功，很久沒有現身了。我們調查不到他最近刷卡的紀錄，他的社會安全帳戶也好幾年沒有進帳，所以他很久沒有上班了，至少沒有合法的工作。」

「幾年了？」札克問。

「十三年。老爸是沃霸克斯[10]，他何必工作呢？」

札克思考一陣。「妳憑什麼根據，認定他還活著？」

「因爲他的父母告訴我，他們不時接到他寄來的電郵和信件，」瑞卓利說。「根據父親的說法，布萊德理一直旅居國外，所以我們才難以掌握他的行蹤。」

札克皺眉。「兒子具有反社會人格，生性兇殘，身爲父親的人還會護著他、資助他嗎？」

「我認爲他要保護的是他自己，札克醫師。他保護的是自家的姓、自身的名譽，不願兒子臭名滿天下。」

「家長怎麼肯費這麼大的心血來袒護兒子？我還是很難相信。」

「誰知道呢？」崔普說。「也許他是眞心愛這個怪胎兒子。」

「我認爲金博也護著妻子，」瑞卓利說。「他說妻子罹患白血病，而她看起來確實病得很重。她好像認爲兒子只不過是個乖巧的小男孩。」

札克搖頭表示不敢置信。「這家人的心病深重。」

即使沒有了不起的心理學位，我也判斷得出來。

「匯款的流向可能查得出下落，」札克說。「金博怎麼送錢給兒子？」

「追查匯款流向很麻煩，」崔普說。「這家人的帳戶很多，有幾個設在海外，而且他有律師大軍的保護。即使我們碰到一個對我方友善的法官，過濾帳戶仍然很耗時間。」

「我們追查的範圍集中在新英格蘭區，」瑞卓利說，「調查羅斯家在波士頓是否進行過匯款

[10] Warbucks，《小孤兒安妮》漫畫中的富商。

轉帳。」

「好友呢？往來過的人呢？」

「據我們瞭解，二十五年前，布萊德理在克利斯賓博物館上班過。衛勒布蘭特夫人是博物館的導覽員，她回憶說，布萊德理經常在大家回家以後、博物館打烊了，他才來上班，所以大家不太記得他，對他的印象不深，也沒有深交的朋友。他和幽靈沒兩樣。」瑞卓利心想，他是不折不扣的幽靈。房子上鎖，他進出如常，長相躲得過監視攝影機，更能在神不知、鬼不覺的情形下跟蹤受害人，對她們下毒手。

「我想到一個重大的資訊來源，」札克說。「如果希茲布里克學院肯提供他的檔案，最能讓我們洞察歹徒的犯罪心態。」

柯羅以笑聲透露嫌惡。「對喔。專收小色狼的那間學校。」

「我打給前院長三次了，」瑞卓利說。「希茲布里克醫師以保密病患資料爲由拒絕了。」

「事關一條人命，他怎麼可以拒絕？」

「他的確是拒絕交出。我明天會開車去緬因州，壓迫他一下，看看他會不會吐出其他東西。」

「什麼東西？」

「吉米・奧圖的檔案。吉米也是那學院的學生。既然吉米已經死亡，也許院長肯交出他的檔案。」

「吉米的檔案對我們有什麼幫助？」

「我們調查之後發現，吉米顯然是布萊德理長期的搭檔，兩人都去過查科峽谷那一帶，同時出現在加州帕洛亞圖，而且好像對同一個女人著迷。美狄亞・薩莫爾。」

「失蹤的人就是她的女兒。」

瑞卓利點頭。「她被布萊德理看上，或許正是因為布萊德理想替吉米報一槍之仇，因為她母親槍殺了吉米。」

札克向後靠向椅背，面露困惑。「告訴妳好了，我覺得這一點讓我想不透。」

「哪一點？」

「瑞卓利警探，妳不覺得太巧合了嗎？十二年前，美狄亞在聖地牙哥射殺吉米・奧圖，然後美狄亞的女兒喬瑟芬開始在克利斯賓博物館上班，布萊德理也在同一個地方上班過，而他保存的兩具屍體就放在博物館裡。怎麼會發生這種事？」

「我也想不通。」瑞卓利承認。

「喬瑟芬怎麼找到這份工作的，妳瞭解過嗎？」

「我問過她，她說，她在求職網站看到徵求埃及學者的廣告，寄履歷去應徵，幾個禮拜後接到錄取的電話。她承認，被選中，她本身也很訝異。」

「打電話的人是誰？」

「賽門・克利斯賓。」

聽見這姓名，札克的眉毛挑起來。「他碰巧剛死。」他輕聲說。

有人敲門，一位警探伸頭進會議室：「瑞卓利，出狀況了，妳最好過來處理。」

「什麼狀況？」她問。

「某個德州大亨剛到波士頓。」

瑞卓利赫然轉身。「金博・羅斯來了？」

「他在馬凱特的辦公室，妳一定要儘快過去。」

「該不會是，他決定配合辦案了？」

「好像不是。他想要的是妳的頭，而且他是公開告訴所有人。」

「唉，慘了，」崔普喃喃說。「幸好是妳。」

「瑞卓利，要我們陪妳一起去嗎？」柯羅說著，手指折得喀喀響。「當妳的精神後盾？」

「不用了。」她抿緊嘴唇，收拾檔案，站起來。「我去應付他。」*他想要我的頭，沒關係，他兒子的頭我是要定了。*

她走進兇殺組，敲敲馬凱特副隊長的門，入內後發現馬凱特端坐辦公桌前，表情難以解讀，來賓的表情卻不然。這人瞪著瑞卓利，鄙夷之情不言自明。瑞卓利只是公事公辦，槓上金博・羅斯這種有權有勢的人，而在他的眼中，瑞卓利的冒失顯然無可原諒。

「我相信兩位見過面。」馬凱特說。

「對，」瑞卓利說。「羅斯先生竟然來了，我很意外，因爲他一直拒接我的電話。」

「我兒子沒辦法過來自我辯護，妳沒有權利胡謅謊話來陷害他。」金博說。

「對不起，羅斯先生，」瑞卓利說。「胡謅謊話是什麼意思，請解釋一下。」

「妳當我是智障不成？我有今天的地位，不是全靠運氣。我懂得打聽消息。我有我的消息來源。妳在調查什麼，我全知道。妳想羅織對布萊德理不利的證據，把他當成瘋子來辦。」

「我承認這案子的確很怪，不過，先讓我聲明一件事：證據不是我羅織出來的。證據指向哪裡，我才調查過去。現階段，箭頭正對著你兒子。」

「鬼話。瑞卓利警探，我已經摸清妳的底細了。妳有妄下定論的毛病，例如幾年前，妳在屋頂射死一個手無寸鐵的男人。」

一聽見那次慘痛的事件，瑞卓利的身體僵住了。金博見狀，把刀子戳得更深。

「妳當時有給對方辯護的機會嗎？或者扮演法官兼陪審團，先斬後奏，像妳現在對布萊德理做的事一樣？」

馬凱特說：「羅斯先生，那件槍擊案和目前的狀況無關。」

「無關嗎？事情全發生在這女人的手上。她的態度是我行我素。我兒子是清白的，跟這件綁架案無關。」

「你憑什麼如此確定？」馬凱特問。「你連貴公子的去向都無法告知。」

「布萊德理沒有施暴的能力。比較有可能的情形反而是別人對他施暴。我對自己的兒子最清楚。」

「是嗎？」瑞卓利問。她打開她帶進來的檔案，抽出一張相片，用力拍在他面前的桌上。他看著乾製首級的駭人畫面，見到縫合的眼皮、辮形繩穿透的嘴唇。

「這東西叫做什麼，你應該知道吧，羅斯先生？」她問。

金博不語。辦公室的門關著，他們聽得見門外兇殺組的電話鈴響、警探交談聲，但在馬凱特的辦公室裡面，無言的場面僵持著。

「我相信你以前看過類似的東西，」瑞卓利說。「像你這樣雲遊四海的考古人，絕對去過南美洲。」

「那東西叫做乾製首級。」他終於說。

「很好。你兒子應該知道這種東西吧？因爲我猜，他曾經和你跑遍全世界。」

「只憑這一點，妳就懷疑他？就只因爲他喜歡研究考古學？」他冷哼一聲，繼續說：「想上法庭，妳可要多用功一點才行。」

「他不是跟蹤騷擾過一個女人嗎？美狄亞・薩莫爾在印第奧向法院申訴過。」

「那又怎樣？她後來撤銷告訴了。」

「他去緬因州那所私立治療中心，也就是希茲布里克學院。據我瞭解，那所學校專收某一類型的不良少年。你可以說明一下嗎？」

他瞪著瑞卓利。「妳是怎麼查——」

「我也不是智障。我也懂得打聽消息。我聽說那間學院的門檻很高，非常專業，非常隱秘。以他們往來的常客來說，不這樣做也不行吧？好了，告訴我吧，布萊德理接受的治療有效嗎？他進去之後，是不是反而方便他結交一些同樣有病的朋友？」

他望向馬凱特。「改找別人辦這個案子，不然你等著接我律師的電話。」

「像吉米・奧圖這樣的朋友，」瑞卓利繼續說。「吉米・奧圖這個姓名，你應該記得吧？」

金博不理她，注意力仍放在馬凱特。「非逼我去找局長告狀嗎？我辦得到。我會用盡方法，動用所有的人脈。副隊長？」

馬凱特沉默片刻。在這漫長的幾秒中，瑞卓利領會到金博・羅斯多麼強勢——不只是從他的言談舉止，從他隱含的權威裡也能體會到。她明白馬凱特承受的壓力，因此爲自己做好心理建設，靜觀其變。

但是，馬凱特並沒有讓她失望。「對不起，羅斯先生，」他說。「瑞卓利警探是本案的首席調查員，調查行動由她發號施令。」

金博怒視他，彷彿無法相信兩個小小的公僕竟敢抗命。他的臉漲紅得令人提心吊膽，轉向瑞卓利：「我的太太被妳的調查氣得住院。妳過來問布萊德理的事，才過三天，她就倒下來。我昨天帶她搭飛機過來，安排她住進戴納—法爾博醫院。她可能逃不過這場劫數，而我認爲錯在妳身上。警探，我會繼續盯妳。即使妳掀起一塊石頭，也逃不過我的眼睛。」

「我大概只有在石頭下面才找得到布萊德理。」瑞卓利說。

他走出辦公室，重重摔門。

「妳講那種話，」馬凱特說，「不太明智。」

嘆息一聲，她從辦公桌拾起相片。「我知道。」她承認。

「妳有多確定歹徒是布萊德理？」

「百分之九十九確定。」

「那妳最好把確定度提高到百分之九十九點九，因爲妳剛看見我們槓上的角色。現在，他的老婆住院，他被妳氣炸了。他有的是錢——交遊也廣——能讓我們永遠吃不完兜著走。」

「吃不完兜著走，誰怕誰？他再厲害，也改變不了兒子犯罪的事實。」

「瑞卓利，這案子再也容不下任何失誤。妳這組人已經犯下一個大錯，賠上喬瑟芬。」

如果歹徒有意挫一挫瑞卓利的威風，他這招是最高明不過的了。她握著檔案站著，感覺胃腸緊縮。握緊這疊紙，彷彿能減輕良心的譴責，彷彿能讓她對喬瑟芬的綁架案稍微釋懷。

「妳應該瞭解。」他輕聲說。

「是的，我瞭解。」她說。*這次失誤會讓我一直良心不安，直到我死爲止。*

27

尼可拉斯．羅賓森的家位於切爾西，距離藍領階級為主的列維爾不遠。列維爾是瑞卓利的老家所在地。羅賓森的房子和她的老家同屬不起眼的民宅，屋簷遮蓋門廊，有一小塊院子。前院的花園種著瑞卓利見過最大株的番茄，但由於最近豪雨連連，泡得番茄迸裂，有幾顆熟透的果子掛在藤蔓上爛掉。植物疏於照料，理應能對她提示羅賓森的精神狀態，但當羅賓森開門時，她卻對他疲憊、憔悴的面容暗暗吃驚。他的頭髮欠梳理，上衣皺巴巴，好像他穿著上衣睡覺，連續幾天沒換洗。

「有進展嗎？」他問，焦急地從她的臉尋找答案。

「對不起，沒有。方便我進去坐一坐嗎，羅賓森博士？」

他懶懶點頭。「當然。」

在她父母親位於列維爾的老家裡，電視是客廳的主角，散置咖啡桌上的是幾種遙控器，而且遙控器幾年來是愈生愈多。反觀羅賓森的客廳，她看不見電視，沒有多功能電視櫃，極目所及也不見遙控器，只見一座又一座的書架，陳列著書籍、小雕塑像、陶瓦碎片，牆上掛著加框的古代地圖，在在顯示屋主是個窮學者。然而，他家裡的陳設是亂中有序，彷彿每件小玩意都擺對了位置。

他向客廳掃瞄一眼，好像不確定下一步該怎麼走，然後無助地擺擺雙手。「對不起，我應該問妳想喝什麼，對不對？我不太懂得待客之道。」

「不用了，謝謝你。我們直接坐下來談吧？」

椅子坐起來很舒適，只不過磨損得相當嚴重。屋外有一輛摩托車轟然路過，屋內卻是寂靜無聲，屋主宛如被炸彈震傻了。他輕聲說：「我不知道該怎麼辦。」

「我聽說博物館可能永遠不對外開放了。」

「我指的不是博物館。我指的是喬瑟芬。我肯盡全力協助警方救她，可是，我哪幫得上什麼忙？」他指向藏書和地圖。「我擅長的是這些東西。收集，分門別類！替歷史上一些沒用的細節做出詮釋。我問妳，這些專長能救得了她嗎？根本沒用。」他垂頭喪志。「救不了賽門。」

「也許你可以幫我們。」

眼眶被倦意掏空的他看著瑞卓利。「問我。妳需要什麼，儘管吩咐。」

「我從這個問題問起吧。你和喬瑟芬之間是什麼關係？」

他皺眉。「關係？」

「她不只是你的同事，我猜。」從他的表情看來，兩人的交情匪淺。

他搖頭。「妳看看我，警探。我比她老了十四歲，近視到像瞎子，生活溫飽都有困難，而且還開始禿頭。像她那樣的人，怎麼會想要我這樣的人？」

「所以說，她沒興趣談感情？」

「我無法想像。」

「你是說，你其實不知道？你連問也沒問過嗎？」

他尷尬一笑。「我想問，卻沒膽說出口。而且我也不想讓她心生疙瘩，擔心會因此破壞我們擁有的東西。」

「擁有什麼？」

他微笑。「她就像我——她太像我了。只要給我們一小塊碎骨頭或生鏽的刀鋒，我們兩個都能感受到古物散發出來的歷史熱度。我倆的交集是同樣熱衷過往的事物。能夠心靈交流，我就心滿意足了。」他垂下頭，然後坦承：「我害怕要求更多。」

「爲什麼？」

「因爲她太漂亮了。」他的語氣輕如祈禱。

「你當初錄取她，外形是考量的因素之一？」

瑞卓利看得出來，這話在瞬間激怒他。他的臉皮繃緊，身體打直。「我絕不會依據外表來錄取任何人。我用人的準則是只看能力和歷練。」

「可是，喬瑟芬的履歷幾乎沒有實際的工作經驗。她是一個新科博士。她的資歷比你淺薄許多，你卻找她來擔任顧問。」

「我的專長又不是埃及學，所以賽門才說他想找一個顧問進來。我那時應該有點受辱的感覺才對，不過，老實說，我有自知之明，因爲以我的專業知識，我不夠格去評估X夫人。」

「在埃及學方面，資歷比喬瑟芬豐富的人選一定很多吧。」

「我想也是。」

「你不知道？」

「錄取由賽門決定。我負責打徵才廣告，然後收到幾十份履歷，開始進入篩選的階段，賽門才告訴我說，他已經做了決定。憑良心說，喬瑟芬連我的第一階段都無法過關，不過賽門堅稱她是不二人選。何況，他不知道從哪裡籌到額外資金，可以全職聘請她。」

「籌到額外資金？什麼意思？」

「博物館收到一大筆捐款。木乃伊就具有這種魔力。有意捐款的人一聽到木乃伊就興奮，打開錢包的意願也變得更高。像賽門那樣，在考古圈子打滾了那麼久，肯定知道哪些人是財主，知道該向哪些人要錢。」

「可是，他爲什麼挑選喬瑟芬呢？我一直想搞清楚的是這個癥結。埃及專家那麼多，前來應徵的新科博士也不少，他偏偏看上喬瑟芬，爲什麼？」

「我不清楚。起先，我對他的人選提不起興趣，不過我知道再爭也沒有用，因爲我看得出來，他的心意已決，我說破嘴皮也無法改變。」羅賓森嘆一口氣，望向窗外。「後來我認識了她，」他輕聲說，「才瞭解她是我最想共事的一個人，是我最希望……」他講不下去。

在這條以小房子爲主的街上，車聲川流不息，然而這間客廳卻像被鎖在另一個時代裡。在那個溫文儒雅的時代，像羅賓森這樣不重視儀容的怪人可以坐擁書籍與地圖，心滿意足地終老。無奈他愛上了一個人，臉上沒有滿足，只有苦悶。

「她還活著，」他說。「我一定要相信這點。」他看著瑞卓利。「妳呢？妳相信吧？」

「對，我相信。」她說。在羅賓森來得及從她的眼神解讀出下半句話之前，她偏開視線。可是，能不能救她出來，我就不知道了。

28

那一夜，莫拉獨自吃晚餐。

她原本規劃了一頓兩人份的晚餐，前一天去逛超商，選購梅約檸檬[11]、香菜、小牛膝、蒜頭，買齊了食材，準備為丹尼爾煮他最喜愛的義式燉牛膝。不料，地下情人再周詳的計劃，也難敵一通電話威力。幾小時前，丹尼爾來電道歉，說他今晚必須陪同紐約來訪的主教們用餐。電話結尾是他常用的說法：對不起，莫拉。我愛妳，莫拉。但願我能脫離這裡。

但他始終無法脫離。

現在，小牛膝被收進冷藏庫，她不做義式燉牛膝，乾脆自己烤個起司三明治來充飢，以濃烈的琴湯尼來澆愁。

她想像此時的丹尼爾身在何處。她想像，丹尼爾與幾個莊嚴黑衣男同坐一桌，大家先低頭禱告天賜美食，隨後刀叉在餐盤上發出低吟，大家討論著教會大事：神學院招生逐年清淡、神職人員逐漸老化。各行各業都在晚餐席間討論正事，但這群人散會回家時，迎接他們的不是妻兒，而是寂寞的空床。她想著：你喝著葡萄酒時，你四下看著同桌的同事時，看不見女人臉，聽不見女人聲，你一點也不覺得困擾嗎？

你這時的心思，可曾飄向我？

她把起司三明治壓進火熱的平底煎鍋上，看著牛油滋滋融化，看著吐司被烤脆。烤起司三明治和炒蛋一樣，都是她最不得已的便餐。牛油被烤成褐色的香味，令她憶起就讀醫學院期間晚上多麼疲憊。這種香味也撩起她離婚的往事，在心傷的夜晚提不起勁來下廚。烤起司三明治的香味相當於吃敗仗的滋味。

屋外，夜幕正籠罩下來，好心罩住被她冷落的菜園。今天春天，她種下這些菜苗時多麼樂觀，如今整片菜園荒蕪成雜草叢林，萵苣提前結籽，遲遲未採收的豆莢掛在糾結的藤蔓上，既乾又粗。她心想，總有一天我會貫徹到底的。我會勤除雜草，把菜園保持得整潔。但是，今年夏天的菜園已無可救藥，又是太多公私事所導致的受害者。

最主要的原因是丹尼爾。

站在窗前，她看見玻璃映出自己的影像，見到唇角下彎，眼皮困頓而緊縮，一臉不高興，宛如陌生人的臉，令她吃驚。再過十年、二十年，鏡中人仍會是同一人嗎？

平底鍋冒著煙，吐司被烤焦了。她關掉瓦斯爐，打開窗戶來疏散白煙，然後把三明治端到廚房桌上。只要琴酒配起司，憂鬱女人就不怕營養不夠均衡，她一邊想著，一邊再斟一杯。她邊喝邊整理今晚拿進來的郵件，把她不要的型錄擺在一旁，等著扔進回收桶，然後把繳費通知疊起來，等著週末一併處理。

有一封上面印著她的姓名和住址，卻不見寄件人的地址，她拿到這封時愣了一下。她把信拆開，取出裡面摺起來的一張紙，彷彿被燙到，信立刻掉下去。

信上是印刷體的大寫三個字，同樣的字曾以人血畫在克利斯賓博物館的門上。

---

⑪ 原產於中國大陸，是檸檬與柑橘混種，味道較不酸。

來找我

她陡然站起來，琴湯尼被撞翻，冰塊叮噹落地，但她置之不理，趕緊走向電話。才響三聲，對方就接聽，以急促的聲音說：「我是瑞卓利。」

「瑞卓利，我認爲他寫信給我了！」

「什麼？」

「信剛剛到，裡面只有一張紙——」

「講慢一點。這路上車子好多，我聽不太清楚。」

莫拉稍停口氣，鎮定一些之後才以較平穩的語氣說：「收件人的姓名和地址是我，裡面有一張紙，只寫三個字：來找我。」她抽一口氣，小聲說，「肯定是他。」

「那張紙上另外寫了什麼？什麼都沒有了嗎？」

莫拉把信紙翻過來，皺起眉頭。「背面有兩組數目字。」

她聽見電話線的另一端傳來按喇叭的聲音，也聽見瑞卓利嘟囔罵髒話。「我被卡在哥倫布街上了。妳在家嗎？」

「對。」

「我馬上過去。妳的電腦開著嗎？」

「沒有。爲什麼？」

「去打開，幫我查一個東西。我想我知道那兩組號碼是什麼。」

「妳等一下。」莫拉把話筒和信拿起來，快步從走廊進辦公室。「開機中，」她說著，電腦螢幕亮起來，硬碟開始運轉。「數字代表什麼？」她說。

「我猜是地理方位。」

「妳怎麼知道？」

「因爲喬瑟芬告訴過我們，她也接過同樣的信，她的那兩組數字指的是藍嶺保留區。」

「所以那天她才冒雨去登山？」

「是兇手叫她去的。」

硬碟停止轉動。「好了，開機了。接下來怎麼辦？」

「上Google地球，把那兩組數字當成經度和緯度輸入。」

莫拉再度看信，忽然被三個大字的意義點醒。「我的天啊，」她喃喃說。「他是想通報喬瑟芬的棄屍地點。」

「我眞希望妳猜錯了。數字輸入了沒？」

「我正要輸入。」莫拉放下話筒，開始打字，把數字視爲經緯度。螢幕上的地球圖開始旋轉，朝向她指定的座標聚焦。她拿起話筒說：「鏡頭開始拉近了。」

「現在顯示什麼？」

「美國東北方。來到麻州……」

「波士頓？」

「看起來像是——不對，咦……」莫拉凝視著螢幕，等候圖像清晰起來。她的喉嚨突然乾澀。

「是紐頓。」她輕聲說。

「紐頓的哪一區？」

莫拉伸手握滑鼠，每按一下，圖形隨之放大。她看見街道、樹木、一片片屋頂。她霎然認出這一區位於哪裡，一陣寒意涼得她頸背的毛髮直豎。「是我家。」她低聲說。

「什麼？」

「這個經緯度代表的地點是我的房子。」

「天啊。妳聽清楚，我馬上派警車過去。妳家鎖好了沒？妳趕快去檢查所有門。快去！快去！」

莫拉從椅子上一躍而起，衝向前門。鎖著。她衝向車庫門——也鎖著。她轉向廚房，陡然一怔。

我讓窗戶開著。

她緩緩踏上走廊前進，手心冒冷汗，心跳如鼓。進了廚房，她看見紗窗完好無損，廚房毫無異狀。冰塊融解後在桌子底下漫成一灘水。她走向後門，證實後門也已鎖好。她當然記得鎖好後門。兩年前，她家被人入侵過，從此她必定小心鎖門，設定保全系統。她把廚房窗戶關妥、上閂，連續深呼吸幾次來緩和心情，脈搏漸漸慢下來。她心想，不過是一封信嘛，只是透過郵局寄來嚇唬人的東西。她轉身，拿起信封來看，這時才發現信封上沒有郵戳，郵票上沒有蓋印。

他親自送信過來。他來到我家這條街，直接投進我的郵箱。

他另外留了什麼東西給我？

她望穿窗戶，懷疑夜色隱藏了什麼奧秘。伸手去開後院電燈時，她的雙手又濕冷起來。她幾乎害怕看見開燈後的景象，唯恐布萊德理本人就站在窗外瞪著她。幸好燈一打開，並沒有把任何怪獸照得原形畢露。她看見瓦斯烤肉架和柚木庭院家具。這些是她上個月剛買回家的東西，至今仍苦無享用的機會。在庭院平台的更遠處，在燈光的邊緣，她依稀辨別得出後院陰暗的邊界。沒有值得警覺的事物，沒有跳脫常態的情形。

接著，一陣白白的波動吸引住她的目光。她看見一個微弱的白點在黑暗中飄蕩。她睜大眼睛看個仔細，卻怎麼也看不出端倪，無法辨識那東西究竟是什麼。她從廚房抽屜取出手電筒，照進黑夜。她前年夏天種了一株日本梨樹，種在院子最遠的角落，這時光束落在梨樹的樹枝上，照到懸掛樹枝上的一個如鐘擺的白色物體，意興闌珊地隨風輕擺。

她的門鈴響起。

她急轉身，肺臟因驚懼而起伏。她匆匆進走廊，看見警車上的一排警燈閃爍著冷藍光，照進她家客廳的窗戶。她打開前門，看見兩名紐頓市的基層員警。

「妳沒事吧，艾爾思醫師？」其中一位問候。「我們剛接到通報說，這個地址可能有閒人入侵。」

「我還好。」她深深吐出一大口氣。「不過，我想麻煩兩位跟我來。過來看看東西。」

「什麼東西？」

「在我家的後院。」

警察跟她進走廊，來到廚房，這時她停腳，突然想到自己的這番言行恐怕會鬧笑話。該不會被人當成一個歇斯底里的單身女郎，想像力太豐富，以爲有鬼在梨樹下溜鞦韆。現在有兩位警察助陣，她的恐懼退去，想法也變得比較講究實際。如果兇手眞的在後院留下東西，她應該秉持專業態度來前進現場。

「在這裡等我一下。」她說著衝向走廊的壁櫥，從中取出一盒乳膠手套。

「是發生了什麼事嗎？可以解釋一下嗎？」警察高聲問。

她拿著盒子回到廚房，給兩人各一雙手套。「以防萬一。」她說。

「戴手套做什麼？」

「蒐證。」她拿起手電筒，打開後門。戶外的夏夜瀰漫著松樹皮覆土與濕草的芳香。她慢慢走過後院，以手電筒照遍平台、菜田、草坪，搜尋歹徒刻意留下的其他驚奇。唯一突兀的物體是掛在前方陰影裡飄蕩的東西。來到梨樹前，她暫停一下，手電筒對準掛在樹枝上的物體。

「這個東西？」警察說。「只是一個超商的塑膠袋嘛。」

裡面有東西。她想著一個塑膠袋能塞進多少驚魂，兇手能從受害人身上採集到什麼可怕的紀念品，想到這裡，她突然不肯打開來看。留給瑞卓利去處理吧，她心想。我不想搶先看。

「妳擔心的是這東西嗎？」警察說。

「是他留在這裡的。他進我家後院，掛在樹上。」

警察戴上手套。「有啥了不起的，打開看不就知道。」

「不行。等一等——」

但警察已從樹枝上摘下塑膠袋，以手電筒照進去，即使他身在暗處，莫拉仍看得出他在苦笑。

「什麼東西？」她問。

「看起來像某種動物。」他把塑膠袋打開讓莫拉看。

第一眼，她確實認為塑膠袋裡裝的是一團黑色的獸毛，然而當她認清眞相時，她的雙手在乳膠手套裡凍結成冰。

她抬頭望著警察。「是頭髮，」她輕聲說。「我認爲是人類的頭髮。」

29

「是喬瑟芬的頭髮。」瑞卓利說。

莫拉坐在廚房桌前，凝視著證物袋，裡面是一團濃密的黑髮。「還不能確定。」她說。

「顏色相同，長度也差不多。」瑞卓利指向信封。「他等於是在告訴我們，送東西過來的人就是他。」

透過廚房的窗戶，莫拉看見鑑識小組打著手電筒。他們已經在後院蒐證一個小時。門前的街上停著三輛巡邏車，警笛大作，左鄰右舍大概在窗戶裡面看好戲。她心想，像我這種女人不適合當你們的鄰居，因爲警車、刑案鑑識人員、新聞轉播車、警察停靠我家門前。她的隱私被剝奪殆盡，住家被攝影機拍得無所遁形。她多想一把推開前門，對著記者嘶吼，滾出我家這條街，少來煩我。她也想像到，一個盛怒的法醫像瘋婆似地鬼叫，這副嘴臉登上夜間新聞會引來什麼樣的訕笑。

然而，眞正觸發她怒火的不是攝影機，而是吸引記者前來的歹徒。這個歹徒不但寫信，而且親自遞送過來，更在梨樹掛上紀念品。她望向瑞卓利。「他送這東西給我幹什麼？我區區一個法醫，在妳的辦案過程不過是個配角。」

「而妳幾乎出現在每一個棄屍現場。其實，妳算是最先調查本案的人，從X夫人接受電腦斷層掃描開始，妳的臉孔就不停上媒體。」

「妳也是啊，瑞卓利。他大可把紀念品寄給波士頓警局，何必直接來我家？何必留在我家後院？」

瑞卓利在她的對面坐下。「假如頭髮寄到波士頓警局，警方會在局裡處理，不對外公開。寄給妳，一定會驚動警車，這下子妳家裡裡外外都是刑事人員。這歹徒把案子變成一場給大家看的好戲。」她稍停，然後說：「他的用意可能就在這裡。」

「他喜歡引人注目。」莫拉說。

「他確實是萬人矚目了。」

屋外，鑑識人員已結束蒐證，莫拉聽見他們的廂型車關門聲、車輛漸行漸遠的引擎聲。

「妳剛才問了一個問題，」瑞卓利說。「妳問，為什麼是我？兇手為何不把紀念品寄給波士頓警局，為何送到妳家？」

「我們的共識是，他想引人注目。」

「對，不過我另外想到一個原因，妳聽了一定不喜歡。」瑞卓利打開她從車上帶進來的筆記型電腦，瀏覽至《波士頓地球報》的網站。「妳讀過X夫人的那篇報導，有印象吧？」

螢幕顯示著存檔的報導：*神秘木乃伊之玄機即將揭曉*。附圖是一張彩照，X夫人躺在木箱裡，羅賓森和喬瑟芬各站一邊。

「對，我讀過。」莫拉說。

「這一篇被新聞通訊社採用，很多報社都刊登過。如果兇手看見這篇報導，會知道羅蕊・艾卓頓的屍體重見天日了，接著是斷層掃瞄的驚人消息，然後是這個。」

瑞卓利打開儲存在筆電裡的一份檔案，螢幕出現一幅大頭照，相片裡的妙齡女郎留著長長的黑髮，柳葉眉。這張相片不是隨手拍的相片，而是在布幕前擺姿勢的專業攝影，可能是大學紀念冊使用的大頭照。

「她是誰？」莫拉問。

「姓名是凱西・莎克爾。二十六年前去她家附近一家小酒吧，走路回家途中失蹤，當時是大學生。失蹤地點是加州印第奥。」

「印第奥？」莫拉說。她想起乾製首級裡塞的那團報紙——二十六年前的舊報。

「我們過濾了印第奥地區那年失蹤的每一個女人，凱西・莎克爾的姓名最顯眼。我一看到她的相片，就認定是她。」她指向大頭照。「歹徒把頭砍下來，剝掉頭皮和臉皮，然後縮小，串起來，做成耶誕樹的吊飾，這是她生前的模樣。」瑞卓利激動得深呼吸。「缺乏頭顱，我們無法比對牙科資料，不過我敢保證就是她。」

莫拉的眼光仍固定在大頭照上。她輕聲說：「她的長相很接近羅蕊・艾卓頓。」

「也像喬瑟芬。黑髮，俏麗。很明顯的是，兇手喜歡這一型的女人。我們也知道，兇手常看新聞。他聽見X夫人在克利斯賓博物館被人發現，轟動一時，他愈想愈爽。或許是，他愈看愈煩。重要的是他的感受。後來他看見那篇報導，喬瑟芬出現在附圖裡，臉蛋漂亮，黑髮亮麗，和他夢想的女孩是同一型，是他喜歡一殺再殺的那種女生。」

「所以他被引來波士頓。」

「他肯定也看過這一篇報導。」瑞卓利從《波士頓地球報》的舊報資料庫點選另一則。這一篇的主題是沼澤女：**女子車上驚見女屍**。莫拉出現在附圖裡，說明是：「法醫表示，死因有待研究。」

「又是黑髮美女的相片，」瑞卓利說。她看著莫拉。「也許妳沒有注意到相似之處，醫生，不過我留意到了。我第一次看見妳和喬瑟芬出現在同一個場合，我馬上想到妳簡直可以當她的親姐姐，所以我才請紐頓市警局關照妳家。我建議妳，暫時離家避一避鋒頭吧。或許考慮養一條狗，體型超大的狗。」

「我家裝了警報系統，瑞卓利。」

「狗有牙齒。而且，還能和妳作伴。」瑞卓利站起來，走向門口。「我知道妳注重隱私，不過有時候，女人家最好不要獨處。」

不過，我確實是孤零零一個人，莫拉心想。她看著瑞卓利的車子離開，消失在夜色裡，而她獨守幽靜的房子，無人陪伴，連一條狗也沒有。

她啓動保全系統，在客廳踱步，坐立難安的態度好比受困牢籠的動物，目光一再轉向電話。最後，她再也抵抗不了誘惑。她像癮頭正旺的毒蟲，無毒可吸食，手抖個不停。她伸手去拿話筒，按下丹尼爾的手機號碼。接聽吧，拜託。請替我打氣。

接聽的是他的語音信箱。

她不留言，直接掛掉，凝視著電話機，覺得被沉寂的電話背叛。她心想，今晚我需要你，你卻遠在我伸手不可及的地方。你總是讓我搆不到，因爲擁有你的人是上帝。

車頭燈的強光將她引至窗前。屋外有一輛紐頓市警局的巡邏車，正緩緩通過門前。她招手，默謝這位看不見臉的基層警察。在她愛的男人無法前來照顧她的夜晚，這位員警前來照顧她。警察經過她門前，看見什麼景象？他看見的是一個獨守窗前的女人，空有一個舒適的家，事業有成，內心卻孤單而脆弱。

她的電話響起。

她的第一個念頭是丹尼爾。她抓起話筒時，心跳急促得像短跑選手。

「妳還好吧，莫拉？」安東尼・桑索尼問。

失望之餘，她的回應比心意多了一分簡慢。「有什麼不好？」

「我瞭解妳家今晚出現了一點騷動。」

安東尼知道，她並不訝異。再細微的騷動，風向一轉變，安東尼總是有辦法偵測出來。

「已經落幕了，」她說。「警察走了。」

「妳今晚不應該獨處。這樣吧，妳收拾隨身用品，我過去接妳，好嗎？妳想來畢肯丘待多久都歡迎妳。」

她望向窗外，看著無人車的街道，預想著漫漫長夜的情景。她可以躺著睡不著，焦慮地聆聽屋內的大小聲響，也可以撤退至安東尼的豪宅避難。安東尼深信全宇宙的危機四伏，因此把豪宅建築得堅如堡壘，能擊退所有威脅。他的堡壘以古董、中古世紀的畫像、天鵝絨爲裝飾，莫拉暫住他家，自身安全將可獲得保護，但裡面是一個黑暗、偏執的世界，屋主習慣以陰謀論看待現象。安東尼的一言一行都讓她不安。即使認識他幾個月了，他仍然顯得深不可測。他不僅被自身的財富孤立，更因他深信人性本惡而與世隔絕。縱使她在豪宅裡安身，她也不會覺得心安。

街頭依然無人車，警車早已遠去。今晚我只要一個人來陪伴，她心想。而他是我得不到的人。

「莫拉，要不要我去接妳？」他問。

「不用來接我了，」她說，「我自己開車過去。」

安東尼的豪宅位於畢肯丘，上次莫拉走進時是一月的事了，當時壁爐燒著熊熊熱火，驅散了冬寒。雖然現在是高溫的夏夜，一陣寒意似乎仍在屋內盤旋不去，彷彿冬天常駐這些黑木板裝潢、牆上掛著莊嚴畫像的房廳。

「妳吃過晚餐了嗎？」安東尼問。他把莫拉過夜用的袋子交給男僕後，男僕悄悄退下。「我可以吩咐廚師準備一餐。」

她想起自己烤來果腹的起司三明治，只咬幾口，稱不上晚餐，但她食慾全無，因此只想來一杯葡萄酒。這杯是濃烈的阿馬龍[12]，色澤在起居室的火光中顯得近乎黑色。壁爐牆上是安東尼十六世紀祖先的畫像，以懾人的目光冷冷盯著喝酒的她。

「妳太久沒有來了，」他說著，在面對她的帝國扶手椅坐下。「我一直盼望妳接受邀請，參加我們每月舉辦的晚餐會。」

「我最近太忙了，沒時間參加。」

「原因只有這一個嗎？妳太忙了？」

她凝視著酒杯。「不是。」她承認。

「妳瞧不起我們的使命，這我知道，不過，妳仍然認定我們是一群異想天開的瘋子嗎？」

她把視線轉向他，看見他的嘴角翹成反諷的微笑。「我認為，梅菲斯特俱樂部的世界觀很嚇人。」

「妳的觀點不一樣嗎？妳站在驗屍室裡，看著兇殺案的死者一個個被推進來。妳看見證據被

[12] 著名義大利紅酒。

刻進他們的身上。這些情景，難道不會撼動妳對人性的信念嗎？」

「我的感想是，有些人無法見容於文明社會中。」

「幾乎無法被歸類爲人類的一群人。」

「可是，他們是實實在在的人類啊。你想怎麼稱呼他們，隨便你。性侵者也好，獵殺者也好，甚至直接叫他們惡魔，他們的DNA仍然和我們相同。」

「照妳這樣說，他們爲什麼和我們不一樣？他們爲什麼殺人不眨眼？」他放下酒杯，上身靠過去，目光如壁爐畫像一樣擾人定性。「一個養尊處優的小孩，心態怎麼會扭曲成像布萊德理．羅斯那樣的怪獸？」

「我不知道。」

「問題就在這裡。我們儘量歸罪於童年的心靈創傷、身心受父母凌虐，或是環境中的鉛毒。沒錯，上述因素或許能解釋一部分的犯罪行爲，不過有些特殊的案例中，歹徒兇殘的行爲超出常態。沒有人知道這些生物是哪裡來的，但每一世代、每個社會，都會產生布萊德理．羅斯、吉米．奧圖這種人，都會產生一群像他們的性侵魔。他們始終在妳我的左右，我們必須正視他們的存在，進而自保。」

她皺眉以對。「你對這案子的瞭解怎麼這麼深？」

「媒體報導得很詳盡。」

「警方從來沒有公佈吉米．奧圖的姓名，民衆還不知道。」

「民衆不會問我問的問題。」他拿起酒瓶，再替莫拉斟一杯。「我在執法界的消息來源能信任我，知道我會保密，而我也信任他們，認定他們的情資夠正確。雙方的利害相同，目標也一致。」他放下酒瓶，看著莫拉。「和妳我之間是一樣的道理，莫拉。」

「那可不一定。」

「妳我都希望那女人活下來，都希望波士頓警局儘快找到她，換言之，我們必須理解兇手綁架她的確實原因。」

「警方請來一位刑事心理顧問。他們已經考慮到那個方向。」

「他們使用的是傳統的推理。他以前表現過這種行爲，所以他會再度表現相同的行爲。不過，這次綁架案和已知的幾件截然不同。」

「怎麼個不同法？他先把女人打成殘廢，完全符合歹徒的犯罪模式。」

「但是，他接著脫離模式行動。」

「什麼意思？」

「羅蕊．艾卓頓和凱西．莎克爾都消失無蹤，歹徒架走她們之後並沒有放話來找我。警方沒有收過任何信或紀念品。幾個女人失蹤了，沒有下文。這一個受害人不同。歹徒抓到蒲契洛小姐之後，似乎在乞求妳的注意。」

「也許他是希望自己落網。也許是放出求救訊號，求警方制止他。」

「或者，他引來媒體的注意，另有原因。他把事件導演得轟轟烈烈，主因正是吸引衆人的注意，妳不能不承認吧？把沼澤女屍放進後車廂。在博物館裡綁架、殺人。最近的一招是，在妳家後院留下紀念品。媒體趕過來的速度多快，妳有注意到嗎？」

「媒體習慣監聽警方的無線電。」

「是有人對他們通風報信吧，莫拉。有人打電話通知媒體。」

她看著安東尼。「你認爲，兇手那麼迫切想出鋒頭？」

「他確實是廣受矚目了。現在的問題是，他想吸引誰的注意？」他稍停一下。「我擔心，他要的人是妳。」

她搖頭。「他已經吸引到我的注意力了，他自己清楚。如果他的動機是引人注目，他心目中的觀眾一定更廣大。他想告訴全世界，看看我，看看我做的大事。」

「或者是，他的行爲只針對一個特定人士，希望這人看見新聞而有所反應。莫拉，我認爲他正在對某人放送訊號。也許那人也是兇手。也許那人是未來的受害人。」

「我們需要擔心的是眼前這位受害人。」

安東尼搖頭。「她已經被架走三天了。三天不是一個吉祥的里程碑。」

「前幾個受害人落入他手裡，存活的時間長了幾倍。」

「不同的是，他沒有剪下她們的頭髮，不曾和警方、媒體玩遊戲。這次綁架案的進程不能和前幾次相比。」他的表情是理所當然得令人心寒。「這一次，情況不同。兇手的犯罪模式變了。」

30

蓋文・希茲布里克醫師住在緬因州波特蘭近郊的高級住宅區，名爲伊麗莎白角，同一條街上的鄰居房子整理得清爽有致，唯獨他家礙眼。希茲布里克的家和馬路隔著空地，而空地上的樹木有待修剪，缺乏日光滋養的草坪青黃不一，正逐漸枯死。他的大房子屬於殖民時代屋型，瑞卓利駐足車道上，留意到房子的油漆斑駁脫落，覆頂的木瓦爬滿青苔，散發綠色光澤，顯示醫師的財務陷入窘境。和他的銀行帳戶一樣，他的房子幾乎肯定是每況愈下。

第一眼看上去，應門的銀髮老人具有事業騰達的外表，儘管年近七旬，站姿挺拔，沒有被年齡或財務窘境壓得駝背的現象。雖然是大熱天，他卻穿著粗呢西裝外套，彷彿即將出門去大學教書。瑞卓利仔細一看，才發現衣領尖脫線，衣服掛在骨瘦的身材外顯得大了幾號。儘管如此，他鄙視著客人，無言透露的是，無論她說什麼都無法引起他的興趣。

「希茲布里克醫師？」她說。「我是瑞卓利警探。我們通過電話。」

「我沒什麼好講的。」

「搶救這女人的時間所剩無幾了。」

「我不能談論以前病人的事。」

「昨天晚上，你以前的病人送紀念品給我們。」

他皺眉。「什麼意思？什麼紀念品？」

「受害人的頭髮，被他從頭上割下來，塞進超商的塑膠袋，像戰利品掛在樹上。心理治療是你的專業，不知道你會如何詮釋這種行爲。我呢，我只是一個警察，不過我一想到歹徒接下來會砍什麼東西，我就想不下去了。如果下一次，我們接到的東西是她的一塊肉，去你的，我敢保證你，我會再回來敲門。而且，我會找一群新聞攝影機，跟著我過來。」她讓這句話發酵片刻。

「怎樣？你想不想聊聊？」

他瞪著瑞卓利，嘴唇抿成兩道直線。他不發一語，站到一旁，讓瑞卓利進門。

屋內滿是菸臭味。抽菸原本就是戕害健康的習慣，在這間屋子裡抽菸的危害更大，因爲她看見塞滿檔案的箱子沿著走廊堆放。經過一道門，她瞥見裡面是辦公室，雜亂無章，菸灰缸滿溢，桌面被紙蓋滿，也堆放著箱子。

她跟隨屋主進客廳，裡面黑暗得令人胸口發悶，毫無生氣，因爲陽光被屋外茂密的樹葉遮住。在客廳裡，屋主維持了一點正常作息的跡象，但她坐下的眞皮沙發有污漬，咖啡木桌手工精緻，可惜屋主習慣隨手把杯子放在桌上，殘留的杯漬圈數不清。沙發與咖啡桌可能是名牌精品，證明屋主從前的生活富裕。明顯可見，希茲布里克的家境一直走下坡，使得他無力維修房子。然而，坐在她對面的老人毫無敗陣下來的氣度，更無謙遜的神態。他仍然是不折不扣的希茲布里克醫師，把警方調查視爲一件煩人的小事。

「妳憑什麼說我以前的病人涉及她的綁架案？」他問。

「我們懷疑布萊德理．羅斯是基於多種因素。」

「哪些因素？」

「我不便透露細節。」

「妳卻指望我對妳公開他的心理治療檔案？」

「事關人命啊，當然。你的義務是什麼，你最清楚。」她停頓一下。「因爲你以前遇過相同的狀況。」

他的臉突然凍僵，顯示他心中有數。

「病人出事的情形，你已經碰過一次了，」她說。「受害人的家長碰上醫病保密條款，好像也不太高興吧？女人被他宰割，受害者家人是什麼事也做得出來。他們先是哀痛，然後生氣，最後一狀告上法庭，過程全上了報紙。」她環視寒酸的客廳。「對了，你還有病人嗎？」

「沒了，妳明知故問。」

「執照被撤銷，大概很難開業治療心病吧。」

「家長想找人來怪罪，所以把罪賴到我身上，對我趕盡殺絕。」

「而他們知道應該怪罪誰——就是你醫過的那個變態病人。宣佈他痊癒的醫生就是你。」

「精神科本來就不是明確的科學。」

「那女孩遇害時，你肯定認得出他的手法，絕對知道歹徒是你的病人。」

「我無法證明是他。」

「你只盼望風波趕快過去，所以你按兵不動，什麼也不肯對警方承認。布萊德理・羅斯的案子，你也打算如法炮製？你現在幫忙，我們還有可能阻止他。」

「我哪幫得上妳？」

「對我們釋出他的檔案。」

「妳不懂。如果我把檔案交給妳，他會——」他及時住口。

「哪個他？」瑞卓利的視線專注在他臉上，逼得他後退，彷彿被人按在椅子上。「你指的是布萊德理的父親，對不對？」

希茲布里克醫師呑嚥一下。「金博．羅斯警告過妳會找我，也提醒我不能公開心理治療的紀錄。」

「威脅到了一個女人的生命，也照樣保密？」

「他說，如果我交出檔案，他保證告我。」他害臊一笑，視線繞行客廳一圈。「再告也沒値錢的東西可拿了！這棟房子是銀行的。學院在幾年前就關閉了，緬因州正要法拍。我連該死的房地稅也繳不出來。」

「金博什麼時候和你通電話？」

他聳聳肩。「大概一個禮拜前，也許更久。我記不清楚日期。」

應該是她去德州訪談後不久。從一開始，金博．羅斯就打算阻撓調查，全爲了保護兒子。

希茲布里克嘆氣。「反正我也交不出檔案了。檔案已經不在我手上。」

「不然在誰的手上？」

「誰也沒有。已經銷毀了。」

她以不敢相信的神情看他。「他用多少錢收買你？你太下賤了吧？」

他紅著臉站起來。「我對妳已經無話可說了。」

「但我卻有很多事情要告訴你。首先，我要讓你瞧瞧布萊德理最近在玩什麼花招。」她伸手進公事包，取出一疊蒐證用的相片，一張接一張，甩在咖啡桌上，以顯示受害人的死狀。「這是你的病人的傑作。」

「妳該走了。」

「看看他做過什麼事。」

醫師轉向門。「我沒必要看。」

「媽的，給我仔細看。」

他停下來，緩緩轉身面對咖啡桌，視線落在相片上，眼睛瞪大，神態驚恐。他目瞪口呆站著，這時瑞卓利從椅子上站起來，穩步上前。

「希茲布里克醫師，他在收集女人啊。他正要把喬瑟芬．蒲契洛加進收藏品。在他殺死喬瑟芬之前，我們的時間有限。再拖下去，他會把喬瑟芬變成那樣。」她指向羅蕊．艾卓頓乾成木乃伊的屍首。「如果他得手，血債由你來償還。」

相片讓希茲布里克看得目不轉睛。看著看著，他忽然腿軟，跌進一張椅子，駝背坐著。

「你原本就知道布萊德理有能力做這種事，對不對？」瑞卓利說。

他搖搖頭。「我不知道。」

「你以前是他的精神醫師。」

「那是三十年前的事情了！他那時才十六歲。而且他既文靜又守規矩。」

「所以說，你記得他。」

他遲疑一下。「對，」他承認。「我記得布萊德理。不過，我實在不知道什麼線索對妳有幫助。我不知道他現在住哪裡。我絕對從來沒想到他有能力去……」他瞥向相片。「做那種事。」

「就因為他文靜又守規矩？」她忍不住刻薄一笑。「別人看走眼，沒關係，你是心理醫生，怎麼能被表象牽著鼻子走？最該當心的，不正是最安靜的那種人嗎？即使他只有十六歲，你應該看得出徵兆，應該可以預知他遲早會對女人做那種事。」

希茲布里克不情願地再次看木乃伊相片。「對，我推測他確實會擁有這方面的知識，或許也具備這種技巧，」他承認。「他對考古學很著迷。他的父親寄給他一箱子埃及學的教科書。布萊德理反覆閱讀，如痴如醉。所以說，是的，他會懂得製作木乃伊的方法。至於他會不會動手去攻擊女人、綁架女人……」他搖搖頭。「布萊德理的個性被動，不太敢嗆聲。他是追隨者，不是領導者。他有這種個性，應該怪罪他父親。」他看著瑞卓利。「妳見過金博嗎？」

「見過。」

「那麼，妳知道他對人頤指氣使的態度。在那個家中，大小的事情全部由金博決定。什麼事物適合妻子、兒子，要經過金博批准。每次布萊德理做決定之前，即使是像晚餐該吃什麼這種芝麻小事，他都會再三考量。依他這種個性，他無法做出明快的決定。而綁架女人，不正需要快、狠、準的個性嗎？看見她、想要她、架走她，哪有時間蹉跎斟酌？」

「不過，假設他有詳細規劃的機會，他做得出這種事嗎？」

「他可能會遐想。不過我所知的少年布萊德理，他連和女孩子面對面都害怕。」

「那他怎麼會淪落到你的學院？你不是專收具有性犯罪傾向的男生？」

「性變態的形式不一而足。」

「布萊德理屬於哪一型？」

「跟蹤、迷戀成痴、偷窺。」

「你是說，他只是一個愛偷窺的小孩？」

「他的行爲超出偷窺的範疇，所以他父親才帶他來學院註冊。」

「超過到什麼程度？」

「起先，他去鄰居一位少女的房間窗戶偷窺，被逮到幾次，後來惡化到在學校跟蹤她。有一次，她在衆目睽睽之下拒絕和他交往之後，他趁女生不在家時偷偷進她房間，放火燒她的床鋪。到了那個階段，法官才對布萊德理的父母下最後通牒：不接受治療，就等著坐牢。羅斯夫婦選擇送他到別的州去，以免流言傳進他們在上流圈的朋友耳中。布萊德理進學院，待了兩年。」

「時間滿長的嘛。」

「應他父親的要求。金博希望兒子能徹底改過自新，以免又丟家人的面子。母親希望接他回家，不過金博講話比較大聲。何況，布萊德理似乎在學院裡過得心滿意足。我們的校園有樹林，有健行步道，甚至有一座可以釣魚的池塘。他喜歡戶外活動，而且交了一些朋友。」

「像是吉米・奧圖那種朋友？」

一聽這名字，希茲布里克瞇眼縮鼻。

「原來你也記得吉米。」瑞卓利說。

「對，」他輕聲說。「吉米啊……不容易忘記。」

「他死了，你聽說過嗎？他十二年前在聖地牙哥，闖進一個女人的家，中彈身亡。」

他點頭。「聖地牙哥的一位警探打電話給我，想跟我調吉米・奧圖的背景資料。他問我，吉米有沒有可能在遇害之前做出加害別人的動作。」

「我猜你的回答是，有可能。」

「我治療過的男孩有幾百個，警探。反社會人格的男孩，有的喜歡縱火，有的虐待動物，對同學施暴。但是，讓我眞心害怕的只有少數幾個。」他的目光對準瑞卓利的眼睛。「吉米・奧圖是其中一個。他是段數最高的性侵魔。」

「布萊德理應該是有樣學樣吧？」

希茲布里克愣了一愣。「什麼？」

「你不知道他們合夥犯案嗎？布萊德理和吉米，他們一起去獵捕受害人。他們是在你的學院認識的。你沒有注意到？」

「我們的住院病人一次只收三十個，所以他們當然彼此認識。他們會一同接受集體治療。不過，這兩個男生的個性是南轅北轍。」

「說不定是這樣，他們才可以合作無間。一個帶頭，另一個跟班，兩人的個性正好互補。我們不知道哪一個挑選受害人，也不知道動手殺人的是哪一個，不過他們兩人的確是搭檔，一同收集，直到吉米被槍殺爲止。」瑞卓利以無情的眼光注視他。「現在，布萊德理自個兒一手包辦。」

「照妳的話，布萊德理轉變成一個和我印象相左的人。以吉米來說，我當時很清楚他具有危險性。即使他才十五歲，就能讓我害怕。他讓所有人都害怕，連他的爸媽也怕他。可是，布萊德理……」他搖搖頭。「他的道德心偏差，沒錯。你可以說服他做任何事情，也許甚至能勸他殺人。不過，他是追隨者，不是領導者。他需要有人指導，需要別人做主。」

「你指的是，他另有一個像吉米的搭檔。」

希茲布里克一陣哆嗦。「幸好這世上像吉米・奧圖的邪魔不多，謝天謝地。布萊德理可能從他身上學到什麼，我連想也不敢想。」

她的視線轉向桌上的相片。他學到的東西足以讓他一手包辦，足以蛻變成和吉米不相上下的妖魔。

她望向希茲布里克。「你說你交不出布萊德理的檔案。」

「我說過了，檔案已經被銷毀。」

「好，吉米・奧圖的檔案總可以給我吧？」

他猶豫著，對她的要求感到困惑。「爲什麼？」

「吉米死了，病歷外流，人死了也沒辦法抗議。」

「妳索取他的檔案有什麼用處？」

「他是布萊德理的搭檔，兩人一起遠行，一起殺人。如果我能理解吉米的心態，也許能一窺布萊德理長大後變成什麼樣的人。」

他考慮一陣，然後點頭起身。「我去找找看，可能一時找不出來。」

「檔案放在你家裡？」

「我哪來的錢去租儲藏室？學院的檔案全放在我家。如果妳肯等，我這就去找。」他說著離開客廳。

咖啡桌上的死屍相片已達成任務，她無法再看一眼，因此開始收拾相片。這時候，她的腦海浮現一幅可怕的影像：第四號死者，同樣是黑髮美女，被鹽巴醃製成人肉乾。她心想，此時此刻，喬瑟芬該不會正被歹徒送進陰間去。

她的手機響起。她放下相片去接聽。

「是我。」貝瑞・佛洛斯特說。

佛洛斯特來電令她意外。她硬著頭皮，準備聽佛洛斯特大吐婚變最近進展的苦水，柔聲問，「你調適得怎樣？」

「我剛和衛爾序博士通過電話。」

她不知道衛爾序博士是誰。「你說你想去找的婚姻諮商師，就是他嗎？我覺得，找諮商師是個好辦法。你和艾莉絲可以把事情討論清楚，理解出一條未來之道。」

「我們還沒有找諮商師。我打這通電話不是爲了艾莉絲的事。」

「不然，這個衛爾序博士是誰？」

「她是麻州大學的生物學家，就是那個教我辨別泥炭沼和河泉沼的教授。她今天回電了，我想把她的心得轉告給妳。」

把心思轉向沼澤是個好現象，她心想。至少他沒有哭著想念艾莉絲。她瞄了眼手錶，不知道希茲布里克醫生多久才找得到吉米・奧圖的檔案。

「……這東西很稀有，所以她拖這麼久才分析出結果。她自己查不出來，把它轉給哈佛的植物學家，他剛剛才辨識出是什麼東西。」

「對不起，」她說。「你講的東西是什麼？」

「從沼澤女的頭髮，不是採集到一些植物碎屑嗎？那裡面含有一些葉子和一種種子莢。衛爾序博士說，這種植物叫做……」他停頓一下，瑞卓利聽見他翻閱筆記的刷刷聲。「學名是**Carex oronensis**，俗稱歐勒諾莎草。」

「這種植物生長在沼澤裡？」

「原野上也找得到。另外它也喜歡長在被翻攪過的土地，例如伐木過的森林空地和馬路邊。我們採集到的樣本很新鮮，所以博士認爲是人體被移動時纏進頭髮的東西。歐勒諾莎草七月才會長出種子莢。」

瑞卓利這時全心聆聽他的敘述。「你剛說，這種植物很稀有。多稀有？」

「全地球只長在一個地方，就是潘諾布斯考特河谷。」

「在哪一州？」

「緬因州。在班戈一帶。」

她凝望窗外，環繞希茲布里克家的樹林濃密如厚窗簾。緬因州。布萊德理・羅斯在那裡住過兩年。

「瑞卓利，」佛洛斯特說。「我想歸隊。」

「什麼？」

「我不應該說走就走的。我想回辦案小組。」

「你確定嗎？」

「我非辦案不可。我非幫忙不可。」

「你已經幫了一個大忙了，」她說。「歡迎你歸隊。」

她掛手機的同時，希茲布里克博士回到客廳，帶來厚厚三份檔案夾。「吉米的檔案在這裡。」他說著遞交過去。

「我想再瞭解一件事，醫師。」

「什麼事？」

「你說學院已經關閉了。校園後來怎麼處理？」

他搖頭。「招售了好幾年，始終賣不掉。地點太偏僻，建築商沒興趣。我繳不出房地稅，就快被法拍掉了。」

「目前有人住嗎？」

「已經封閉幾年了。」

她再次看手錶，思考著天黑前有幾小時可供她運作。她看著希茲布里克：「告訴我怎麼去那裡。」

31

躺在發霉的床墊上，喬瑟芬直盯著監牢漆黑的環境，思緒飛回十二年前，憶起母親帶她逃離聖地牙哥的那天早上。前一夜，歹徒入侵家中，讓她們的生活永遠改觀。美狄亞把地板上、牆上的血跡清洗乾淨，埋葬屍體，然後舉家逃逸。

母女剛通過海關，進入墨西哥的下加利福尼亞，車子在荒蕪的矮樹叢區飛馳。她仍害怕得直發抖，美狄亞卻異常鎮定而專心，方向盤上的雙手穩重如山。她不懂母親怎有辦法如此鎮靜自若。她不明白的事情太多了。那一天，她終於認清母親的眞面目。

就在那一天，她才知道自己是母獅子的女兒。

「我做的每一件事，全是爲妳著想，」美狄亞告訴她。車子急駛在熱呼呼的柏油路面上。「爲的是讓母女不被拆散。我們是一家人，乖女兒，而家人就應該團結在一起。」她看著被嚇破膽的女兒。女兒瑟縮在副駕駛座上，活像一頭受傷的動物。「記得核心家庭吧？我解釋過人類學家對核心家庭的定義。」

有個男人才在她們家裡流血至死，她們才剛把屍體處置完畢，潛逃出國，這時母親卻氣定神閒，對她暢談人類學的理論？

美狄亞不顧女兒那「沒搞錯吧」的表情，繼續說：「人類學者會告訴妳，核心家庭的組成分子不是一父一母和小孩。其實是母親和小孩而已。父親來來去去。有的出海，有的出征，通常一去不回。母親和小孩卻永遠相連。母子才是原生單位。我們正是一個原生單位，我會盡我所能維護母女關係，保護妳和我。所以我們才不得不逃亡。」

母女因此離開一個她們愛上的城市。三年來，她們以聖地牙哥爲家，建立了不少友誼，也維繫了幾道人情。

直到某一晚，一顆子彈粉碎了所有的情誼。

「妳打開置物箱，找找看，」美狄亞說，「裡面有個信封。」

精神仍恍惚的女兒找出信封，打開看，裡面有兩份出生證明、兩本護照、一張駕駛執照。

「這是什麼？」

「妳的新名字。」

少女打開護照，看見自己的大頭照——她隱約記得，幾個月前，她拗不過母親的堅持，擺姿勢拍了這張照片，當時不知道是護照用的大頭照。

「妳覺得怎樣？」美狄亞問。

女兒凝視著護照上的名字。喬瑟芬。

「很美吧？」美狄亞說。「是妳的新名字。」

「我要新名字做什麼？我們爲什麼又重來一遍？」少女的嗓音變成歇斯底里的尖叫。「爲什麼？」

美狄亞靠邊停車。她以雙手捧起女兒的臉，強迫女兒正視她。「我們這麼做是因爲我們無路可退了。如果我們不逃，警察會把我抓去關起來，會把妳從我身邊搶走。」

「可是，妳又沒犯法！射死他的人又不是妳。是我啊！」

美狄亞抓住女兒的肩膀，猛搖她一陣。「不准妳告訴別人，聽懂沒有？千萬不准。如果我們被追上，如果被警方找到，妳一定要說開槍的人是我。告訴他們，那男人是我殺的，不是妳。」

「妳爲什麼教我說謊？」

「因爲我愛妳，不希望妳爲那件事受罪。妳開槍是爲了保護我。現在換我來保護妳。所以，向我保證，妳會守住這個秘密。對我發誓。」

儘管那一夜的情景歷歷在目，女兒仍對母親保證。喬瑟芬記得，母親倒在臥房的地上，歹徒站在她旁邊。床頭櫃上有個奇異的反光，是一把手槍的反光。她拿起來，好沉重，扣扳機時雙手抖得好厲害。射殺入侵歹徒的人是她，而非母親。這是母女倆的秘密，是不足爲外人道的秘密。

「妳殺人的事情沒必要讓別人知道，」美狄亞當時說。「這問題是我的，跟妳沒關係。永遠也和妳沒有關係。妳只要專心長大，照常過日子，從此過得幸福快樂，這件事會一直被埋在地下。」

可惜，往事冒出頭來了，喬瑟芬躺在暗室裡心想。*那夜發生的事情回來困擾我了。*

窗板縫隙透著光，隨著清晨進展至正午，光線徐徐轉強，勉強足夠她隱約辨別手的輪廓。她心想，在這地方再多關幾天，我會變成像蝙蝠一樣，能夠在黑暗裡來去自如。

她坐起來，甩掉早晨的寒意。她聽見外面有鏈條的鏗鏘響聲，是狗在舔水。她也捧起水壺來喝。兩夜前，綁匪進來割她的頭髮時，留下一袋新鮮的吐司。這時她拿起塑膠袋，發現幾個最近被啃咬出來的洞，不禁大怒。有老鼠過來偷吃。她一面虎嚥兩片，一面暗罵，去找你自己的食物，可惡。我需要補充能量；我需要設法逃出這裡。

媽，我會爲我倆奮鬥的，爲原生單位奮鬥。妳教我求生之道，所以我會努力活下去的，因爲有其母必有其女。

在暗室裡，她伸展肢體，演練著計劃。*有其母必有其女*。這句話是她的心經。一次又一次，喬瑟芬閉眼在暗室裡跛足行動，牢記床墊與牆壁之間的步數，從牆壁走幾步才到門口。如果她懂得善用黑暗，黑暗會成爲她的益友。

外面的狗開始吠叫。

她抬頭，心跳突然轉強，腳步在天花板踩出吱嘎聲。

他又來了。這是我的機會，要好好把握。

她躺回床墊，蜷縮成胎兒的姿勢，擺出飽受驚嚇、認輸的模樣，讓他看見一個萬念俱灰的女人，一個等死的女人。一個不會惹麻煩的女人。

門閂咯嚓一聲。門開了。

她看見手電筒從門口照進來。綁匪走進來，放下一壺水，再放一袋吐司。她維持一動也不動的姿勢。*讓他去懷疑我是不是死了。*

他的腳步聲愈來愈近，喬瑟芬聽見他的呼吸來到正上方。「時間愈來愈少了，喬瑟芬。」他說。

她沒有動作，即使綁匪彎腰、伸手撫摸她被割禿的一塊頭皮，她依舊不動。

「難道她不愛妳？難道她不想救妳？她爲什麼不來呢？」

別吭聲。*一條肌肉也不許動。逼他再靠近一點。*

「這麼多年了，她一直有辦法躲著我。如果她不出來，她就是一個膽小鬼。只有膽小鬼肯眼睜睜讓女兒送命。」

她感覺到床墊凹陷，是歹徒在她身邊跪下來。

「她在哪裡？」歹徒問。「美狄亞在哪裡？」

她的沉默惹惱了綁匪。他抓起她的手腕說：「切頭髮也許還不夠看，也許送另一種紀念品的時候到了。妳認爲，一根指頭夠看嗎？」

不行，天啊，不要。恐慌感逼得她想抽手回來，想又踹又叫，只求逃離即將來臨的煎熬。但她保持僵硬的姿態，持續扮演一個陷入絕望深淵、動彈不得的受害人。歹徒用手電筒對著她的臉照下去，她被照得看不清歹徒的表情，看不出他瞳孔的黑洞裡有何異狀。他只顧著逼她做出反應，沒有注意到她另一手握著什麼，沒留意到她的肌肉緊繃如弓弦。

「也許我一刀子割下去，」他說，「妳才肯開口。」歹徒抽刀出來。

喬瑟芬拿著高跟鞋，以尖銳的鞋跟向上瞎戳，刺中歹徒的臉，聽見鞋跟戳入皮肉的聲音。他往後跌開，連連慘叫。

她撿起手電筒，朝牆壁拋擲，摔破裡面的燈泡。房間暗下來。黑暗是我的益友。她滾開來，掙扎著起身。她聽得見歹徒在幾呎外的地方，在地板上爬行，但她看不見人影，歹徒也看不見她。敵我雙方同樣是盲人。

能摸黑到門口的人只有我一個。

經過百般演練，一再準備，接下來的步驟早已烙印在大腦上。從床墊邊緣，走三步可以到牆邊，順著牆壁再走七步，就能抵達門口。雖然小腿的石膏讓她動作快不起來，她毫不遲疑，在黑暗中摸索前進。她踏出七步。八步。九……

該死的門在哪裡？

她聽得見歹徒沉重的呼吸，歹徒認不清方向而氣呼呼，急著想在伸手不見五指的暗室辨認她的行蹤。

別出聲。別讓他知道妳在哪裡。

她慢慢向後退，幾乎不敢呼吸，每一步踏得謹慎，避免自曝方位。她的手滑過平坦的水泥牆，觸摸到木板門。

她扭轉門把，推門，鉸鏈的吱嘎聲來得突然，顯得震耳欲聾。

動作快！

她已經聽見歹徒撲過來，發出蠻牛般的巨響。她踉蹌出門，趕緊關上。歹徒正好撞上門的當兒，她把門閂推至定位。

「妳逃不掉的，喬瑟芬！」他叫嚷。

她笑起來，聲音像陌生人，是狂野、放肆的凱旋呼聲。「我不是逃出來了嗎，混帳！」她罵回去。

「妳會後悔莫及的！我們本想讓妳活下去的，現在呢，休想！妳休想！」

他開始尖叫，猛捶著門，氣得無計可施，喬瑟芬則繼續摸索著，慢慢爬上一道陰暗的樓梯。石膏在木板樓梯上震出聲響。她不清楚這道樓梯的上面是哪裡，而樓梯間和水泥暗室幾乎一樣漆黑。但是她每登上一階，亮度也隨之略增。每走一步，她複誦著心經：有其母必有其女。有其母必有其女。

樓梯走完一半，她看見頂端有一道關著的門，門縫透著光。快到門口時，她才倏然想起歹徒剛才說的一句話。

我們本想讓妳活下去的。

我們。

眼前的門突然打開，強光刺眼，她眨了又眨，等著瞳孔適應，極力看清站在長方形門口的亮光裡的人影。

一個她認得出來的人影。

32

荒廢二十年，歷經嚴冬與凍脹現象的考驗，通往希茲布里克學院的專用道路已殘破不堪，樹根在柏油路下亂生，導致路面凹凸不平。瑞卓利開著速霸陸來到房地產待售的招牌前，停車不熄火，猶豫著是否該繼續行駛爛路前進。外門不見攔車用的鏈條，任何人都能進去。

任何人都可能在裡面等候。

她掏出手機，發現這裡仍有訊號。她考慮撥給本地警察局，請求支援，想想卻作罷。請求支援是自取其辱，她才不想被小鎮警察取笑：大城市的警探竟然找人護送，才敢進入恐怖的緬因州樹林。是啊，警探，本地的鼬鼠能臭死人，豪豬也能刺死人。

她繼續開車上路。

速霸陸在破碎的路面牛步前進，車門被蔓生的矮樹刮傷。她搖下車窗，嗅到腐葉與濕土的氣息。路面變得更加顛簸，她避開坑洞前進，不禁擔心車軸受損，自己一人受困樹林。一想到這裡，她忐忑不安的心情遠勝過行走在大都市街頭。她懂得城市，懂得應付城市的危險。

樹林則是她陌生的領域。

總算，樹木愈來愈稀少，車子來到空地，她把車子停進一片雜草叢生的停車區。瑞卓利走下車，凝望著聳立前方的希茲布里克學院。儘管荒廢已久，此地的外觀一如常人對療養院的印象，冷峻的水泥建築以樹叢造景來緩和面貌，但庭院早已向入侵的雜草大軍投降。她想像著，家長帶著問題兒童前來，看見這座宛如堡壘的建築，不知有何感想。把兒子送進這種機構，應該能讓小孩從此改過向上吧？這裡的管教應該是直來直往，一個口令一個動作。這棟建築承諾的是愛之深責之切的道理，並且保證紀律嚴謹。求助無門的家長望向這座威武的門面，想必能心生希望。

然而，這棟建築如今只象徵希望落空。多數窗戶已被木板封死，落葉被吹得堆積在正門前。屋頂的雨槽阻塞，死水在牆壁上流出褐色的鏽斑。難怪希茲布里克找不到買主：這棟建築物簡直是畸形怪物。

瑞卓利駐足停車場，聆聽樹梢的風聲、昆蟲的鳴聲，沒有聽見不尋常的動靜，只有夏日午後森林裡常聽見的聲音。她取出希茲布里克醫師借她的鑰匙，走向正門。然而，她一看見門就陡然止步。

門鎖被撬開了。

她伸手拔槍，以腳輕踹，門開了，把一小道日光投射幽暗的屋內。她拿著Maglite口袋型手電筒，對準屋內照進去，看見亂丟一地的空啤酒罐和菸蒂。蒼蠅在黑暗中嗡嗡響。她的心跳如快馬的蹄聲，雙手突然冰冷。她嗅到某種東西死掉的惡臭，已經腐爛的臭味。

但願不是喬瑟芬。

她走進去，碎玻璃被鞋底踩出嗶啪聲。她拿著手電筒，慢慢照遍整間，看見牆上有塗鴉：*葛瑞格和我天長地久！凱莉吸屌！*只是中學生亂來的塗鴉，見怪不怪。她走過去，手電筒照向最遠的角落。這時，手電筒的光束靜止。

地板上有個黑黑的東西蜷縮著。

她走過去，腐屍的臭氣變得難以忍受。她低頭看見腐屍是一隻死浣熊，萬蛆鑽動，第一個想法是牠罹患狂犬病致死。她懷疑這棟建築裡面是否潛伏著蝙蝠。

瑞卓利被熏得想吐，奪門而出，回到停車場，拚命深呼吸，以新鮮空氣清洗肺臟。就在此時，她面對樹林站著，這才發現地上有輪痕。兩道痕跡從柏油地面的停車場延伸至樹林深處。從被壓扁的小樹枝和被折斷的大樹枝來看，這地方最近有人來過。

她循著輪痕，走進樹林幾步，看見痕跡來到一條健行步道的起點。這條步道太窄，汽車無法通行。步道口仍有個牌子釘在樹幹上，寫著：

圓形步道

這是學院從前的健行步道之一。布萊德理喜歡戶外活動，希茲布里克醫師告訴過她。幾年前，小布萊德理大概走過這一條步道。即將踏進樹林，她的脈搏因此加速。她看著地上的輪痕，來過此地的人應該已經走了，但他隨時有可能回來。瑞卓利能察覺槍在腰間的重量，但她依然拍一拍槍套，檢查槍是否仍在，以這個反射動作來求心安。

她開始踏上步道。有些地方植物長得太茂盛，令她不時發現自己走岔了路，只得回頭再找路線。林蔭愈來愈深，阻絕日光。她看看手機，發現已經失去收訊，不禁失望。她回頭看，發現背後的樹林太濃密，她已看不見來時路。但就在前方，樹蔭似乎出現缺口，有陽光照進去。

她走向空地，經過的樹木有的垂死，有的早已乾枯，樹幹只剩空殼子。突然間，腳下的土地塌下去，原來是她踩進爛泥巴，深至腳踝。她把腳拔出來，鞋子差點被泥巴吞噬。她低頭看著沾上爛泥的褲管，懊惱不已，心想：我討厭樹林。我討厭戶外。我是警察，不是森林管理員。

接著，她看見鞋印：男人的鞋子，九號或十號。

每個窸窣聲，每個蟲鳴，在寂靜的環境中似乎被放大。她看見其他鞋印脫離步道，因此循跡前進，經過一叢香蒲。鞋子濕透了，褲管滿是泥濘，她已經不在乎，目前將心思完全放在追蹤足跡。鞋印逐漸深入沼澤，這時她已徹底忘記剛才岔開步道的地方。頭上的太陽告訴她，時間已過正午幾個小時，樹林已變得異常靜謐，沒有鳥鳴，沒有風聲，只有蚊子繞著她的臉嗡嗡飛。

足跡轉彎，朝高地走，通往乾燥的地面。

她停下來，對方向的改變感到疑惑，最後留意到一棵樹。這棵樹的樹幹綁著一條尼龍繩，另一端沉入沼澤，消失在茶色的污水裡。

她扯一扯繩子，覺得水面下有東西勾住。她緩緩拉，繩子一吋吋從污水的表面浮現。她開始用力拉，向後傾身，以全力拉扯，繩子繼續拖著植物上岸。霎然之間，有東西破水而出，她瞥見一張臉，眼眶凹陷、宛如水妖的鬼臉。

接著，怪物緩緩沉回沼澤裡。

33

緬因州警的蛙人前來沼澤，蒐證完畢時已是黃昏。沼澤的水深只及胸部。瑞卓利站在乾燥的岸邊，看著潛水員執行任務。他們不停從水面探出頭，有時是辨別方向，有時拿著東西細看。沼澤水太渾濁，無法以肉眼搜索，他們只好徒手過濾泥漿與腐敗的植物。這種任務噁心到極點，瑞卓利慶幸自己不必參與。

尤其是在她看見蛙人最後撈上岸的東西。

這具女屍現在躺在塑膠布上，全身裸露，沾有青苔的頭髮滴著黑水，皮膚被單寧染黑，因此難以辨認她的族裔，一眼也無法判定死因。但大家知道，她並非死於意外；她的腰綁著一袋沉甸甸的石頭。瑞卓利注視著女屍的黑臉，看見她痛苦的表情被保留下來。瑞卓利心想：歹徒用那袋石頭綁住妳，把妳從岸邊滾下去，看著妳沉進污水時，我希望妳早已斷氣。

「這一個顯然不是妳想找的失蹤女子。」達吉特．辛格法醫說。

她看著站在身旁的緬因州法醫。辛格法醫的頭上纏著白色的錫克教頭巾，在漸深的夜色裡，服裝較爲普通的調查人員之中顯得突出。他剛抵達現場時，瑞卓利看見從廂型車走出來的人像外國人，有點錯愕，畢竟在北方森林區，這種服裝並不常見。然而，從他身經百戰的L.L.Bean靴子[13]和廂型車後面的健行器具來看，他對緬因州的蠻荒是瞭若指掌。瑞卓利穿的是褲裝，是城市人的打扮，而辛格法醫是有備而來。

「妳想救的年輕女子是在四天前被綁架？」辛格法醫問。

「這一個不是她。」瑞卓利說。

「對，這具女屍已經泡水多日，其他標本也是。」法醫指向被打撈上岸的動物屍體，其中包括兩具保存良好的貓屍和一具狗屍，以及幾隻腐敗得難以辨識原貌的殘骸，各個都被石袋綁住，絕不可能是牠們自己誤踩沼澤而溺斃。

「兇手以動物反覆做實驗，」法醫說。他轉向女屍。「從這具來看，他的保存手法已經爐火純青。」

瑞卓利望向沼澤的另一邊，看著夕陽餘暉，不禁打個寒顫。佛洛斯特曾經告訴她，沼澤是神奇的地方，蘊育著種類繁多的蘭花、苔蘚、蜻蜓。今晚她倒是看不出神奇之處，只見此起彼落的浸水泥炭。她看見的是一潭冷卻的燉屍湯。

「我明天進行驗屍，」法醫說。「妳想旁觀的話，我當然歡迎。」

她真正想做的事是開車回波士頓，沖一個熱水澡，親親女兒，對她說晚安，然後上床和嘉柏瑞睡覺，可惜她在這裡的任務仍未完成。

「驗屍在奧古斯塔進行？」她問。

「對，九點左右開始。妳想來嗎？」

「我會去。」她深吸一口氣，挺直腰桿。「我最好找一個地方過夜。」

「這條路一直走，幾英里外有一間汽車旅館，名叫霍桑，早餐滿豐盛的，不是那種難吃的歐式早餐，而是香噴噴的煎蛋餅和薄煎餅。」

---

⑬ 美國百年品牌狩獵防水鞋。

「謝謝你的推薦。」她說。站在濕答答的屍體旁邊，還有辦法大談薄煎餅多好吃，這種事只有病理專家辦得到。

她拿著手電筒沿著步道往回走。警察已拉出一條警戒線，上面掛著小旗子，標示著步道的路徑。她走出樹林，發現停車場的車輛已開始撤退，只留幾輛相關單位的車子。州警已經搜尋房舍完畢，只找到垃圾和她剛才撞見的那具浣熊腐屍，沒有找到喬瑟芬或布萊德理的蹤影。

但瑞卓利凝視著樹林，心想，他一定在這裡。他在這幾棵樹附近停車，沿著步道走向沼澤，然後拉著繩子，把他的紀念品拉上岸，態度猶如釣客提竿收線。

她坐進自己的車，往回駛上那條顛簸的馬路，可憐的速霸陸在坑洞上蹦跳，地面在黑暗中更形險峻。幾分鐘後，她駛上大馬路，手機響起。

「我打了兩個鐘頭，妳怎麼不接？」佛洛斯特說。

「我剛在沼澤邊，收不到訊號。他們已經搜索完畢，只找到那一具屍體。我懷疑，歹徒另外藏了——」

「妳在哪裡？」佛洛斯特打斷她的話。

「我要在這裡過夜，因爲我明天想觀摩驗屍過程。」

「我問的是，妳目前的位置。妳在哪裡？」

「我想去汽車旅館住宿。你爲什麼問？」

「汽車旅館叫什麼名字？」

「好像叫做霍桑。就在這附近。」

「好，妳等我幾個小時，我去那裡跟妳會合。」

「你要上來緬因州？」

「我已經出發了。有一個人會一起過去。」

「誰？」

「我們和妳見面之後再談。」

瑞卓利先在一間當地的藥房停車，購買新內衣和襪子，然後買一份外帶的辣香腸披薩。在霍桑汽車旅館，她徒手洗長褲，把褲子吊在浴室裡風乾，然後坐在房間裡吃披薩，一面閱讀吉米．奧圖的檔案。他在希茲布里克學院就讀期間總共三年，檔案是一年一本。她回想那棟醜陋的水泥建築，地點那麼偏僻，她心想，吉米．奧圖才不是學生，應該是精神病囚犯。那地方專門隔絕一種男生，是家長不願讓女兒接近的那種男生。

尤其是吉米．奧圖。

她翻閱到吉米接受一對一治療的文本，停下來細讀。他當年只有十六歲。

我十三歲的那年，讀到一本歷史書，看見一張集中營的照片，裡面有好多死在毒氣室的女人，全部沒穿衣服，躺成一排。我常常想起那張相片，想起那麼多女人躺成一排，好幾十個女人啊，躺在地上，好像等著我去做我愛做的事情，有洞就操，拿樹枝戳她們的眼睛，割掉她們的奶頭。我希望地上躺著一群女人，躺成一列，否則就不算是轟趴，對吧？

可是，怎麼一口氣收集那麼多呢？有沒有一種方法可以保存屍體，不讓屍體腐爛，維持屍體的新鮮度？我想研究看看，因爲女人爛掉、離開我，就沒啥好玩的了……

有人敲她的房門，令她陡然直起身子。她把吃了一半的披薩放進紙盒，以不太鎮定的嗓音喊：「誰啊？」

「是我啦。」佛洛斯特回應。

「等我一下。」她進浴室，穿上未乾的長褲。等到她來到門口時，她情緒已經鎮定下來，心不再狂跳。她打開門，發現一大驚奇。

佛洛斯特身旁有人。

陪他一起來的女子約莫四十幾歲，黑髮，姿色過人，穿著褪色的藍色牛仔褲和黑色的套頭毛衣。由於她的身材精瘦，肌肉發達，即使是隨便穿也顯得優雅。她不發一語，直接從瑞卓利身邊走進客房，下令：「把門鎖好。」

即使在佛洛斯特關上輔助鎖後，女子依然無法鬆懈。她立刻走到窗前，把窗簾合得更緊密，彷彿再細微的一道縫也可能放縱敵眼窺視。

「妳是什麼人？」瑞卓利問。

女子轉身面對她。瑞卓利一看見她的臉，在她回答之前，答案就已經瞭然於心。女子的頰骨線條剛強，柳葉眉，是常在希臘古甕上看見的圖形，她心想。或者是埃及古墓的壁畫上。

「我的姓名是美狄亞．薩莫爾，」女子說。「我是喬瑟芬的母親。」

34

「咦……妳不是已經死了？」瑞卓利傻眼。

女子倦然一笑。「話是這麼說，沒錯。」

「喬瑟芬認爲妳死了。」

「是我叫她捏造的說詞，可惜不是人人都相信她。」美狄亞走向檯燈，按下開關，房間陷入黑暗。接著，她走向窗戶，透過窗簾的小縫向外觀察。

瑞卓利瞥向佛洛斯特，只隱約見到他的輪廓。「你是怎麼找到她的？」她悄悄問。

「不是我找到的，」他說，「是她自己找上我。她想找的人其實是妳。她發現妳已經去緬因州，所以問到我的電話號碼。」

「你爲什麼不在電話上告訴我？」

「是我叫他別說的，」美狄亞說。她仍背對著兩人，視線依然對準街頭。「我接下來想說的事情，不許兩位洩露出去，不准你們轉告同事，也不准對任何人說。唯有這樣，我才有希望保住一命。唯有這樣，塔莉——喬瑟芬——才有過著正常生活的機會。」即使在黑暗中，瑞卓利仍看得出她把窗簾握得繃直。「我只關心我的女兒。」她輕聲說。

「既然關心，妳爲什麼要拋棄她？」瑞卓利問。

美狄亞轉身面對她。「我沒有拋棄她！要是我早一點發現事情不對勁，我幾個禮拜之前就趕過來了。」

「要是妳早一點發現？就我所知，她已經自力更生好幾年了，妳卻對她不聞不問。」

「我和她保持距離，是有不得已的苦衷。」

「什麼苦衷？」

「因爲我如果待在她身邊，會讓她招來殺身之禍。」美狄亞的目光再度轉向街上。「這事和喬瑟芬沒有關係。她只是他們的卒子，被他們用來引誘我出來。他眞正想要的人是我。」

「妳能解釋一下嗎？」

美狄亞嘆一聲氣，在窗戶旁邊的椅子坐下，整個人只見陰影，只聽見她柔聲說：「讓我講個故事，」她說。「從前有個女孩，愛上一個不該愛的男生，女孩太天眞了，分辨不出什麼是甜蜜的愛戀，什麼是……」她停頓一下，「致命的沉醉。」

「妳講的是自身的經歷？」

「對。」

「男主角是誰？」

「布萊德理．羅斯。」美狄亞顫抖地吐出一口氣，漆黑的身影似乎在椅子上縮水，彷彿摟住身體以求自保。「我那年才二十歲。二十歲的女生，哪懂得人間事？頭一次出國，頭一次考古。人在沙漠裡，所有事物都覺得新奇。天空變得更藍，所有色彩變得更鮮豔。有個害羞的男孩子對妳微笑，開始送妳小禮物，妳會自以爲愛上了對方。」

「妳和金博．羅斯一起去埃及？」

美狄亞點頭。「岡比西斯大軍的遺址。這個機會很難得，我當然不肯放過。一同去的學生有幾十人。來到西部沙漠，我們覺得美夢成眞了！白天挖掘，晚上睡在帳篷裡面。我從沒看過那麼多星星，那麼多璀璨的星星。」她停頓下來。「在那種地方，任何人遲早會墜入愛河。我不過是印第奧來的一個女孩子，準備要開始過自己的日子，而對方是布萊德理，是羅斯家的少東，聰明、文靜、害羞。不知爲什麼，害羞的男人會讓人誤以爲他沒有邪念。」

「其實不然。」

「我那時候不懂他的眞面目。我不瞭解的東西很多，到無法回頭時才醒悟。」

「他的眞面目是什麼？」

「妖魔。」美狄亞在黑暗中抬頭。「我起先看不出。我看見的是一個男生，看見他用愛慕的眼光欣賞我。他和我聊的話題是我們兩人最愛的事物。他開始送我小禮物。我們一起在沙坑裡工作。我們三餐都一同吃。最後我們也睡在一起。」她停下來。「從此情形開始生變。」

「怎麼變？」

「他的想法認爲，我成了他不可分割的一部分，好像他把我活吞下肚子，把我吸收掉了。如果我走去營地的另一邊，他會跟我去。如果我和別人交談，他會打破砂鍋問到底，問我們聊什麼。如果我敢對其他男人看一眼，他會生氣。他老是在監視，老是在偵察我。」

瑞卓利心想，多麼老掉牙的故事。同樣的事情發生在無數的情侶身上，結局往往是血淋淋的兇殺現場，警探站在屍體旁邊。美狄亞是少數的幸運者；她僥倖脫身了。

可惜她並沒有全身而退。

「後來珍瑪把我拉到一旁，指出我睜眼沒看見的事實。」美狄亞說。

「珍瑪・哈莫敦？」

美狄亞點頭。「她是研究生，也在同一個地點考古。她比我大幾歲，智慧超出我一百年。她看清事實，叫我應該伸張自我主權，如果他還不縮手，我應該叫他下地獄去。唉，珍瑪最懂得嗆聲了。可惜那時候的我不夠堅強。我沒辦法跟他分手。」

「結果呢？」

「珍瑪跑去找金博，叫他管一管自己的兒子。布萊德理一定是知道這件事，因爲他馬上叫我不准再跟珍瑪講話。」

「我希望妳叫他下地獄去。」

「我是應該罵他才對，」美狄亞輕聲說。「可是我當時沒膽。現在回想起來，很難相信我當年那麼軟弱，連我自己都認不出來。我不認識當年的我。那個可憐兮兮的受害人連自己也救不了。」

「妳最後怎麼和他分手？」

「都因爲他對珍瑪做了一件事。有天晚上，珍瑪睡在帳篷裡面，門被人縫起來，然後被淋上汽油縱火，幸好我及時割破帳篷才救她一命。」

「布萊德理竟然想要她的命？」

「沒有人能證明，不過我知道是他。出了那件事之後，我總算瞭解他有多麼心狠手辣。我趕快搭飛機回國。」

「事情還沒結束？」

「對。」美狄亞站起來，走回窗前。「事情才開始。」這個時候，瑞卓利的瞳孔已適應黑暗，看得見她握著窗簾的手毫無血色，看得見她的肩膀緊縮一下，因爲有一陣車頭燈緩緩路過之後離去。

「後來，我懷孕了。」美狄亞輕聲說。

瑞卓利訝然注視她。「喬瑟芬是布萊德理的女兒？」

「對。」她轉身面對瑞卓利。「千萬不能讓她知道。」

「她告訴我們，父親是法國考古學者。」

「從她一出娘胎，我一直對她灌輸謊言。我告訴她，爸爸是個好男人，在她出生之前過世。她是不是眞的相信，我不曉得，反正這是我一貫的說詞。」

「妳不是對她撒過另一個謊？妳們母女反覆搬家、改名，她認為原因是妳被警察通緝。」

美狄亞聳聳肩。「的確說得通，不是嗎？」

「卻不是眞的。」

「我總要給她一個原因吧，一個不會嚇到她的原因。被警方通緝，總比被妖魔追殺的說法來得好。」

妖魔是妳的親生父親時更需要撒謊。

「如果妳被歹徒盯上，何必逃命呢？直接報警抓他不就得了？」

「妳以為我沒試過這招嗎？我回家幾個月以後，布萊德理出現在我的大學校園，還告訴我，我們兩個是心靈相繫的一對。他告訴我，我屬於他。我告訴他，我一輩子再也不想看見他。他開始跟蹤我，每天送我花，煩死了。我是見花就丟，報警處理，甚至害他被逮捕。可惜，他父親派律師去解決問題。老子貴為金博．羅斯，兒子根本沒人敢碰。」她停頓一下。「然後，情況更加惡化，比先前更嚴重幾倍。」

「怎麼說？」

「有一天，布萊德理帶著老朋友找上我。他的那個朋友比他更嚇人。」

「吉米．奧圖。」

美狄亞一聽這姓名，似乎打了一個哆嗦。「布萊德理的表面還算正常，只不過是個不愛講話的人。吉米就不一樣了。只要看他的眼神，就知道他不是正常人。他的眼珠子和鯊魚一樣黑。他盯著妳看的時候，妳會直覺到他想對妳做什麼壞事。而且，他也開始對我著魔。

「後來，他們兩人合作跟蹤我。有時候，我會在圖書館瞧見吉米在看我，有時候我會發現布萊德理在我家窗外偷窺。他們在玩接力的遊戲，輪番對我實行心理戰術，想擊垮我的精神狀態，想把我整成一個瘋女。」

瑞卓利看著佛洛斯特。「即使在當時，」她說，「他們兩人就已經聯手狩獵了。」

「最後，我辦休學，」美狄亞說。「那時候，我懷著八個月的身孕，而且外婆病重，所以我回印第奧生小孩。才過幾個禮拜，布萊德理和吉米出現在我的家鄉。我向法院申請禁制令，把他們兩個抓起來。這一次，我希望他們被關進監獄，因為我多了一個嬰兒，需要我的保護，不能再被他們騷擾。」

「事情卻沒有了結。妳後來畏縮了，撤銷對布萊德理的告訴。」

「不盡然。」

「什麼意思？妳確實是撤銷對他的告訴。」

「我和惡魔做出協議。金博．羅斯不想看兒子被起訴，我則想保護女兒，所以我撤銷告訴，金博開一大張支票給我，夠我們母女改名換姓，展開一段新生活。」

瑞卓利搖頭。「妳收下錢，然後逃命？那張支票的數目字肯定超高。」

「錢不是主因。金博拿我的女兒來要脅我，我假如不收下支票，他揚言奪走我女兒，因爲他畢竟是小孩的祖父，而且他能指揮律師大軍來對付我。我別無選擇，只好收下錢，撤銷告訴。我一直逃命的原因就是爲了女兒。我不想讓那家人搶走她，不想讓任何人傷害她。妳能體會這種苦心吧？做母親的人，爲了保護小孩，什麼事情做不出來？」

瑞卓利點頭。她有切身的體驗。

美狄亞回到椅子前，嘆氣坐下來。「我以爲如果女兒能平平安安過日子，她絕不會嘗到被人追殺的滋味，她會出落成一個勇敢、聰明的女人。我盼望栽培她成爲女戰士，這是我向來對她的期許。幸好她的頭腦確實聰明，長大後也變得勇敢無懼。她知道的眞相不夠，不會害怕。」美狄亞歇口。「直到聖地牙哥發生的那件事。」

「她臥房裡發生的槍擊案。」

美狄亞點頭。「那天晚上，她才領悟到，自己再也無法天不怕地不怕。隔天，我們收拾行李，啓程去墨西哥，最後在聖盧卡斯岬落腳，住了四年。我們在那裡躲得好好的。」她嘆氣。「可是，女孩終究會長大，一到十八歲，就開始堅持要自己做主。她想讀大學，主修考古。有其母必有其女。」她感傷一笑。

「妳放她走了？」

「珍瑪承諾，會幫我好好看管她，所以我想應該不會出事。她改名換姓，有了新的身分。我認爲吉米應該追查不到她。」

聽見這句話，瑞卓利遲遲不語，反覆思索著。「吉米？吉米・奧圖不是死了？」

美狄亞抬頭。「什麼？」

「妳應該知道啊。在聖地牙哥射死他的人就是妳。」

「不是。」

「妳朝他的後腦開槍，還把屍體拖到後院埋葬。」

「不是。他不是吉米。」

「不然被埋在後院的人是誰？」

「是布萊德理・羅斯。」

35

「布萊德理．羅斯？」瑞卓利說。「怎麼和聖地牙哥警方的說法不同？」

「自己親骨肉的生父長什麼模樣，我怎麼可能認不出來？」美狄亞說。「那晚闖進我女兒臥房的人不是吉米，而是布萊德理。我確定吉米當時也在附近埋伏，只是他聽見槍聲，大概被嚇跑了。不過我知道他會再回來。我知道，我們母女的動作不快不行。所以我們收拾東西，隔天早上就走。」

「屍體經過指認，確實是吉米。」佛洛斯特說。

「認屍的人是誰？」

「他的妹妹。」

「是她搞錯人了。因爲我知道，死的人不是吉米。」

瑞卓利打開檯燈，美狄亞見光退縮，彷彿六十瓦的燈泡能散發輻射線。「說不通吧。吉米．奧圖的親妹妹怎麼可能認錯屍體？」她拾起床上的精神醫師檔案，掃瞄著希茲布里克醫師的筆記。不久，她看見她想找的字眼。

「他妹妹名叫凱麗。」瑞卓利望向佛洛斯特。「打給克利斯賓，叫他去查凱麗．奧圖的住處。」

佛洛斯特掏出手機。

「我不懂，」美狄亞說。「吉米的妹妹跟這件事有什麼關係？」

瑞卓利翻閱著希茲布里克針對吉米所建立的檔案，搜尋著有關凱麗・奧圖的部分。仔細一看，她才發現，原來凱麗的名字到處都是。

妹妹又來探視了，今天第二次。

探訪時間已過，凱麗逗留不去；提醒她必須遵守規定。

告訴凱麗不要太常來探視。

凱麗走私香菸進來。禁止探視兩星期。

妹妹來訪……妹妹來訪……凱麗又來了。

最後，瑞卓利瀏覽到某日的記載，全身怔住：

據現狀研判，需要更深入的家庭心理諮商。將凱麗介紹給班戈的兒童心理醫師，以治療反常的兄妹依戀。

佛洛斯特掛掉手機。「凱麗・奧圖住在富萊明罕。」

「叫柯羅趕快派一組人過來，記得帶支援的人手。」

「他已經出動了。」

「出了什麼事？」美狄亞插嘴。「你們為什麼把焦點放在妹妹身上？」

「因為凱麗・奧圖告訴警方說，妳埋葬的屍體是她的哥哥。」瑞卓利說。

「明明不是。她爲什麼騙人？」

「因爲吉米被警方通緝了，」佛洛斯特解釋。「麻州有個女人失蹤，他涉有重嫌。如果警方相信他死了，就不會繼續追捕他，他也樂得隱形起來。妹妹一定是爲了包庇他而說謊。」

「凱麗是關鍵，」瑞卓利說。「我們已經查出她的住處。」

「妳認爲我的女兒在她那裡？」美狄亞說。

「如果不在，我敢打賭，凱麗知道吉米把她藏在哪裡。」瑞卓利開始在房間裡踱步，不停看手錶，默數著柯羅的人馬何時抵達富萊明罕。她想一起去敲門，破門而入，尋遍大小房間搶救喬瑟芬。*最應該救她的人非我莫屬。*時辰已過午夜，但瑞卓利毫無睡意，精力如同汽水在血液裡冒泡。她暗罵自己，苗頭應該對準隱形人吉米．奧圖才對，結果追了半天，追的卻是死人。

*讓我眞心害怕的病人只有一個，*這是希茲布里克醫師對吉米的評語。*人人怕他，連其他病人也怕他。*

想到這裡，瑞卓利停止思緒，轉向佛洛斯特。「記得柯羅說的話嗎？他說吉米的爸媽是怎麼死的？」

「好像是意外吧。墜機。」

「不是發生在緬因州嗎？他們在緬因州買了一棟房子，以就近照顧吉米。」

瑞卓利再次捧起心理治療的檔案，翻至封面，上面印著病患的基本資料。吉米的雙親是霍華．奧圖和安妮塔．奧圖，地址有兩個，第一個是他們在麻州的戶籍，另一個住址在緬因州，以原子筆填寫，是追加上去的資料。

佛洛斯特已經拿起手機聯絡波士頓警局。「請幫我查房地稅的資料，」他說著從瑞卓利的背後看地址。「緬因州，一個叫做薩波納克的市鎮，地址是谷道一六五號。」片刻之後，他掛掉電話，看著瑞卓利。「屋主是常青信託，不曉得是什麼單位。一有進一步消息，她會回電給我。」

瑞卓利再度走動起來，既氣餒又沉不住氣。「不可能離這裡太遠吧。我們開車直接過去看看。」

「他們已經死了幾十年，那間房子大概已經換手幾次。」

「傳給其他家人使用也說不定。」

「妳再等一下子，等我們查到常青信託是什麼機構再說。」

但瑞卓利沒有心情再等下去。她是一匹賽馬，在起跑欄裡面蓄勢待發。「我去定了。」她說，然後瞥向她放鑰匙的抽屜櫃。

「開我的車子去吧，」佛洛斯特已經來到門口。「我們要靠GPS帶路。」

「我也想去。」美狄亞說。

「不行。」瑞卓利說。

「她是我的女兒啊。」

「所以才不准妳插手，以免妳讓我們分心。」瑞卓利繫上手槍，這動作應該能說明一切：這場面是玩眞的，老百姓不宜參加。

「我想盡一點力，」美狄亞堅持。「我非盡一點力不可。」

瑞卓利轉身看見她的神態果決到極點，見她成了躍躍欲上戰場的女兵。但這一役不能派美狄亞上場；她無法參戰。

「妳今晚鎭守這裡，才能發揮最大的效果，」瑞卓利說。「記得把門鎖好。」

谷道是一條寂寞的鄉間小路，兩旁是深不見民房的樹林。立在路旁的信箱註明著號碼，他們確認無誤，但在黑夜中只見一條砂石路面的車道延伸入樹林。瑞卓利打開信箱，看見一疊濕濕的廣告信函，收件人全是住户。

「如果眞有人住這裡，」她說，「最近應該沒有出來收信。我猜裡面沒人在家。」

「我們進去看一看，屋主應該不會反對。」佛洛斯特說。

車子慢慢駛上車道，砂石被輪胎輾得吱嘎響。樹木濃密，他們看不清房子，後來繞過一個轉彎，房屋才突然矗立面前。這地方從前可能是美觀大方的度假別墅，山形牆的屋頂，前院寬闊，如今雜草冒出頭來，呑噬掉地基，飢餓的藤蔓也攀上門廊的欄杆，彷佛決心悶死整棟房子和裡面的倒楣鬼。

「看起來是荒廢了。」佛洛斯特說。

「我想下車，四周檢查看看。」瑞卓利伸手拉門把，正要開車門，這時聽見外面有鏈條叮叮響，對她發出警告，活像響尾蛇對人提出預警。

一個黑色的東西從黑暗中蹦出來。

她驚呼一聲，縮回車上，一隻鬥牛犬正好撲向車門，爪子劃過玻璃，白牙在窗外閃耀。

「天啊！」她驚叫。「哪裡跑出來的狗？」

大狗的吠叫聲轉爲囂張，利爪似乎想抓破金屬。

「我覺得不妙。」佛洛斯特說。

她笑一笑，車子附近傳來狂妄的吠叫聲。「我也不太喜歡。」

「我指的是狗被拴在鏈條上。既然房子看起來是很久沒人住，誰來餵狗？」

她凝望房子，看著漆黑的玻璃窗，而窗戶似乎也瞪著她看，充滿惡意。「有道理，」她輕聲說。「不太對勁。」

「該找支援了。」佛洛斯特說著取出手機，卻沒有機會撥號。

第一記槍聲擊碎車窗。

玻璃碎片如雨而來，刺痛了瑞卓利的臉。她鑽進儀表板下面，這時再來一陣槍聲，震撼夜空，子彈射進車子裡。佛洛斯特也低頭尋求掩護，她看見他的臉恐慌得緊繃，就在她幾英寸之外，兩手都匆忙掏槍。

第三顆子彈射進金屬。

一陣怪味滲進車內，令人心生不安，熏得瑞卓利眼睛張不開，咽喉火熱。此時，她和佛洛斯特相視，看出他也嗅出這種氣味的來歷。

汽油。

幾乎在同一瞬間，兩人分別踹開車門，瑞卓利衝下車，翻滾而去，第一陣火焰轟然而起。她看不見佛洛斯特是否順利從另一扇車門逃生，只盼他也安然脫身，因爲緊接著油箱爆炸了。車窗被炸碎，眩目的火舌直沖天際。

碎玻璃撒落地面，瑞卓利倉皇尋求掩蔽。多刺的林下灌木刺穿她的袖子，刮傷她的手臂。她翻滾至一棵樹後面，緊抓著脆弱的樹皮，急著想看清槍手的長相，但她只見火焰吞噬佛洛斯特的車。惡犬被火光照得激動，在院子裡來回瘋狂嗥叫，鏈條被牠拖得鏗鏘響。

又來一陣槍聲。她聽見有人唉叫一聲，聽見灌木被壓垮的嘩聲。

佛洛斯特中彈了！

現場火煙朦朧，瑞卓利看見槍手從屋裡走出來，站在門廊上。女槍手的金髮映照出火光，步槍平舉。最後她站進光亮處，瑞卓利才看出她是黛比・杜克。

不對，不是黛比，而是凱麗・奧圖。

凱麗走下門廊階，步槍對準佛洛斯特。

搶先開槍的人是瑞卓利。扣下扳機的那一刻，她希望能一槍斃命。她感覺不到恐懼，毫不遲疑，任憑冷靜、自制的怒火宰制全身，引導她的準心。她以快火連開三槍，顆顆正中目標，宛如連續直擊歹徒胸部。凱麗向後仰，步槍落地，她也在癱瘓在門廊階上。

瑞卓利急喘著，慢慢向前，依然一槍在手，視線固定在凱麗身上。凱麗攤開四肢，躺在門廊階上呻吟著，眼皮半睜，映照出凶光。瑞卓利望向佛洛斯特，看見他躺在樹林邊緣。

活下去。求求你，活下去。

她往佛洛斯特的方向走去，才踏出幾步，鬥牛犬撲向她的後背。

她原以爲自己站在惡犬鏈條的範圍之外，沒有看見牠直撲過來，來不及站穩腳步，因此整個人向前傾倒，伸出雙手想緩衝，觸地時聽見骨折聲，手腕不支，被身體壓下去。椎心刺骨的痛楚之深，相較之下，肩膀被惡犬咬住也覺得是件芝麻小事，第一個念頭是擺脫這點小痛，以全心應付眞正的劇痛。她扭身翻轉成躺姿，把狗壓在地上，但狗仍是緊咬不放。手槍掉在她伸手不及的地上。她的右手已無用武之地。她趕不走惡犬，也難以伸手向後掐牠的喉嚨，只好以肘撞狗肚子，一次又一次，聽見肋骨斷裂的聲音。

惡犬痛得唉唉叫，鬆嘴放人，她趕緊滾開來，手忙腳亂地站起來。就在她看著在地上叫痛的狗時，她才發現狗鏈早已從項圈脫落。是誰放狗咬我？解開鏈條的人是誰？

答案從陰影裡走出來。

吉米．奧圖走進火光中，以喬瑟芬爲人肉盾牌，推著她走出來。瑞卓利朝地上的手槍俯衝，卻被一槍打退，子彈在她手邊的地面激起一陣沙土。即使她搆得著手槍，她也不敢反擊，因爲喬瑟芬擋在中間。瑞卓利跪在地上，無計可施，吉米．奧圖則走向火燒車，停下來，燒得劈啪響的火焰照亮他的臉。瑞卓利看見他的太陽穴有一大片的瘀青。喬瑟芬被他推著踉蹌前進，一腿裏著石膏，頭髮被剃光。吉米以槍口抵住她的太陽穴，她被嚇得眼睛圓睜。

「後退，不准妳撿槍，」他命令瑞卓利。「快後退！」

瑞卓利以左手提著斷腕，掙扎著站起來。骨折的地方劇痛難忍，陣陣反胃感襲來，在她最需要動腦的此時，大腦機制卻打烊。她搖搖晃晃地站著，眼前是一堆飄來飄去的黑星星，皮膚上的冷汗直冒。

吉米看著受傷倒地的妹妹。凱麗仍躺在門廊階上。他只對妹妹投以無情的一瞥，似乎認定凱麗已過搶救期限，再也不値得他關注。

他把焦點轉回瑞卓利。「一直空等，我等煩了，」他說。「她在哪裡，快告訴我。」

瑞卓利搖頭。眼前的黑星繼續團團轉。「我聽不懂，吉米。」

「媽的，她在哪裡？」

「誰？」

問不出答案，他動怒了。在沒有預備動作的情形下，他朝喬瑟芬的頭頂附近開一槍。「美狄亞，」他說。「我知道她回來了。而她會聯絡的人就是妳。快說，她在哪裡？」

突如其來的槍聲震醒她的大腦。她強忍著劇痛與暈眩，現在已能全神貫注，焦點全放在對付吉米身上。「美狄亞死了。」她說。

「才怪，她活得好好的，少騙我。一命償一命的時刻到了。」

「因爲她殺了布萊德理？她是不得已的。」

「我也是。」他以槍戳著喬瑟芬的頭，瑞卓利霎時明白他已有扣扳機的心理準備。「如果美狄亞不肯回來救女兒，搞不好她肯回來參加女兒的告別式。」

黑暗之中，有人在呼喚：「我來了，吉米。我就在這裡。」

他愣住，凝望樹林的方向。「美狄亞？」

她跟蹤我們過來了。

美狄亞邁步走出樹林，步伐毫不蹉跎，毫無懼怕的跡象。母獅子前來營救小獅子了。她踏上戰場，舉止冷峻果斷，來到距離吉米幾碼之處才立定。兩人在火光的範圍內面對面。「我才是你想要的人。放我女兒走。」

「妳沒變，」他訝然喃喃自語。「經過這麼多年，妳完全沒變。」

「你也是，吉米。」美狄亞的回應絲毫不含反諷的意味。

「他一生只要妳一個人，可望而不可得的人。」

「可惜布萊德理不在人間了。你爲什麼做這種事？」

「爲的是我自己，爲的是逼妳償命。」他以槍口貼緊喬瑟芬的太陽穴，瑞卓利首度看見美狄亞臉上露出驚恐的神色。如果美狄亞害怕，她怕的不是自身的安危，而是女兒的安危。摧毀美狄亞的關鍵向來都在喬瑟芬身上。

「不必找我女兒算帳，吉米。我落在你的手上了。」美狄亞現在已能自制，以冷眼蔑視的態度來掩飾恐懼。「你綁架她的目的，你和警察玩猜謎遊戲的目的，都是想引我出洞。現在，你得逞了，應該放她走，我任你宰割。」

「是嗎？」他推喬瑟芬一把，喬瑟芬跌跌撞撞地逃生。他把槍對準美狄亞。即使槍口指著她，她依然能強顏鎮定。她朝瑞卓利的方向瞥一眼，意思是：他的注意力被我扣住了，妳看著辦吧。她朝吉米跨出一步，走向對準她胸膛的槍口。她的嗓音變得柔美，甚至具有挑逗的意味。「你和布萊德理一樣對我有意思，對不對？我第一次認識你，從你的眼神就看得出來，能看穿你對我打什麼鬼主意。你想用你對付那幾個女人的方法來對付我。吉米，你是不是在她們還有一口氣的時候上她們？或者，你等到她們死後才姦屍？因爲你最愛女人的這一點，對吧？冰冷。死氣沉沉。永遠屬於你。」

他不說話，只是直盯著逐步靠近的美狄亞，看著她獻身引誘他。多年以來，他和布萊德理追著她，今天她終於來了，唾手可得，是他的人，唯有他獨享。

瑞卓利的手槍就在幾步遠的地上。她慢慢挨過去，不斷在心頭排演接下來的步驟。俯衝、取槍、射擊。她只能靠左手執行這項任務。在吉米回擊之前，她或許能開一槍，至多兩槍。她心想，我的動作再快，也無法及時扳倒他。今晚，美狄亞和我不可能同時存活。

美狄亞繼續走向吉米。「這些年來，你一直在追蹤我，」美狄亞輕聲說。「現在，我出現了，你卻不太想速戰速決，對吧？你不太希望獵殺行動到此結束。」

「結束了。」他舉槍，美狄亞呆若木雞。這是她逃避多年的結局，是她再怎麼哀求、色誘也無法改變的下場。假如她誤以爲現身能控制住這隻妖魔，現在她看出邏輯的謬誤點。

「我希不希望，並不是重點，」吉米說。「我接到的指令是終結這件事，而我正要動手。」他的前臂肌肉繃緊起來，預備開槍。

瑞卓利對準地上的手槍俯衝，左手握住槍柄之際，現場響起槍聲。她原地兜一圈，夜景以慢動作飄過她眼前，十幾幕情景同步襲擊她的所有感官。她看見美狄亞跪下去，手臂交叉護頭。她俯衝時感覺到火燒車的烈焰，左手握住手槍時有一種異樣的沉甸感。她舉起槍，手指合起來，做出射擊的姿勢。

然而，正當瑞卓利發射第一槍時，她發現吉米已經向後跌開，她的子彈射中一個剛中彈的血身。

火光照耀出吉米的身影，他向後倒下去，宛如飛天不成、註定墜海的伊卡洛斯[14]，振臂亂揮一通，上身成為自由落體。他癱向火燒車的引擎蓋，頭髮著火，火苗從頭上直竄。他驚叫著，從引擎蓋猛衝而去，上衣被點燃，兩腳在院子裡踉蹌，劇痛中跳著鬼門關之舞，最後倒地。

「不要！」凱麗・奧圖的痛苦呻吟不像人聲，比較近似垂死動物的深喉音。她慢慢匍匐前進，忍痛爬向哥哥，在背後的砂石留下一條黑血痕。

「別丟下我，寶貝。別丟下我。」

她爬到吉米的身上，不顧火舌，拚命想滅火。

「吉米。吉米！」

縱使她的頭髮和衣物著火，縱使肌膚被火烤焦，她仍緊摟哥哥，含痛擁抱。兄妹倆四肢緊

---

[14] Icarus，希臘神話中帶著一雙父親做的蠟翼欲逃離克里特島監獄，卻因太陽高熱熔化翅膀墜落愛琴海。

扣，肌膚被灼熔成一體，全身遭烈焰蹂躪。

美狄亞站起來，毫髮無傷，但她的視線不在烈火焚身的兄妹檔，而是凝視著樹林的方向。她注視的對象是貝瑞·佛洛斯特。佛洛斯特癱靠在樹幹上，雙手仍緊握著手槍。

36

被貼上英雄的標籤，佛洛斯特覺得渾身不自在。

他坐在病床上，身上只有一件單薄的病人服，表情比較接近尷尬，絲毫沒有英勇的神態。兩天前，他被轉來波士頓醫學中心，從此探病的民眾絡繹不絕，上至警察局長，下至波士頓警局自助餐廳的工作人員，人人都想來他的病房朝貢。那天下午，瑞卓利抵達時，她發現三個訪客仍逗留不去。病房裡鮮花簇擁，幾個聚酯薄膜氣球上面印著早日康復，宛若叢林。瑞卓利站在門口旁觀，心想，從小孩到老婦，人人都喜歡佛洛斯特。她明白原因何在。他是男童軍的象徵，會笑呵呵地替你家門前的人行道鏟雪，會幫你跨接啓動拋錨的車子，會爬樹把你的貓咪救下來。

甚至會救你一命。

她等著訪客離開，最後才踏進病房。「你能再忍受一個嗎？」她問。

他露出虛弱的微笑。「嘿。我正希望妳逗留久一點。」

「這地方好熱鬧喔。你的追星族好多，我可是又推又擠才進得來。」她的右手打著石膏，拖著椅子過來床邊坐下，覺得自己笨手笨腳。「哇，看看我們這一對寶，」她說。「多可悲的一對傷兵戰友。」

佛洛斯特開口想笑，不料腹部動過手術的傷口被這動作激起另一陣痛，只得收口。他駝著背，疼成苦瓜臉。

「我去找護士。」她說。

「不用。」佛洛斯特舉起一手。「忍一忍就好。我不想再打嗎啡。」

「別逞強了。該止痛就止痛。」

「我不想被麻醉得昏沉沉的。今天晚上，我想保持頭腦清醒。」

「爲什麼？」

「艾莉絲要來看我。」

佛洛斯特的語調充滿希望，瑞卓利聽得好心疼，只好岔開視線，以免被他解讀出同情的眼神。艾莉絲配不上這個男人。他是好人，是懂得分寸的好男人，正因如此，今晚他的心非碎不可。

「我還是走吧。」她說。

「不要。不急。拜託。」他小心躺回枕頭上，謹慎呼出一口氣。他強裝出快活的神態說：「有啥最新進展，說來聽聽。」

「已經證實了。黛比・杜克其實就是凱麗・奧圖。根據博物館的衛勒布蘭特夫人所說，凱麗今年四月來博物館報名當志工。」

「四月？是在喬瑟芬被錄取之後不久。」

瑞卓利點頭。「凱麗只在博物館幫忙幾個月，就成了不可或缺的好幫手。偷走喬瑟芬鑰匙的人肯定是她。在艾爾思醫師的後院掛那包頭髮的人說不定也是她。她讓吉米能自由進出博物館。這一對是道地的兄妹檔。」

「做妹妹的人，怎麼肯追隨像吉米這種哥哥？」

「那天晚上我們看出一點端倪。心理醫師在吉米的檔案裡寫下：反常的兄妹依戀。我昨天聯絡過希茲布里克醫師，他說凱麗在每一個方面都和哥哥一樣變態。她肯爲哥哥做任何事，甚至也許替哥哥整理虐囚的地牢。刑事鑑識組在緬因州的那間地窖採集到不同人的毛髮和纖維，床墊上的血跡也來自至少兩人。同一條路上的鄰居說，有時候會看見吉米和凱麗同時出現。兄妹會在屋裡住幾個星期，然後連續幾個月不見人影。」

「我聽說過夫妻搭檔的連續殺人魔。兄妹怎麼可能？」

「夫妻檔和兄妹檔的互動模式相同，都是個性軟弱的人碰上個性強勢的人。發號施令的人是吉米，他強勢到能讓人對他言聽計從，妹妹也不例外。布萊德理也是。布萊德理在世的時候，他幫助吉米獵殺受害人，保存屍體，找地方收藏。」

「所以說，他只是吉米的追隨者。」

「不對，他們兩人都從合作關係得利。這是希茲布里克醫師的理論。吉米滿足了他少年時期收集女屍的遐想，布萊德理則把他對美狄亞・薩莫爾的沉迷付諸行動。美狄亞是這兩人的交集，也是他們兩人苦追不得手的獵物。即使在布萊德理死後，吉米仍然不死心。」

「後來他找到美狄亞的女兒。」

「他大概是在報紙上看到喬瑟芬的相片。由於母女是一個模子印出來的，喬瑟芬的年齡又差不多可以當她的女兒，連專業也相同，所以他稍微推敲一下，就知道喬瑟芬的身分造假。所以吉米暗中觀察她，等著看母親會不會自動現身。」

佛洛斯特搖頭。「他對美狄亞沉迷到中邪的程度了。事情隔了那麼久，他竟然還忘不了。」

「記得埃及豔后嗎？特洛伊的海倫？古人對她們不也是如痴如狂。」

「特洛伊的海倫？」他笑了。「天啊，妳在考古學的領域打滾才幾天，學到不少東西嘛，口氣有點像羅賓森館長。」

「重點是，男人迷戀女人是常見的現象。有的男人一看上特定的女人，往往會痴戀多年不放手。」接著，她小聲補充一句：「即使女人不愛他，他照愛不誤。」

他臉紅了，把視線轉開。

「有些人就是無法展望未來，」她說，「把生命浪費在一個無法到手的人身上。」她想起莫拉・艾爾思。莫拉也是愛上一個不該愛的人，受制於自己的愛慾陷阱，受制於愛錯對象的抉擇。在莫拉最需要丹尼爾・布洛菲神父的那一夜，丹尼爾卻無法陪伴在她身旁，敞開自家門、接納莫拉的人反而是安東尼・桑索尼。瑞卓利已經致電安東尼，請莫拉放心回家。瑞卓利心想，有時候，能讓妳最快樂的人是被妳忽略的人，是在一旁耐心守候的人。

他們聽見有人在敲病房門。走進來的人是艾莉絲。她穿著一襲輕巧的裙裝，頭髮比瑞卓利的印象更金，姿色也更加動人，可惜她的美欠缺溫情。她的舉止矜持如大理石，外形雕琢得完美無瑕，只可遠觀，不可近玩。兩個女人互相問好，語調緊繃而客套，活像情敵，正在爭奪同一位男人的注意。這些年來，兩人同時分享佛洛斯特，瑞卓利是他的搭檔，艾莉絲是他的髮妻，但瑞卓利感覺不到她和這女人有何關聯。

她起身，準備告辭，走到門口，卻忍不住來一句臨別語。「要善待他喔。他是英雄。」

佛洛斯特救我一命，現在換我來救他，瑞卓利步出醫院上車時如此想著。他的心會被艾莉絲摧毀，如同人肉禁不住液態氮和鐵錘的威力一樣。瑞卓利從艾莉絲的目光看得出，艾莉絲已打定求去的心意，見面只爲了敲定最後的枝節問題。

今晚他需要朋友陪伴。她待會兒再回來收拾殘局，重建他的心靈。

她發動車子，手機此時響起，而她不認得來電顯示的號碼。

接通後，她也認不得來電者的嗓音。「我認爲妳是大錯特錯了，警探。」他說。

「什麼？你是哪位？」

「波崔洛警探，聖地牙哥市警局。我剛和柯羅警探通過電話，聽說了事情的經過。妳自稱吉米·奧圖死在妳手上。」

「不是我，是我的搭檔。」

「喔，好。重點是，被那一槍打死的人絕對不是吉米·奧圖，因爲他在十二年前就死了。負責偵辦那件案子的人是在下，所以我很清楚。槍殺他的那位女人哪裡去了？我想偵訊她。她是不是被收押了？」

「美狄亞·薩莫爾哪裡也不去。她會待在波士頓，你想過來問話，隨時歡迎你來。我可以向你保證，聖地牙哥那件槍擊案絕對有正當理由。她開槍是爲了自保。而且，她射死的人不是吉米·奧圖，而是一個叫做布萊德理·羅斯的人。」

「不對。吉米的妹妹認屍過，確定是他。」

「你被凱麗·奧圖騙了。死者才不是她的哥哥。」

「我們比對過DNA。」

瑞卓利怔住。「什麼DNA？」

「我們傳給妳的那份檔案裡面沒有註明，是因爲比對結果在結案之後幾個月才出爐，原因是吉米在另一個轄區涉嫌殺人，對方聯絡我們，想確認嫌犯已死，所以請吉米的妹妹提供DNA樣本。」

「凱麗的DNA？」

波崔洛嘆一口氣表示不耐煩，把對方當成白痴。「是的，瑞卓利警探。她的DNA。他們想證實死者確實是她的哥哥。凱麗．奧圖寄來一份口腔檢體，我們用來比對死者的DNA，發現兩人確實有親屬關係。」

「驗錯了吧。」

「欸，俗話怎麼說的？DNA不會說謊。根據本局的化驗室，凱麗．奧圖絕對是後院男屍的女性親屬。只有兩種可能，一個是，凱麗另有一個哥哥，死在聖地牙哥，另一個是，妳上了美狄亞的當。死在她槍下的人，和她的說法不吻合。」

「凱麗．奧圖只有一個哥哥。」

「沒錯。因此，妳被美狄亞騙了。怎樣，她被收押了嗎？」

瑞卓利不回答。十幾條思緒在她的腦海像蛾飛竄，她抓不住任何一隻。

「天啊，」波崔洛警探說。「可別告訴我說她被放走了。」

「待會兒再聯絡。」瑞卓利掛掉電話。她坐在車上，凝望著擋風玻璃的前方，看見兩位醫生走出醫院，白袍飄逸，步態如王侯，自信滿滿，毫無疑慮，而她受困於兩人之間。吉米．奧圖或布萊德理．羅斯？哪一個在十二年前死於美狄亞家中？她爲什麼說謊？

佛洛斯特擊斃的人究竟是誰？

她想起她在緬因州目睹的場面。凱麗．奧圖的死。她以爲中彈的人是凱麗的胞兄。美狄亞出面時，曾喊他吉米，而他也回應了。所以，他鐵定是吉米．奧圖，如美狄亞所言。

但是，DNA是她一直撞上的障礙物，是與全案矛盾的鐵證。根據DNA分析，死在聖地牙哥的人不是布萊德理，而是凱麗·奧圖的男性親屬。

結論只有一個：*美狄亞對我們不誠實。*

如果讓美狄亞溜走，波士頓警局會看起來像一群飯桶。啐，她暗罵，我們確實是飯桶，證據全寫在DNA裡。因爲如同波崔洛警探所言，DNA不會說謊。

她在手機按下柯羅的號碼，突然呆住了。

DNA不會說謊嗎？

37

女兒睡了。喬瑟芬的頭髮會再長出來，瘀傷也已經消退。美狄亞在女兒的臥房裡，看著柔和光線中的女兒，愈看愈覺得喬瑟芬顯得稚嫩如幼兒。在某些方面，喬瑟芬確實是變回兒童了。她堅持點燈睡覺。她不願意獨處太久，幾個小時就吵著要人陪伴。美狄亞知道，這份恐懼心只是暫時的現象，假以時日，喬瑟芬將恢復原有的勇氣。現在，她內心的女戰士處於休眠狀態，正在療傷，有朝一日將東山再起。美狄亞對女兒的瞭解和自我認識一樣深，知道女兒的外殼雖然脆弱，體內卻有一顆母獅子的心。

美狄亞轉身面對羅賓森博士。他站在臥房門口看著這對母女。他把喬瑟芬接來家中暫住，美狄亞知道女兒在這裡能過著安全的日子。過去這星期以來，她逐漸認識這男人，現在已能信任他。他的個性或許稍嫌沉悶，而且做事太講求精確、太愛動腦筋，但在許多方面，他和喬瑟芬是絕配。美狄亞對女婿的要求就這麼多。這幾年，她信得過的人少之又少，而她從羅賓森的眼中看出堅定不移的忠誠，和珍瑪相同。而珍瑪肯爲喬瑟芬捨身成仁。

她相信羅賓森也會。

她走出羅賓森家，聽見他扣住輔助鎖，心情頓時篤定下來。遇到再大的風波，喬瑟芬都能獲得妥善的照顧。這一點令她放心，因此她有勇氣驅車南下，前往密爾敦市。

她已經在密爾敦承租一棟房子。獨棟的租屋位於一大片雜草霸道的空地上。屋裡老鼠橫行，她半夜躺在床上聽得見，而她留意的是比鼠輩入侵更凶險的動靜。她今晚不想回這裡，但她照樣開車回來，從後照鏡看見一輛車尾隨而來。

來車的車頭燈一路跟至密爾敦。

她打開前門進入，嗅到古屋的灰塵味，嗅到舊地毯的臭氣，其中或許飄浮著幾粒黴菌孢。她讀過，黴菌能致病。黴菌能夠讓肺臟癱瘓，能顛覆免疫系統，更能奪走人命。上一位房客是年高八十七歲的老婦人，最後死在房子裡，也許害死她的正是黴菌。她在房子裡一面走著，一面照常檢查著環境，自覺吸進不少致命的黴菌孢。檢查完畢，所有門窗已上鎖，她忽然想到，保全措施做得太嚴密，會不會反而對自己不利？會不會因此把密閉空間裡的毒孢全吸進去？

來到廚房，她煮了一杯濃咖啡，眞正的咖啡。她其實想喝的是濃烈的伏特加，渴望到了近乎毒癮纏身。只要淺嘗一口就好，抹平情緒的波動，消除瀰漫各個角落的恐懼感。但今晚不適合暢飲伏特加，於是她壓抑酒癮，端起咖啡來喝，只夠醒腦，不至於心悸。她需要穩定心神。

上床之前，她再從正面的窗戶向外望。路上寂靜，也許今晚不會有事。也許她的行刑令又獲得暫緩。果眞如此，她也苟延殘喘不了多久。她就像一個死囚，每天在牢房裡醒來，不知道今天會不會被押上死刑台。與死神有約，日期卻無法敲定，那種感覺能導致死囚精神崩潰。

她走進通往臥房的走廊，感覺如同死囚，懷疑今晚是否能和前十夜一樣安然度過。她是盼望平安無事，卻也明白註定會發生的事終究會來。行至走廊盡頭，她回頭望向前廳，在關掉走廊燈前檢查最後一眼。前廳陷入黑暗，她瞧見車頭燈路過時照進正面的窗戶，一閃而逝。車子慢慢前進，彷彿駕駛正在仔細觀察這棟房子。

這時，她瞭解了。她感受到寒意，感覺宛如血脈裡形成冰晶。**今晚會出事。**

她突然發抖起來。她還沒做好心理準備。她忍不住又想重施故伎，使出近三十年來的保命策略：逃命。然而，她已經向自己保證過，這一次，她會站穩腳跟奮戰到底。這一次，生命受到威脅的人不是女兒，而是她自己。她願意以自己的生命下注，只求重獲自由。

她走進漆黑的臥房，覺得窗簾太薄弱了，一開燈就能讓窗外人一目瞭然。只要不被人看見，她就不會被獵殺成功，因此她進臥房不開燈。臥房門只有一個不堪一擊的喇叭鎖，歹徒不到一分鐘就能破解，但這段時間可能是她的黃金一分鐘。她鎖住房門，轉向床鋪。

這時她聽見陰暗處傳出一陣輕輕的吐氣。

她的頸背毛根根直豎。在她忙著鎖門、檢查所有窗戶之際，歹徒早已進她屋裡守候，在她的臥房伺機而動。

他以鎮定的語氣說：「從門口走過來。」

對方隱身角落，坐在椅子上，她幾乎看不見他的臉。她其實不必看清他的臉，只知道他握著手槍就只好乖乖聽命。

「你犯下大錯了。」她說。

「鑄下大錯的人是妳，美狄亞。在十二年前。一個手無寸鐵的男孩，妳怎麼能狠心朝他的後腦勺開槍？妳當時有什麼感想？他從來沒有傷害過妳。」

「他闖進我家，進了我女兒的臥房。」

「他又沒有傷害她。」

「不是沒有可能。」

「布萊德理沒有暴力傾向。他沒有惡意。」

「他交的朋友卻稱不上沒有惡意，你明明知道。你知道吉米是什麼樣的猛獸。」

「吉米再狠，也沒有殺死我的兒子。我兒子的兇手是妳。至少吉米還好心在事發那天晚上打電話通知我，告訴我說布萊德理死了。」

「好心？什麼話？你被吉米利用了，金博。」

「我也利用了他。」

「來找我的女兒？」

「不對，找到妳女兒的人是我。我開支票給賽門，指定要錄取她，把她留在我的監視範圍內。」

「吉米綁架她，你也不在乎？」儘管槍口對準她，她仍氣得提高嗓門。「她是你的孫女啊！」

「吉米會放她一條生路的。那是我和吉米之間的約定。吉米會在這件事過後放她走。我只想要妳的命。」

「我死，布萊德理也不會復活。」

「卻能為整件事情劃上句點。妳殺死了我的兒子，必須血債血還。我只遺憾吉米無法替我處理這件事。」

「你遲早會被警方查出來的。你為了報復，不惜犧牲一切？」

「對。誰敢惹我家人，誰就倒楣。」

「今後吃苦的人是你太太。」

「我太太死了，」他說。這幾個字宛若冰冷的石頭，掉落在黑暗裡。「辛西雅昨晚過世了。她一生想要的，一輩子夢寐以求的，只求再見兒子一面。妳卻剝奪她的這份心願。謝天謝地，她永遠不知道事實。別讓她知道兒子被謀殺了，我護著她的事情只有這個。」他深吸一口氣，呼氣時鎮定、認命。「現在我想做的事情只剩一件。」

美狄亞看見他在黑暗中舉手，知道槍口對準著她。她知道，即將發生的事情註定會發生，起因在於十二年前的那一夜，在布萊德理斃命的那一夜。今晚的槍聲將只是那年槍聲的回音，這槍一拖就是十二年。以這種形式來討回公道固然古怪，但她能理解爲何會發生此事，畢竟她身爲人母，將心比心，如果誰敢傷害她的骨肉，她同樣會報復到底。

她不怪罪金博做出他即將做的事情。

當金博扣扳機，子彈射進她的胸膛，她有一種已做好準備的異常感覺。

38

事情到這個地步，終於能劃下句點了吧，我心想。我躺在地板上，胸口灼痛，幾乎難以呼吸。金博只需再走幾步過來，朝我的頭發射奪魂的一槍，我就完了。然而，這時候，砰砰的跑步聲從走廊傳來，我知道金博也聽見了。金博被困在這間臥房裡，地上躺著他剛射殺的女人。他們在外面踹門——我竟然笨到鎖門，以為可以阻擋歹徒入侵，卻沒料到被我鎖在門外的是救兵——是跟隨我回家的警察，他們暗中保護我一星期，等候歹徒攻擊我。我們今晚全失手了，也許犯下致命的錯誤。我們沒有料到金博會趁我不在時潛入臥房裡埋伏。

但是，犯下最大一個錯的人是金博。

門被撞開時，木屑紛飛，警察如同蠻牛直衝進來，吆喝聲四起，瀰漫刺鼻的汗臭與侵略性，聲勢猶如暴民。但後來有人開燈，我才看清來人只有四位男警探，手槍全對準金博。

「槍放下！」警探之一命令。

金博被震呆了，無法言語，眼神是悲慟而空虛，臉皮則因難以置信而鬆垮。他下慣了命令，不常聽命行事，起身時顯得無助，仍握著槍，彷彿槍已經被植入手掌，想甩也甩不掉。

「先把槍放下，一切好談，羅斯先生。」瑞卓利說。

我剛才沒有看見她進門。男警探個個高頭大馬，把她遮住了。這時她鑽出來，走進臥房，嬌小、大無畏，儘管右手臂裹著石膏，儀態仍具有令人敬畏的自信。她望向我這邊，卻只是隨眼看一下，證實我的眼睛仍睜著，證實我沒有流血。隨後，她的視線聚焦在金博。

「如果你肯把槍放下，我們比較好商量。」瑞卓利警探小聲說，宛如母親在安撫不安分的小孩。其他警探輻射出粗蠻野性和男性激素，瑞卓利卻顯得鎮定十足，即使現場只有她手上沒槍。

「已經死太多人了，」她說。「讓我們到此結束吧。」

他搖頭，沒有拒捕的意思，而是表達心死。「事到如今，無所謂了，」他喃喃說。「辛西雅死了。她再也不會爲這事傷神了。」

「布萊德理死了這麼多年，你一直瞞著她？」

「事發的那年，她病得好嚴重，我以爲她挺不過一個月，以爲說，暫時壓下壞消息，讓她走得安詳。」

「她卻活下來了。」

他倦然一笑。「她的病情進入緩解期，是沒人料想得到的奇蹟，而且延續了十二年。我只好繼續瞞著她，也不得不幫吉米掩飾眞相。」

「警方用來比對DNA的樣本，是從你太太的口腔取得的檢體，不是凱麗・奧圖。」

「非讓警方認定死者是吉米不可。」

「吉米・奧圖早該進牢房了。你包庇殺人兇手。」

「我是爲了辛西雅著想啊！」

金博認定我在十二年前對他家造成傷害，因此處心積慮保護太太。我自認只犯下自保的良心罪，儘管如此，我不得不承認布萊德理的死摧毀了不只一人的生命。從金博歷盡滄桑的臉，我看得出十二年前那一槍的後座力多強。難怪他一心只想復仇，難怪他苦尋我十二年，和吉米・奧圖一樣沉溺在追殺我的偏差心態中。

儘管警探如行刑小組，舉槍對準他，他仍無繳械投降的意思。接下來發生的事，想必房內所有人都不意外。我從金博的眼神看得出來，瑞卓利必定也看得見。坦然接受。聽天由命。在沒有預備動作的情況下，毫無遲疑，他把槍管插進自己的嘴巴，扣下扳機。

爆炸聲在牆上噴灑出深紅色的鮮血，他的雙腿軟下去，整個身體像一袋石頭跌落地上。

在此之前，我親眼見過出人命的場景，自以爲此時心情應該不會出現太大的波動。但這時候，我凝視著他殘缺的頭顱，看著鮮血在臥房地板匯聚成湖，忽然感覺自己有窒息的危險。我扯開上衣，胡亂扒著瑞卓利堅持要我穿上的凱夫勒防彈背心。雖然子彈被擋住，遭受重擊的胸口仍然隱隱作痛。我幾乎能肯定的是，我被子彈打出瘀傷。我脫下防彈背心，甩開，顧不得在場男士看見胸罩，急著拆掉貼在皮膚上的竊聽器和電線。這套裝置是我的救命恩人。若非安裝竊聽器，若非警察在外監聽，他們剛才一定聽不到我和金博的對話。他們一定不知道金博已潛入我的房子。

屋外，嗚嗚叫的警笛愈來愈近。

我重新扣好上衣，站起來，走出臥室，目光儘量迴避金博的屍體。

屋外，溫暖的夜色縈繞著無線電吱喳聲和警車燈。在萬花筒似的光輝中，視力再差的人也看得見我，但我並不因此畏怯。四分之一世紀以來，我頭一次不必縮進陰影裡躲躲藏藏。

「妳沒事吧？」

我轉頭，看見瑞卓利警探站在我旁邊。「還好。」我說。

「屋子裡發生的事我感到遺憾。沒想到他會那麼接近妳。」

「幸好已經結束了。」我深吸一口自由的香氣。「終於結束了，這才最要緊。」

「聖地牙哥警方還是想請教妳幾個問題。關於布萊德理的死。關於那天晚上發生的事。」

「我可以應付。」

瑞卓利警探半晌沒搭腔。「對，妳可以，」她說。「我確定妳能應付任何事情。」我聽出肅然起敬的口吻，而經過這般風浪，我對她也有同樣的敬意。

「我可以走了嗎？」我問。

「只要妳報告去向，去哪裡都行。」

「你們知道在哪裡找得到我。」*有我女兒在的地方一定有我*。我在黑暗中比劃出珍重再會的手勢，走向自己的車。

這幾年來，我屢次幻想重獲新生的這一刻，幻想著不必頻頻回頭留意的這一天，幻想自己終於能使用眞名而不必擔心後果。在我的美夢中，這一刻洋溢著輝煌的喜悅，雲朵會爲我揭露藍天，香檳齊放，我會對天呼喊出我的快樂。然而，實際情形卻不如我所料。我現在的心情並非樂得語無倫次、手舞足蹈，而是較爲含蓄的欣快感。我覺得如釋重負、體力透支，還有一點點迷惘。這麼多年來，恐懼是我年復一年的伴侶，現在少了它，我的日子該怎麼過？只好重新學習。

驅車北上之際，我覺得恐懼一層接一層剝落，宛如亙古的亞麻布，在車子後面拖成長長幾條，飄入夜色。我放它走。我把它全拋向腦後，開車向北走，駛向位於切爾西的一棟小屋。

駛向我的女兒。

【特別收錄】泰絲・格里森成爲犯罪小說家的秘辛

華人圈的耳語

一九七二年十月三十一日晚間，華人移民少婦珍妮特・波契・許，陳屍聖地牙哥家中浴室。同住家中的人包括丈夫瓦勒斯和公婆。死者頭部遭人塞進馬桶，臉部曾遭毆打而腫脹，胸部、腹部、四肢也有瘀青，顯示她生前曾遭受無情痛毆。驗屍官發現，她的肺臟充滿液體。

一名病理專家作證時表示，三十五歲的珍妮特死因是溺斃於馬桶，但另有兩名病理專家持不同的看法，認爲她因多處遭重擊而重創致死。死者的軀體有二度到三度的燙傷，極可能是滾水留下的傷勢。X光顯示腕骨有鈣沉積的現象，而且死者有褥瘡，證明她曾長期遭到限制行動。檢察官信誓旦旦，本案不只是單純的謀殺。珍妮特・許死前飽受凌虐數日，甚至可能長達數星期。

少婦喪生時，丈夫的弟弟麥可在家，涉嫌重大。然而，檢方認爲幕後有人唆使，將苗頭對準死者六十二歲的婆婆艾達・呂・許(Ida Loo Hee)。外表羸弱的艾達是這家族的鐵娘子家長，也是家母的摯友。

在我成長的華人圈中，這件刑案是丟臉的秘密，有損所有華人的形象。我們鮮少跟外人討論，但此事常存所有人心中。我母親認定，兇殺案發生在四十年前的萬聖節前夕[15]，當時我和弟弟年紀還小。我叔叔也附和說，應該是四十年前的事，但他的友人堅持說，差不多快過五十年了。有一名婦人自稱，她和珍妮特的女兒同校，其實珍妮特膝下只有兒子，沒有女兒。

我請教過的所有人當中，每一位對本案的某些層面皆有所誤解，爲本案染上一抹傳奇的色彩。如同所有傳奇，本案的事實在歲月中不斷突變，被排列組合無盡的八卦篡改，被不可靠的人腦記憶更動。就在最近，我才找到當年開庭的新聞報導，赫然發現歲月也扭曲了我個人對本案的印象。我無法輕信我自己的記憶，因爲我從經驗得知，回憶是會騙人的。有些細節我認爲千眞萬確，事實卻證明不然。然而，有些往事在腦海裡歷歷在目，讓我認定確有其事。

珍妮特與丈夫和公婆同住。我記得他們家裡瀰漫焚香和柳橙皮的氣息，也記得她象牙白的肌膚、慘白的雙腿。寬鬆的孕婦裝罩在她身上，我總覺得她是一胎接一胎，不停懷孕。讓我印象最深刻的莫過於她的表情，木然無生氣，彷彿她在嚥下最後一口氣之前已過世許久。我不記得聽過她講話，也許她不懂英文吧。見過她的人覺得，她只是艾達家裡的沉默幽魂。我們家常去艾達家作客。

根據新聞報導，珍妮特出生在香港，十三歲那年隨父母移民美國，二十九歲經媒人介紹，認識三十六歲的醫師瓦勒斯。兩人結婚後的六年間，珍妮特盡了華人妻的首要責任，爲許家增添三個男丁。雖然瓦勒斯自稱兩人因愛而結合，這樁婚事若無母親艾達首肯，必定不了了之。艾達的控制慾強烈，要的是一個吃苦耐勞的乖順媳婦。

地檢署檢察官在許家中蒐證到一份兩頁的打字文件，於本案開庭時呈堂。該文件是珍妮特的

❶ Hallowe'en，以下隨俗簡稱萬聖節。

日常工作表，羅列她從早晨八點到晚上十點半之間的家事，最上面寫著：「珍妮特，這份是暫定的時間表，妳應該照表照顧兩個兒子。時間很充裕，妳應該可以完成。」同一份文件也敦促她，「隨時運用妳的機智、主動心、勤勞、意志、腦力，爲所應爲。」

珍妮特不符婆婆的期望。有一天晚上，我們去他們家坐，我看見珍妮特兩眼無神，抱著哇哇哭的嬰兒搖呀搖。她的褲襪鉤子鬆了一邊，褲襪滑落至腳踝，她卻似乎沒有發現。她凝視著遠方，好像被餵過藥。大家聊到她，她就算聽得懂，神情也毫無反應。艾達數落她的音量大到她不可能沒聽見。

「看看她，廢人一個啊，」艾達說，「腦筋也笨。」艾達對媳婦的怨言可以說是罄竹難書。珍妮特做事粗心，把小孩弄得髒兮兮。她腦筋遲鈍，東西亂擺。她讓嬰兒哭太久。媳婦在場，艾達罵人毫不留情，家裡的男人全保持緘默，連瓦勒斯也一樣。他太怕母親，不敢挺身護妻。

話說回來，我們大家都怕艾達。在聖地牙哥，艾達統治的家族在華人圈鼎鼎有名。她的丈夫羅伯特從事中藥業，也是進口商。大兒子瓦勒斯是醫師，小兒子麥可是藥理師。在一九七〇年代，聖地牙哥的華人圈子很小，大家都認識艾達。她有兩件貂皮大衣，駕駛最新型的豪華轎車，常帶小兒子麥可去歐洲度假。艾達想要的東西，一樣也少不了。

這件兇殺案若無艾達的默許，絕對不會發生。然而，大家也認定，艾達年高六十二，體重不足四十五公斤，年邁體衰，不可能壓制三十五歲少婦並加以殺害，更不可能毒打她一頓、把頭壓進馬桶。把珍妮特的臉摜進水裡者必定另有他人。艾達可能教唆他人虐待媳婦，最後下毒手的人必定是臂膀強勁有力。「一定是麥可囉，」我母親說，「錯不了。」

珍妮特發生命案當天，家中另有三名成年人：艾達、七十三歲的丈夫羅伯特、小兒子麥可。

瓦勒斯・許事後作證說，案發當天他出席醫學會議，晚上才回家。他說他發現妻子癱趴浴室，頭在馬桶裡，第一時間進行急救卻無法挽回人命。晚間七點，他以電話請驗屍官前來。驗屍官發現死者躺在浴室地板上，以被單蒙著。驗屍官看屍體一眼，致電兇殺組的警官。

那天晚上，麥可和瓦勒斯兄弟被警方逮捕，艾達在幾星期之後才被收押，母子三人全被指控涉嫌謀殺珍妮特。

「兇手是麥可。」我母親現在認定。但在事發之初，她無法相信麥可下得了毒手。沒人肯相信。我當然不相信，原因很簡單，只有一個：我仰慕麥可叔叔。

那年他三十五歲，戴著眼鏡，身材苗條，住在父母家隔壁的公寓，終身未娶，非常孝順母親，母親也反過來寵愛他。審判期間，律師暗指麥可與珍妮特私通種下惡果，但我們聽了暗笑。怎麼說呢？麥可熱愛劇場、美食餐廳、仕女時裝。他家有一台縫紉機，有一件花枝招展的皮草大衣。

在那個時代，尤其是在華人圈裡，同性戀是禁忌話題，大家只承認麥可「不太一樣」，而他的特色讓大家更想親近他。每次他出現在我家前門，高高興興的一句「麥可叔叔來了！」會讓我們姐弟倆飛奔前去抱抱。他陪我們玩一整個下午，品品茶、嚼嚼餅乾、八卦聊得笑嘻嘻。他會稱讚我的髮型，讚賞我寫的故事，幫我修改被我裁壞的縫紉勞作。

真正關愛我的男人只有他一個，有些方面讓工作狂的家父望塵莫及。我從沒見過麥可叔叔發脾氣，一次也沒有。事後的新聞報導把他描寫成兇手，我倒是怎麼看也看不出來。麥可的確和其他男人不一樣。他比其他男人善良。

我媽記得，在珍妮特遇害那一天，麥可帶著萬聖節餅乾和甜食造訪。他在近傍晚時分登門；

根據驗屍報告，同一時間，珍妮特已經身亡。多年來，母親將同樣的說法重複無數次：我弟提姆和我當時穿著萬聖節的道具服；麥可只待一會兒，閒扯著家裡的洗衣機壞了，他費了好大的工夫去修理。我母親當時忙著煮晚餐，沒有全心聽，但她記得麥可的態度和往常一樣愉悅。

「妳也在家呀，記得吧？」她對我說，「妳和提姆正準備出去討糖果。妳應該記得吧？」這一段往事常以相同的字句從她嘴裡說出來，我的記憶當然全依她的描述佈局：麥可在廚房，聊著他家洗衣機故障的事。麥可道別時抱抱我們。幾十年之後，我記得是這樣沒錯。這件事成了我犯罪小說生涯裡的創作迷思：我認不出母親廚房裡的煞星。我擁抱一個剛剛殺害嫂子的男人。我曾告訴過別人，我之所以按捺不住書寫血腥刑案的衝動，淵源必定是這件童年往事：我非把那天的事交代清楚不可。我想理解的是，一個魅力十足、表面斯文的人，怎可能做得出如此駭人聽聞的事。

以上的版本映在我的腦海，久而久之變成事實，臨別的擁抱、萬聖節服裝等細節也栩栩如生。後來，我去搜尋檔案報紙，看見珍妮特死亡的日期，大驚失色。那天確實是萬聖節，符合家母一貫的說法。但命案卻不是發生在她認定的一九六〇年代，而是在一九七二年。那一年我十九歲，我弟弟十五歲。

以我們姐弟倆的年齡，穿萬聖節服裝肯定彆扭。而且，當時是十月，就讀大學的我不可能待在聖地牙哥家中。麥可最後一次拜訪時，我不可能在場，我居然記得那一天的大小事物。在母親的勸說之下，我誤信不可能發生過的事。

她不是沒有做過類似的事。

我母親見過死人。

當然，在中國戰亂的年代，死人到處都有。日軍當時疲勞轟炸她雲南省的故鄉。她看見的不僅僅是死屍，也目擊過幽魂。她的家人逃難到鄉下，當地鬧鬼的情事時有所聞。有天夜裡，她看見窗外有個男人直往她房裡瞧，無血色的白臉緊貼著玻璃，嚇得她驚叫。父親追出去，摸黑搜尋怪客，儘管地面泥濘，他卻連一個腳印也找不到。

「我見鬼了。」我母親說。

她的移民朋友也異口同聲肯定，因爲他們也見過鬼。華人的三姑六婆圍坐麻將桌，抽著香菸，以嗲氣的大嗓門講話，想蓋過麻將牌聲。有一次，賈姬嬸在幽靜的修道院，目睹一位白衣女子邊哭邊遁入石牆。海倫姨媽說，有個無頭男鬼曾走過她的窗前。

她們把這些故事講得理所當然，無異於描述客廳的新地毯，偶爾停頓下來，在牌桌上下注，或者嗑一嗑瓜子。在她們的世界裡，亡魂永遠不走，而是巡遊人間，從窗外凝視屋內，表演穿牆功。童年的我多麼渴望見鬼，可惜從來沒看見過。「如果妳眞的想見鬼，」我母親說，「妳非相信世上有鬼不可。」

所以，當時的我是眞的信了。在那些年，我對母親說的話是照單全收。

那些年的經歷把我變成一個懷疑論者。我學到，我連自己的記憶也信不過，遑論母親的記憶，因此我投奔新聞檔案，挖掘珍妮特命案的細節。我見到的細節罪證確鑿。

麥可被逮捕的那一夜，警方注意到他的雙手有抓傷和擦傷。同一晚，他本想坦承犯行，卻立即遭母親喝阻。刑事鑑定專家作證指出，在珍妮特陳屍的浴室中，牆壁較低的部分被刷洗乾淨了，但較高的地方有細微的死者濺血，麥可的衣物上也有。開庭期間，三位被告堅稱自己無罪。由於華人家族向心力強大，三人頑強拒絕做出不利家人的證詞。

許氏兄弟的審判延續二十九天，證詞多達四千餘頁。許家延請知名洛杉磯律師格蘭特・古柏(Grant Cooper)。刺殺參議員羅伯特・甘迺迪的席漢(Sirhan Sirhan)也曾請他辯護過。儘管古柏盡力辯護，麥可與瓦勒斯兄弟仍依二級謀殺被定罪，判刑五年。艾達・許另案審判，陪審團認定她協助殺人，但顧及她年事已高，短短幾個月便讓她恢復自由之身。

新聞檔案無法釋疑的是困擾我三十四年的問題：他向來疼愛我，而我那麼敬愛他，他怎可能狠心將一個女人活活打死？

假使這是我寫的推理小說，我能編一個滿意的答案給讀者。我能解釋他殺人的動機和過程。我能告訴讀者，麥可天生具有反社會人格，或者他被血腥性幻想沖昏頭，或者他小時候偷偷虐待過動物。可惜此事非比小說，我也不相信這三種假設是事實。

我漸漸接受的是，本案不是小說，這個疑問永遠找不到圓滿的答案。

麥可兄弟最後出獄了，他們和母親對命案一事絕口不提。儘管艾達家醜外揚，她仍設法慢慢重返我們的社交圈，部分原因是我母親爲她感到難過。就這樣，艾達又常和我們一起上餐館、出席晚宴。她甚至參加我的婚禮。雖然大家對命案交頭接耳，卻沒有人敢拿這事當面問艾達，反而假裝命案從來沒發生過。華人圈對此事的反應很正常：形象一受到威脅，整個華人圈群起鎭壓秘密，隱藏醜事，以保住顏面。

艾達於一九八九年去世，兒子瓦勒斯死於一九九八年，享年六十七。麥可漸漸與大家斷絕來往，我打聽過的人都已有多年沒見過他。我母親相信他已經死了。即使他還活著，我也提不起勇氣去找他，不敢問三十四年前十月那天發生什麼事。

對他不利的證據擺在眼前。我知道他有罪。我知道他把嫂子凌虐致死，犯下禽獸不如的罪行。然而，直至今天，我仍無法面對他是惡魔的事實。而這一點，或許是最令人匪夷所思的一點吧。

Storytella 30

祭念品

The Keepsake

祭念品 / 泰絲.格里森(Tess Gerritsen)作 ; 宋瑛堂譯. -- 二版. --
臺北市 : 春天出版國際, 2019.07
　面；　公分. -- (Storytella ; 30)
譯自 : The Keepsake
ISBN 978-957-741-218-8(平裝)

874.57　　　　108009761

ISBN 978-957-741-218-8
Printed in Taiwan

作　者　泰絲・格里森
譯　者　宋瑛堂
總編輯　莊宜勳
主　編　鍾靈

出版者　春天出版國際文化有限公司
地　址　台北市大安區忠孝東路四段303號4樓之1
電　話　02-7733-4070
傳　眞　02-7733-4069
E－mail　frank.spring@msa.hinet.net
網　址　http://www.bookspring.com.tw
部落格　http://blog.pixnet.net/bookspring
郵政帳號　19705538
戶　名　春天出版國際文化有限公司
法律顧問　蕭顯忠律師事務所
出版日期　二〇一九年七月二版
　　　　　二〇二三年十二月二版十三刷

定　價　350元

總經銷　楨德圖書事業有限公司
地　址　新北市新店區中興路二段196號8樓
電　話　02-8919-3186
傳　眞　02-8914-5524
香港總代理　一代匯集
地　址　九龍旺角塘尾道64號 龍駒企業大廈10 B&D室
電　話　852-2783-8102
傳　眞　852-2396-0050